山川
与湖海

Pan小月
Jackie

著

*food
& love*

北京联合出版公司

# 山川
# 与湖海<sup>①</sup>

食物能给人无限的可能性

P a n 小 月　　　　　　　　　J a c k i e

著

---

① 作为美食网站下厨房 APP 的线下私房菜馆，"山川与湖海"最初取名摘自万能青年旅店的《揪心的玩笑与漫长的白日梦》——"是谁来自山川湖海，却围于昼夜厨房与爱。"自从 2014 年开始运营以来，外接预订餐，每位 200 元，不擦受点单，只需提供忌口，厨娘会根据时令自行安排，每桌 4-8 人，尽管如此，需要预订的客人经常被排到几个月之后。而 2017 年 5 月，"山川与湖海"在北京四合院的租约到期后不再续约，自此，小院即将永远消失，但"山川与湖海"会以全新的形式跟所有热爱美食的人一起迎接生活的多样可能性。

北京联合出版公司
Beijing United Publishing Co.,Ltd.

# Con_tents

目录

Pre_
face

序言

山川与湖海

# Pan 小月：

# 那些寂寞又
# 快活的厨子

认真算起来，我完完整整待在"山川与湖海"小院儿里的时间只有一年。这一年却是我注定和食物打交道的人生中异常珍贵的体验。

从在中戏念书的学生时代，到纸媒，到独立书店，我整个二十来岁的早期职业生涯，似乎都是在为后来的"吃喝大业"做铺垫。直到机缘巧合加入了"下厨房"，满腔不安分的热爱似乎才终于找到了落脚点。以美食为事业，得偿所愿。

2011—2014 年，是陪伴下厨房成长的三年。
2014—2015 年，有了"山川与湖海"。
2015—2016 年，回归下厨房大本营，见证她的进一步壮大。

整个 2016 年，我又有了自己的创业品牌"三刻 321cooking"，一头扎进布满荆棘的半成品生鲜领域。

在"山川与湖海"的那一年，小院子是个算不得多雅致精心的场所，处处是日常生活的痕迹，客人们常说一走进来就像回到小时候的姥姥家。Jackie 大概就是姥姥一般的存在，并不很善于招呼人，比起和客人聊天，她总是更愿意躲在厨房认真做菜。但如果对方是家人朋友，原本也就不必刻意逢迎吧。

元旦的时候听了一位朋友的抱怨，控诉她在一家网红咖啡店的糟糕体验，诸如店里明明有空位，却让她等了整整四十分钟；好不容易排到后告诉她所有主食都已售罄；一份最简单的招牌甜点半个小时还没上；她实在饿得不行了央求店主能不能帮她泡碗面却被拒绝……听到最后我也生气了。等位和上菜速度或许会有不得已的状况，但我无论如何也不能原谅的是，卖食物的店家怎么能让客人在自己面前饿肚子呢？如果是Jackie，肯定早就端出小饼干来送给辛苦等位的人吃了。

她就是这样的人，面冷又毒舌，但心里柔软得不得了，对于"喂饱大家"这件事乐此不疲。我常常觉得她就是电影里那种会在大宅子门口施粥的姨太太，在她眼里，我可能是姨太太身边那个专职抱猫的丫头吧。她再努力也憋不出正房大太太那般端庄得体，但对待食物和食客却是足够用心的。是Jackie的话，纵然不会有如沐春风的服务态度，但至少绝不会容忍客人在自己面前饿肚子。

我离开小院儿回到下厨房大本营后，只剩Jackie一个人打理"山川与湖海"。后来我开始创业越来越忙，越发没有时间去帮她。有的时候会有其他同事朋友去帮厨充当女招待，陪她喝酒聊天，但更多的时候只有她自己。

2010年我写过一篇庄祖宜《厨房里的人类学家》的书评，题目是《那些寂寞又快活的厨子》。你看，我一直都这样认为，料理人啊，实在是一种寂寞的职业，但是寂寞又快活。

无论"山川与湖海"未来在哪里，都请快活，快乐地活。

Pan 小月

2017 年 1 月 8 日

# Jackie：

# 四年很美，且做纪念

去年年末，Tony 带朋友来院子吃饭，问起院子合同到期之后，我有什么打算。因为老房子上水下水、室内室外都有很多问题，我们确定不会继续租这里了。我说我想有一家真正的店，可以正常对外营业的那种。Tony 很惊讶，他说："你想赚钱？"我被他问得一愣，我说对啊。Tony 就笑了，他说，我觉得这个事情赚不到钱吧。

想到 Tony 从认识我，到我们开始做这个事情，我一直都在反复地强调：我做事情不是为了赚钱和做这个事情赚不到钱。他惊讶的应该是那个"不为了赚钱"的我，那个原本对"做这个事情赚不到钱"有着清醒认知的我，竟然背弃了自己的觉悟。

小食堂搬到院子以后，虽然家宴接得多了，但每个月仍然是亏损状态，即便我和小月两个人都在，一个月能做到最多的盈利，连仅仅支付房租都不够。Tony 并不介意我一直以来没给公司赚过一毛钱，我看上去也总是一脸"老子公司有钱"的满不在乎。但其实我的确常常会感到沮丧，特别是每年年会，听到这个部门那个部门又有突破进展，又不眠不休，又出差加班。我不擅长工作，不喜欢力争上游，我知道自己恐怕没有足够的进取心去赚很多很多钱。我只是喜欢做有趣的事，喜欢做能带给人惊喜的事，喜欢令人开心令人感动，我想我可以付出很多很多爱，这样或许能让懒得赚钱的我，懒得比较正气。

有个女生给我讲过一个故事，她说以前她住的公寓，对门的男生和女朋友分手，女朋友每天上来闹，在男生门口歇斯底里地拍门哭喊。她有天忍不住，打开门对那个女生说，你喊了这么半天也累了，要不过来喝杯水吧。那个女生有些迟疑，但还是进来坐下了，她给女生倒了一杯水，然后切了一块自己做的蛋糕，女生吃完蛋糕，坐了一会儿，说了声谢谢就走了，之后再也没有来过。后来女生给她寄了一张明信片，说当时自己觉得世界里只有他，只剩下痛苦，但是在吃到那一块蛋糕的时候，她觉得很好吃，她觉得自己好像忽然间找到了痛苦以外其他的感觉。她说，我想世界这么大，还有这么多未知的美好，为什么我要把自己困在这个楼道里？

讲这个故事给我听的女生，当时极力邀请我加入她的团队，我们聊到下厨房现在做的电商，她跟我说，她在下厨房的市集里看到有卖咸鸭蛋，又在另一个电商平台看到售卖同一款咸鸭蛋，因为另一个平台一直以来走的是高端路线，他们卖的咸鸭蛋比我们市集贵很多很多，但她选择了更贵的，因为她觉得更加信得过。

我的第一反应是觉得不可思议，并且生气。我了解我的公司，我相信我的同事，我亲眼看到电商团队一点一点扩大，我知道他们的努力。我生气是因为我的团队通过不懈地努力想要卖给大家更便宜的好东西，可是这种努力却惹来质疑。但我冷静下来想一想，如果不是因为我了解和相信下厨房团队，在这样的情况下，我其实也常常会做这样的判断和决定。我便忽然觉得自己很幸运。因为我在这个团队之中，才有这种了解和相信，使得我在未来的厨房生活里，可以少花不少钱。等我终于有朝一日成为一个为柴米油盐精打细算的胖主妇，忆起当年的时候，在下厨房的这段经历，一定会是我人生中最大的财富。

"山川与湖海"得以成为一个理想化的小食堂，不必迫于经济压力而过度节省成本，不必为了大量出餐而简化操作流程，不会因为客似云来而加大半成品的存储，不必为了大规模操作而令细节变得草率粗糙，是因为有下厨房作为后盾和支持。我偶尔也会面对客人的质疑和揣测，有一次我端菜上桌，有个男生忽然问我，你们这里房租多少？他旁边的女生闻言立刻睁大了眼睛看着他小声惊呼说，你好有种！有一次有合作的商家给我寄来海参用于做菜谱，我自己也不吃海参，就给客人做了海参蒸蛋，端上去的时候有个女生说，看到这只海参我终于觉得这顿饭值这么多钱了。一只海参根本不值多少钱，我用的鸡肉、羊肉、牛肉都比这区区一只海参贵，更何况这一只海参根本没花钱。每当这样的时候就会觉得很沮丧，我对自己没有过高的期许，我只想坦率地与人相处，不论我在准备菜单、拖着手推车去菜市场买菜的时候多么焦头烂额，当我从早上开始准备这一天的午餐或者晚餐的时候，我是兴奋的、满心雀跃的，因为我觉得自己是在为别人准备一个美好的惊喜，相信我，如果我想要给你一个惊喜，我就会铆足了劲做到最好。在准备的过程中，这种全力以赴无关我认不认识你、喜不喜欢你，只因为我渴望看到人们脸上美好的表情，如果说我也有争强好胜的一面，那种真实的、开心的表情，就是我最想要的战利品。

我唯一心虚不安的是我薅着下厨房的羊毛在给别人送温暖，我不计公司的成本，在成全我自己的慷慨爱心。这就有点……不正气了。问我房租多少都被称为有种，那么我的回答你会相信吗？以一只海参来评断一顿饭的价值，真是让我心碎啊，就好像我这一天饱含着深情的劳动都被否定了。我不想因为这样的负能量，让这样

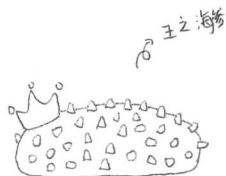

的"坏结果"作为一天美好工作的收尾，这也是之前我坚决不愿意面对客人的原因之一。我希望每次做饭都有精心准备的心情，亲自拖着小车去买菜，认真挑选每一朵蘑菇、每一尾虾。期望吃到每一道菜的人都会有扬眉的惊喜，愿能饱含心意，愿能最初和最后都如一。就好像我对我的客人，宁可是永远的暗恋。并能在每一次接到新的预订、开始新的暗恋时，都像从来没有被伤害过那样去付出心意。

我保存了从第一桌客人至今，每一桌的菜单、细节备忘和时间表安排，每当我打开文件夹，看自己写过的菜单、写过的时间表，我都能记起一些当时的想法，想要"美好可爱的生日晚餐"的姑娘们，我就给她们用可爱的迷你小南瓜做虾仁蘑菇起司盅，做富有仪式感的烤全鸡，做扎上蝴蝶结的夏洛特蛋糕，有一个吃素但其他人都爱吃肉的，我会做烤鸡肉沙拉，然后在时间表里提醒自己先分出一半沙拉，再混合烤鸡肉。

当客人向我转达同行伙伴的忌口，他们会说，"带爸爸妈妈来的，老人自己在家总是随便做着吃，希望他们吃点好食材做的好东西""带怀孕了的闺密来，请尽量不要做生冷的食物""给老公过生日，他喜欢吃海鲜，不喜欢太辣""给同事送行，希望在一起吃的最后的一顿饭能尽兴开心"……

我不认识来吃饭的人，但我知道我做的事情，是去感受一个人或者很多人的好心意，不辜负这好心意，做好吃的饭菜，表达真实的爱与被爱。有段时间其实我也在想，等租约到期了，就不再继续做小食堂。一方面是因为院子确实年久老化，很多问题都愈加严重；更重要的是，我越来越反感自己曾经说的"我不计成本，只想做一些小事情，给特地来吃饭的人一些好味道、好时光"，因为我不计的不是自己创造的成本，而是下厨房所有小伙伴日夜奔波加班、辛苦创造的成本。这么不正气的自己，我好接受不了啊。然后我就忽然想赚钱了。

要不负公司不负客人，唯有靠自己赚钱爱咋花咋花，薅自己的羊毛，送正气温暖。相信你一定感受到了我心中熊熊的一团火，一个熊孩子心中的一团熊火。毕竟十几篇稿子写了两年，要赚到够我"不计成本"的钱……人生很短，"呵呵"很长啊。

但这四年很美。

这本书，且做纪念，且做暂别。

# Chap_
# ter1

———————————— 第一章

山川与湖海

# 一

# 寻找食谱体验师

文 /Pan 小月

▶▶▶

2013 年 7 月，下厨房发起了一则特别的招聘：

## 我们想寻找一位"食谱体验师"

如果你看过电影《海鸥食堂》，我们大概就是要找一个电影中幸惠那样的人。暂停原本的生活轨迹，用半年或一年，来下厨房经历一段美食 Gap Year。

大致原则：拥有美食理想，自认为在美食领域有天分，愿意以此为职业。

**下面是对职位的描述和要求：**

1. 工作地点在北京，工作周期内需要全职。

2. 工作内容主要是挖掘这个世界上的各种美食，并且烹制出来，能让下厨房的成员从你的食物中吃出惊喜与情感。

3. 不需要专业厨师背景，但你目前的美食作品已能打动身边的朋友。下厨房可以为你的厨艺进阶尽可能地创造条件，你只需要专注在美食创作上。

4. 热爱美食摄影，喜欢记录，乐于分享。

5. 热爱生活、乐观、性格温和、执着、有耐心。

6. 对互联网有基本的概念和了解。

**优先条件：**

1. 有餐厅、咖啡厅实习和工作经验的优先。

2. 有除美食以外的生活爱好，

比如园艺、小动物、手工、家居布置、旅行、吉他等。

**下厨房将提供：**

1. 平等、有爱、宽松、灵活的小团队工作氛围。

2. 五险一金，包食宿，按月提供食材和厨具的采购预算。

这则招聘启事现在看来非常任性，它在下厨房的历史上仅此一次。

两三年之后，下厨房从十几个人的小团队，成长为百人左右的成熟公司，在招聘中我们更看重专业的"市场推广""电子商务"或者"编程"能力。正因如此，通过这次招聘从天而降的厨娘 Jackie，我更愿意相信她与下厨房之间有着惺惺相惜的缘分。

在近百封应聘邮件中，我挑了又选，最后锁定了身在武汉的湖北姑娘 Jackie。她只身一人来北京面试，甚至没和家里说一声，在我们办公室烤点心给一群陌生人吃，而且当时招她来，我们还并没有开一家私房菜馆的念头，只想着有她在，能打理我们的别墅环境，给同事们做做下午茶。实在是无心插柳，Jackie 在这个原本以为只能持续一年半载的 Gap Year 中，一待就是两三年，成了下厨房团队背后的小小传说。

# 二

## Jackie 来应聘

文 / Jackie

▶▼◀

五年前因为喜欢上一个男生，我辞掉在出版社的工作，去了他喜欢的咖啡馆上班。

咖啡馆的全名是参差花房咖啡，我们叫它花房。花房在汉口西北湖广场的一角，紧挨着湖边小路，面对着西北湖，周围有许多大树，背靠着广场的花圃，是一个屋顶盖着草、四面全透明的玻璃房子。我去的时候刚过立夏，花圃里开满了大朵的绣球花，梦幻至极。

我来花房的第四天就被安排一个人上晚班，夜晚湖边人很多，当时我有两个老板，森哥和豆子。他们虽然都在店里，但坐在离吧台最远的沙发上，专注地看着我头顶上的电视直播法网公开赛，就好像两个陌生的客人，完全不担心手忙脚乱的我会一不小心拆了花房。

当时我还不了解花房里那台家用咖啡机的具体构造和运作原理，咖啡机忽然哗哗哗地响，我知道是没有咖啡豆了，但不知道怎么办，我就去问豆子，豆子说没豆子了加豆子啊。我想了想，拿起一包咖啡豆倒进了咖啡机的水箱里……然后疑惑地看着没有反应的咖啡机问豆子：怎么还是哗哗哗地响啊？豆子走过来看了看水箱里的咖啡豆，又看了看一脸认真的我，似笑非笑地从水箱把咖啡豆捞了出来摊放在一个簸箕里晾起来，说留着做手冲练习，然后重新拿出一包豆子，倒进了装咖啡豆的仓里，就又回沙发上坐着看电视去了。把咖啡豆倒进水箱里，实习期的我在焦头烂额地应付不断的点单的同时还做了这样的蠢事，越发感到焦虑和慌张。之后豆子有朋友过来，他本来想要拿洗好的茶碗泡茶招呼他们，问我茶碗的滤网放在哪里了，我一头雾水根本不知道他说的是什么，结果是我并不知道那一坨黑乎乎的茶叶下面还有滤网，所以我一起倒进了垃圾桶里。豆子沉默了两秒，然后就去翻垃圾桶，我当时尴尬得快哭了，马上跑过去一起找，结果他翻着翻着垃圾桶忽然笑了起来。豆子是一个常年表情复杂的人，从我来花房，虽然每天见面，也教我们做过一两次手冲咖啡，但在我印象里，他总是一张面瘫脸，不知算酷还是严肃，可是却在那样一个气氛紧绷、在我真的觉得要被自己蠢哭，并且觉得自己的工作表现糟糕透了的时候，他竟然笑了。

然后我忽然意识到，其实从我把咖啡豆倒进水箱里的时候，他就已经很想笑了，是一直忍到了现在。他笑起来的样子还蛮傻的，但却是因为我做了很傻的事，所以好像我也没有立场说这样的话，然后我也笑了，就忽然轻松了。

酒精灯煎蛋

在花房的一年半时间里，森哥和豆子几乎没有说过什么责备的话，除了公司统一安排的一些活动，很少会提什么要求。遇到大大小小的状况，都会让我"自己想办法"，好像也从来不怕我做错什么事情，总是说"up to you，随便你"。

我在端午节的时候买小粽子在店里煮，剥掉艾叶就放在 espresso 的小杯子里分给大家蘸糖吃，用虹吸壶煮牛奶，用酒精灯煎鸡蛋做三明治，用奶锅下饺子。我还用花房里专门拿来热奶缸的迷你电磁炉炒过饭，28cm 直径的平底锅放上去整个电磁炉都看不见了，但火力堪称威猛无比。

于是大家发现我开始在咖啡店里想尽办法地做饭，不过这样一来，午饭时间我们也不用再叫外卖了，大家觉得这样也不错，就由着我乱来。那段时间我的小伙伴波波每天早上来看到我第一句话就是：Hi，Jackie，今天吃什么？再后来有天，我打扫花房的时候找到一本书——《孟老师的 100 道小饼干》，波波帮我一起用室外浇花的水管里里外外冲洗了当时弃置的烤箱，其实我一边洗一边在心里质疑，烤箱是可以这样洗的吗？可是晾干后它竟然确实能用。

我做的第一盘饼干是奶茶饼干，当整个花房里弥漫着浓浓的黄油奶香的时候，我沉浸在一次成功的巨大喜悦中忘乎所以，一不留神就烤成了炭，是真的乌黑亮丽的那种炭。但当时每个在花房的人包括森哥和豆子都吃了一块炭，还纷纷表示好吃，真是要宠我上天。然后我信以为真，就把剩下的炭打包好带回家，送给了住在我楼下，当时我新喜欢的男孩子。然后就没有然后了。

花房对我的意义非同一般，在我心里其实没有觉得自己是在工作，只是在一个美好的地方，和一群喜欢并且包容我的朋友们在一起，每天做着自己喜欢的事情，当时我也才大学毕业一年，世界那么大，我也不想去看看了，我觉得一辈子窝在这个玻璃房子里，一辈子和他们待在一起，就很好。在心理上，花房是我真正的温室。但在客观环境上，并不是。

花房没有 Wi-Fi，作为一间咖啡馆，算是蛮不可思议了。但对花房来说，这应该是最小的问题。因为花房是玻璃房，只有两扇门，没有窗，夏天的时候阳光暴烈如同烤箱，周围植物茂盛，所以晚上蚊虫肆虐，我穿着长裤长裙都能咬一腿一脚包。花房里虽然有一台中央空调，但电压带不动，夏天开空调还不如敞着门，冬天能保持室内 18 摄氏度就已经是尽了它的全力了。湖边的冬天风又很大，有一次地冻天寒的，小伙伴晕晕在杂物间找出来一个火盆，我们两个人在房子里烧报纸想要生火点炭，结果报纸燃烧的烟瞬间弥漫在整个玻璃房里，我们两个人灰头土脸地跑到外面，然后哈哈大笑。

花房最初没有下水管道，水槽的水管接着一只桶，接满一桶水，要自己提到旁边的公厕倒掉，后来终于修了条下水管道，没多久广场修整，在我们的上水管道分流，我们的上水压力不够，然后自来水就停了，我们就用桶装水洗了一年杯子。第二年花房的屋顶又开始漏雨，起初是一两个地方，后来越来越多，有一晚我在家看电视，花房的兼职晚班给我打电话，说花房着火了！我头皮一阵发麻，问他怎么回事，他说屋顶漏雨滴在接线板上短路起火，我说，那你快拿水泼啊！晚班说你是在逗我吗……然后他问我店里电源的总闸在哪儿，我在电话这头一脸茫然，我说我不知道……要不你拿剪刀剪电线吧……

第二天晚班看见我的时候说，你没想到我还活着吧？再后来，只要是下雨天，花房里面就跟水帘洞一样。一年半的时间里好像磨难重重，但花房里身边的人和遇见的人们总能苦中作乐。和他们在一起度过人生，就好像心里总有饱满的幸福感，在这种饱满的幸福感之下，我觉得哪种未来我都不怕。

偶尔我们也会叫外卖，最喜欢的是一家川菜馆做的豆花鱼，后来有天发现他们家的电话没人听，然后这家店莫名其妙地就消失了。可是我们对豆花鱼还意犹未尽，于是我们排查了周围所有名字里带川的大小饭店，叫了其他外卖店所有的疑似菜比如水煮鱼、沸腾鱼、香锅鱼等，最后歇斯底里的我们直接在百度搜索"武汉豆花鱼"，打算撒下天罗地网，只要是在武汉，不管哪里有我们都要去吃。

然后我就找到了下厨房的豆花鱼菜谱。菜谱的步骤还算简单，为了安全起见，我在自己家里炸好香料油装进盒子里带去花房，拿奶锅加豆瓣酱炒炒再加热水煮成汤底，龙利鱼我也在家解冻后切片腌好装进保鲜袋，直接拿出来倒进煮沸的汤里，用筷子一拌让它们散开，然后把内酯豆腐切片铺在大碗底部，再把鱼片和汤倒进去，撒上炸过的花椒和干辣椒，浇上一大勺烧热的油，用香菜和白芝麻装饰点缀。曾经的挚爱终于重现眼前，尝到失而复得的熟悉味道，我和小黑都感动到眼泛泪光，只是不知道当时的路人是如何看待一家飘着川香麻辣味的咖啡馆的。

豆花鱼的大获成功，为我打开了新世界的大门，我开始在下厨房网站上搜寻各种可以方便在花房操作的菜谱，然后一一炮制，最后当然要拍照，上传作品，不断刷新看有多少人给我点赞。当时下厨房对我来说就是一本超酷炫的详解大百科全书和美食专属的 Instagram。但是做饭一天最多做两顿，烘焙就不一样了，我可以从早到晚做，做了还能卖钱，不怕吃不完会浪费，而且在咖啡馆里拍甜点照片简直美到不行，有花有树，阳光咖啡，还有萌猫入镜，在下厨房上传完作品，再去发参差花房咖啡的微博，一时间参差花房咖啡简直是万千少女梦想中的天堂。

后来我被告知，要被调配到参差咖啡新开的梦想学校做甜点烘焙老师。在所有人看来，这就像是把台阶旁无意生长出的花移栽进阳光充沛的花圃里，是确切无疑的好意。但对我来说，竟然有如晴天霹雳。

撇开对花房的不舍不谈，我其实也一点都不想当老师。我不过是半路出家的半桶水，凭什么去教别人呢？三个月后我给下厨房投了简历，随后在和小月的邮件往来里我们聊到这件事，我说，我觉得当时的我就好像是一锅炖肉，做老师就好比是小火焖煮，但我料没下足，反复焖煮还不到时候，不过是浪费瓦斯浪费时间。我应该在自己还年轻的时候，去更多地获取知识，有了藏红花才算是西班牙海鲜饭，要落足几十种材料，才炖得出佛跳墙。

其实我原本以为自己从一开始到咖啡店工作，不过是由着感情驱使任性而为，不在最好的年轻岁月里拼搏奋斗，只是低着头跟着风花雪月乱走。但当我看到下厨房的招聘时，就好像我走到山顶，然后回头看大雾散去后的来路，发现自己在每一个岔路的每一个选择，都严丝合缝地指向此刻；就好像我以为我浪费的时间，其实都是为了我，成为现在这个我；就好像一部"烧脑剧"的谜底揭开，发现过往发生的一切皆是线索。我在合适的时候来了合适的地方，经过合适的心理转变，开始做合适的事情，然后遇到合适的机会，成为合适的人。

我觉得这一次招聘，就是我的命中注定，所以我在投简历的时候，确实是满怀着十拿九稳的信心。我收到小月的回复，说在我和"另一个合适的人选"之间犹豫不决，希望我能抽时间去一趟北京，彼此再多一些了解。我很好奇会是怎样的一个人，可以和我"命中注定的合适"势均力敌。

我很快订好了往返的火车票和青旅，因为觉得自己以后反正就会去北京生活了，所以这次我只打算在北京逗留一夜，卧铺车清晨抵达，然后去面试，隔天下午再坐卧铺车返回武汉。当时身边好友都知道我要去北京，但他们不知道我的主要目是去面试，所以都开玩笑说我是去睡火车玩。

临行的前一天，我在微博看见小月口中"另一个合适的人选"去了下厨房办公室，应该也算是面试吧，她给大家做了下午茶，有意大利面、布丁，还有柠檬挞。丝毫不夸张地说，她做的东西，有一种我望尘莫及的精致，就好像一种不属于我的、与生俱来的气质。我是真真切切地感觉到被浇了一桶冷水从头凉到脚，心里立刻就冒出一句话，我还有必要去吗？

不过我只是沮丧了一会儿，很快又不那么沮丧了。我想这一定也是命中注定的，也许就是为了让我明白人外有人，天外有天，激励我好好努力，继续学习。而且我车票和青旅都订好了，即使我不能去北京工作，一次北京之旅已经在我面前，无论如何旅行总是令人兴奋的，我想如果真的被拒绝，就把返回的车票改期，痛痛快快多玩几天。

为了让自己就算是失败，也要美美的像一只天鹅骄傲地离去，出门去火车站之前，我非常认真地打扮了自己，选了一件宽松的一字领罩衫，配一条深蓝色棉布的花裙裤。这一套战服在书虫咖啡的时候曾经饱受赞誉，文华书城的大叔说我穿这一身令他联想到一个骑着自行车戴着大草帽、车筐里放的牛皮纸袋里装着法国长棍面包的法国少女，我还拿卷发棒给自己做了个温柔缱绻的大波浪。看上去就是一个大写的美好贤淑。

我没有带行李箱，只是背了一个敞口的帆布袋，从火车站出来，转了三趟地铁一辆公交，终于抵达北五环的回龙观，也不知是不是我的装扮太惬意或者太随意，看起来太像早上起来没梳头就穿着睡衣出门买菜的太太，刚下公交车就被一位大叔拉住问路。

在地铁上的时候小月给我发信息说她会晚点到，让我找到下厨房的大本营之后，先去和 Tony 聊一聊。之前在邮件里，小月大致给我描述过，下厨房的办公室是在一栋大别墅里，有小猫小狗有院子。我就此展开的联想，是当我推开门走进去时，整个房间里都投射着金色的阳光，厨房应该是开放式的，各种食材调料应有尽有，烤箱炉灶都亮晶晶的，杯子、盘子、叉子、勺子全部都在阳光下熠熠生辉，小猫在沙发上酣然入睡，小狗在院子里愉快地玩耍，院子里有各种植物，葡萄架上的葡萄、花瓣叶片的露珠，都散发着沁人心脾的芳香。

我猜想 Tony，应该是一个穿着修身的白衬衣、卡其色长裤，头发的轮廓在阳光里好像镶上了金边的男子。我行走在别墅小区里，怀揣着一步步接近神坛的激动，长这么大第一次见到这么多别墅啊，挨家挨户的院子里都种着瓜、种着豆，到处都是农作物，辣椒啊，茄子啊，西红柿啊，长势十分喜人。原来别墅区就是这个样子的！

终于我来到了目的地坐标门前，院子里有三棵大树，密实地把庭院笼罩在树影之下。靠近玄关的一侧有一张白色的藤编桌和几把藤编餐椅，另一头有一栋小小的木制狗屋，前面是一张圆形石桌和四个石凳，木屋附近却没看见狗狗的食盆，我想莫非住在别墅里的狗狗，每天就是坐在这张石桌石凳上吃饭的……我走到玄关按门铃，一个看起来很小却胡子拉碴的男生来给我开门，我说我找Tony，他让我进屋稍等，然后就上楼去通传了。我在客厅里四下打量，和我预想的画风不太一样。房间里光线很暗，摆设也有些凌乱，客厅中间有一张黑色的大餐桌，周围随意地散布着十几把餐椅，餐桌前面一点是电视，后面一点是沙发。好在沙发背靠着一整面墙的整体书柜，摆满了各种美食类图书，让我

三三

想象中的Tony.

稍稍安心，相信自己没有误堕传销陷阱，我在沙发上坐下，随手拿了一本书来看。

可能刚好是上班时间，一直有人开门进来，都是男生，都背着黑色的双肩包，看见坐在客厅里的我，都愣了一下，然后礼貌又有些拘束地对我笑一笑，说早。我也礼貌地说早早早，一边极力忍住没有接着说"你为什么背着炸药包"，一边在心里默默地感叹，这一整个公司的男生，都好像是隔壁阿姨家学习又好又听话的儿子啊！

然后穿着T恤短裤人字拖的Tony下来了，初次见面的Tony，在我看来，长了一张永远在放空的脸。Tony说，我们到三楼聊吧。我跟在他身后，心中充满了疑惑，虽然我知道他是下厨房的大Boss，可是一直以来我都是和小月邮件往来，他知道我是来干什么的吗，他知道我除了头发还有什么特长吗？现在小月不在，我们要聊什么，从哪里聊起？等一会儿小月来了，我们难道要把聊过的话题从头再说一遍吗？这不符合常人从谈话的有效性出发来合理安排时间的逻辑啊！

但我反正早已经想开看透，一心只是来陪跑而已，前一天迎头浇下的冷水，此刻仿佛化为甘露，舒缓了我所有的紧张，明明我是来面试，却反而好像一个成熟冷静的过来人，苦口婆心地要去劝导一个理想主义热血青年。我在咖啡馆两年，每一天都有许多满眼都是憧憬、满脸都是光芒的热血青年涌入我的店里，他们都会激动地跟我说，我的梦想就是开一家这样的店。但很多时候，他们憧憬的是拥有，而不是经营。我对Tony说，我认同你们想要找的这个人，做的这件事，是很美好的一件事，但我不知道，你们有没有认真地考虑过，有必要和值得吗？我竟然还很冒昧地问了一句你们有多少钱往里砸？如果你们做这件事，只是一时理想主义情怀泛滥，没有给公司带来好处，反而增添负担，这样的结果你们有预想过吗？说完这些话，我心里颇有些牺牲小我顾全大局的凛然之气，结果 Tony 问了我一个问题，我就蒙了。他说，作为独生子女，要离开父母身边，一个人到北京工作和生活一段时间，你的家人能接受吗？

我就好像正在有条不紊地答考卷，却猛然看到了超纲题，整个人一片空白。然后我很快地想，他们为什么会不接受？他们从来没有不接受过我的任何决定，可是他们完全不知道我来面试，甚至不知道我现在在北京，我怎么就能假设他们一定会接受呢？如果他们不接受怎么办？可是我不是已经做好准备被拒绝了吗？我根本就不会来北京工作，他们也不存在接不接受的问题啊！

我被这一场虚惊搞得有点慌乱，并且忽然意识到我才是没有经过深思熟虑、没有和家人认真商量，自己一腔热血偷偷跑来面试的人，也不知道前面在那边深明大义个什么鬼。我正打算正襟危坐来掩饰我的心虚，小月姗姗来迟，加入了我们的谈话，而我们竟然真的把刚才聊过的话题，重新聊了一遍。明明刚才和 Tony 说的话是我发自内心的肺腑之言，现在要当着他的面对小月原文重复一遍，我觉得自己好像在背稿，好尴尬，可是又忍不住觉得好笑，然后那些什么正气凛然、慌乱心虚，就都被消解了。

中午的时候，因为公司的阿姨请假没人做饭，我们只能出去吃，我平生第一次在一顿午饭里同时吃到了粥、饼、面、包子和炒饭，堪可称得上是一场主食的盛宴。吃完饭回到公司两点多，小月说你在楼下休息一会儿，可以自己去厨房看看能做点什么，我上楼处理一些事情，待会儿下来你看缺什么我带你去买。我去厨房看了一眼，就是一个很普通的中式家庭厨房，摆着很普通的油盐酱醋。好像最高级的就是一台嵌入式烤箱，另外厨房外面的隔断里也有一只小烤箱。我在冰箱里找到了黄油和淡奶油，于是决定做泡芙。拌面糊十五分钟，烤二十分钟，冷却十分钟，然后填入打好的奶油，应该一个小时就能搞定。我想等小月下来让她带我去附近超市买一瓶黄桃罐头，装饰在泡芙的奶油上，就算不如昨天的下午茶豪华，也不会太寒酸。

我就坐在沙发上等，然后睡着了。

我醒过来的时候快四点了，又过了一会儿小月才下来，我说我想买黄桃罐头，小月说附近只有一家小便民超市，不确定有没有。我有些疑惑就问小月说，昨天那个女生是自己带了东西来的吗？小月说对呀对呀！她带了好大一包东西……我只觉得一头黑线，心想说那你干吗不提前告诉我让我自己准备！

我们去了小超市，幸运地找到了黄桃罐头，经过水果摊看见新鲜的杏子，好兴奋！以前在很多烘焙书上看见杏子做的甜点，觉得好美，可是在武汉根本见不到新鲜的杏，于是我立刻就说我要做杏子挞！其实我不应该在面试的时候冒这样的险，这是我第一次见到新鲜的杏，我不知道它是什么味道，也许做出来会很难吃。但我当时觉得自己很有可能只是陪跑，以后或许也不会有机会再见到新鲜的杏了，所以我一定要做一次。

回到别墅，我准备开始做的时候已经是五点，挞做起来比较麻烦，揉好面团之后还需要冷藏一会儿才能擀制挞皮，然后煮杏子馅再烤。我重新计划了一下时间，觉得最快也要两个小时才能做完。等我做完大家应该都下班了，我一时有点迟疑，想着要不就只做泡芙算了，但马上又想与其浪费时间纠结要不要做，不如立刻动手，做了再说！

我就在厨房热火朝天地忙了起来，中间有个男生下来围观，好奇地问我在做什么，我说我在做泡芙，然后拿手机出来找以前做过的图片给他看。我把挤好的泡芙面糊送进小烤箱，从冰箱取出冷藏的挞皮开始擀制整形的时候，他忽然问我，Jackie，你有娃吗？我整个人都傻掉了，我说我看起来像有娃的人吗？他看我脸色不对，连忙解释说因为在手机里无意间看见几张小朋友的照片，以为我有宝宝了。但这个解释对我来说并没有用，因为我忽然间联想到很多事情。我想到早上每一个跟我打招呼的男生，他们的礼貌中分明都满含着尊敬，我想到小月说公司的阿姨请假了，天啊，他们一定都以为我是新来的阿姨！原来我以为的浪漫法国风情，在别人眼里看来竟然是成熟已育少妇！

在下厨房面试的这一整天里，有好多次我心里都默默地飘过一句话：怎么会是这样……可在这一刻，这句话在我心里仿佛化为了满屏的弹幕，一直刷一直刷一直刷……我强忍着内心的悲痛，继续去煮杏子准备挞的馅料，想到不确定杏子的味道我就生吃了一块，真是更加酸透心扉。傍晚，昨天做下午茶的女生忽然也来了，我吃了一惊，我本来以为这次面试的结果，应该会是在我回武汉之后，小月从邮件里回复给我。但现在这个女生在这个时间过来，分明是说，今晚就是摊牌的时刻。我觉得自己好像刚刚才被人捅了一刀，现在还要面对情敌强颜欢笑。其实我去看过她的微博，她做的东西每一样都很精致，在当时也已经小有名气，我心里对她暗暗有崇拜和羡慕，和她讲话竟然会有一些小紧张，可以成为她的竞争对手，我简直觉得虽败犹荣，输给她，我是服气的。

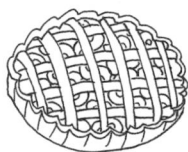

杏子挞.

我的泡芙烤得大小不一，杏子挞又太酸了。但终于做完了这件事，并且做了杏子挞，我觉得很高兴，我找到一个滴滤式的自动咖啡壶，把滤网拆出来，拿一个拉花缸当作手冲壶，用料理机打碎了我从武汉带来的咖啡豆，冲了一壶咖啡，明明一切都好像不完美，可我心里已经有了完美的圆满。

Tony 和小月单独谈了半个多小时，又把那个女生叫上去谈了快一个小时，根据正常人的思维逻辑，我觉得他们先和她谈，并且谈这么久，很有可能是在拒绝她。因为如果他们要对我宣布坏消息，不会还让我等这么久——表白一句话就够了，分手才需要重重铺垫。但我又觉得不太可能是我，我先天优势就不足，后天表现还失误，他们怎么可能会选我？明明我早就已经放弃了，已经准备好被说"谢谢"和"对不起"了，却在这漫长的等待里，感受到自己心里其实是有期待的。我一边觉得会是我吧，一边又怕自己这样以为，到最后却不是我，那该有多难过。

与此同时，公司有几个小伙伴开始在厨房做晚饭了，好香。我想他们看见我一个人在旁边干等，应该会邀请我一起吃吧！结果他们快做好的时候，小月下来把我叫上去了。那个女生和大家说了再见就走掉了，我无从获知他们谈话的结果。

依依不舍地望了一眼厨房，我忐忑地上了楼，Tony 和小月没有明确地说我们选择了你或者拒绝了她这样的话，我一头雾水地和他们又聊了好久，中间一直很紧张，竖起耳朵警觉地分辨下一句是不是就要说抱歉。结果 Tony 问我什么时候可以正式过来上班，我脑子里忽然就开始成片成片地飘乱码，我在想会不会是我听错了，这是选择了我的意思吗，还是拒绝我的另一种表达形式？我一脸的不确信，我说你们希望是什么时候（不会说下辈子吧）……Tony 说越快越好。我马上说那就十天后吧（夜长梦多千万别变卦、千万别变卦）！

Tony 说好。

我下了楼，小月说和我同路，一起坐地铁，她去收拾东西，我在客厅等她。晚饭的局已经散去，厨房和餐桌都已收拾干净，客厅里只留有一盏黄色吊灯。错过晚餐的我心里有些失落，胃又觉得好饿，可是脑袋里却都是兴奋的轰鸣，就像是掷硬币，在抛出去的时候真实地感觉到自己强烈的渴望，却又清楚地明白希望渺茫，我对自己说，除非硬币立起来才有可能吧，然后这枚硬币落下来，在台面上垂直旋转，我屏住呼吸，在心里惊呼不可能吧，而它慢慢停下来，直立在我面前，闪闪发光。我看着它，眼睛都不敢眨一下，就好像这是我人生里第一次也是唯一的一次愿望成真，唯恐一眨眼，美梦就会醒来。

在地铁上，我问小月，为什么是我？

小月说，你现在做的东西，的确远不如另一个女生。但厨艺是可以后天练习的，这也是原本我们希望你来下厨房能够获得的提升，可是经历是每个人独有、无法复制的，我们觉得你在咖啡馆里两年的经验，对你来下厨房之后要做的事情会更有帮助。

我听她说完，点头如捣蒜，我说，嗯嗯！你说得好有道理！她接着说，而且我个人觉得你很像饭岛奈美，我感觉胖胖的女生，做东西一定会好吃。

……

三

# 小月眼中的 Jackie

文 /Pan 小月

▶▶◀

我常常说，Jackie 与我们招她来的预期，最大的落差就在于她不想红。原本我们痴心妄想能培养出一个网红，代表下厨房出书录节目，结果她视虚名为粪土，宁可每天躲在大别墅里浇花、逗猫、喂养程序员，也不愿意把时间花在发微博和写菜谱上。

但是 Jackie 写得一手好文章，偶尔心情好了或者不好了，写几个段子逗闷子，唠唠叨叨的却总是很有意思，让人愿意读下去。她还会画画，大学是念平面设计的。对了，她还无师自通了踩缝纫机，住进大别墅的第一个礼拜，就缝了一堆小口袋和花布头出来装饰房间，红色大印花的日式风格，把别墅装饰得像"窑子"一般，那阵子我们都自嘲办公室是"窑子风"，只可惜没有长性。她是个没有长性、很容易被惹怒、也很容易受感动的女孩子，我一开始叫她"暴躁厨娘"。

暴躁厨娘外表放浪形骸，内心里却很敏感细腻。活在自己的世界里，尽可能不麻烦任何人，也会因为别人带来计划外的麻烦而生气。有的时候穿复古的长裙子，婷婷袅袅；有的时候穿运动服和跑鞋去买菜；还会喜欢许多我看不上的卡通娃娃。她在手臂上文了一条红色的大金鱼，好看极了，但总有人问她是不是贴上去的……

我和 Jackie 的相处模式就是互相容忍，但我心底里觉得我宠她更多些。很多时候我们互相看不顺眼，但我知道她是爱我的。嗯，我也爱她。

# 四

## Jackie 刚来公司发生的事

文 / Jackie

▶▶▶

面试之后的隔天晚上，去火车站搭车回武汉，不知道是这短短两天我走了太多路，还是想了太多事，从我上火车到隔天我在公交车上醒过来，中间的那一段记忆好像完全被抹掉了。我想不起来那天同车厢的是什么人，想不起来自己有没有辗转反侧，如果有，又是在想些什么，如果没有，怎么会第二天下了火车转了公交车我还在一直睡，醒的时候发现自己歪在公交车最后一排的座位上，车上空无一人，车门打开着，停在不是站台又不是总站的路边，我坐起来，忽然有点蒙，可当时是早上八九点，阳光有着恰好的明亮，整个车厢和世界都显

得通透清晰。我正要想到底哪一段是黄粱梦时，司机大叔叼着个烧饼欢快地跳上了车，看见我，愣了一下，我们对视了两秒，不知道谁应该先笑谁，我决定先发制人，拿起包下车，留给他一个头发凌乱但依然优雅的背影。

一觉醒来我去了北京，一觉醒来我回了武汉，一觉醒来我的人生就此改写，可见以后睡觉一定要谨慎，还有出行一定要多选择卧铺夜车，能为旅行增添如梦似幻的意境……我回到家，洗澡，吹头发，脑子里一直胡乱地想一些事情，最后我关掉吹风机，坐在沙发上，得出一个结论，我只有十天，很多事情迫在眉睫，我想我无法回避，也不需要居心叵测地去铺垫了。

傍晚我爸爸下班回家，他淘好米放进电饭锅里煮，我们就一起在客厅的沙发上坐着叠衣服。我忽然开口说，爸爸，我想去北京工作。我爸爸觉得好笑，他说，你去过北京吗？两天前我告诉他，我和晕晕在汉口玩，晚上在她家睡。这是常有的事，我爸只是说好，知道了。然后我拿出两张火车票放在他面前说，我刚从北京回来。我爸出乎意料地平静，他只是沉默了一会儿，问我，你跟你妈说了吗？

二十岁的时候，我谈恋爱，家里人不知道，我还瞒着他们和男朋友去旅行，后来我直接把他给领回家了，回家之前我给我妈发了条短信，我说我带个男朋友回来，我妈也只是回了一句，好。然后就帮我去告诉我爸爸和爷爷奶奶了。小学的时候我犯懒不愿意上课，也是我妈打电话去学校给我请病假。从小到大，只要我不亲口跟她说的事情，她知道了都能当作不知道，连一丝旁敲侧击都没有。我在手臂上文身，我告诉了我爸爸，因为我爸曾经跟我说，他有个朋友在做文身师，还兴致勃勃地说他想去文一只海豚，我心想莫非你是张靓颖的粉丝，后来我爸说，噢，不对，是企鹅。我无法想象一个身上文了 QQ 图标的爸爸，但至少我知道他是能接受这件事的。我妈曾经说，你要是文身我就打死你。结果我姐姐在盛夏结婚，逼得我穿着长袖当了一天伴娘，晚上我绷不住了去跟我妈坦白，我说，妈我告诉你一件事你不要打我。我妈当时的反应，简直让我觉得我要是不告诉她我怀孕了或者出柜了，我都对不起她当时的表情。结果我忐忑地说，我有个文身。我妈一个大白眼丢过来说，我早就知道了，你微博上发过了。

想一想当初我告诉我爸的时候特地叮嘱他不要让我妈知道，殊不知我妈明明知道，还因为怕我爸知道会骂我，所以一直瞒着我爸。这各自心怀鬼胎的一家人也实在令人佩服。

其实现在想起来，会有点难过，当时只觉得自己好酷，拿出两张车票就好像小时候拿出两张满分的测试卷，没有想过突如其来的离别，会给父母带来怎样的情感伤害。或许他们也有几个夜晚想到我要孤身一人到远方，又担心又不舍，却还要做出开明的样子，保护我的感情，不让我感到歉疚，一丝一毫都不愿去打击我的兴奋和雀跃。

我们对"去北京工作"这件事的讨论十分简短，我爸那天之后就没有再说过什么，我妈只是在我去跟她说的时候问我哪天走，去多久，住在哪儿。然后点点头说，那你要快点买个大的行李箱，别耽误了。

离开武汉在候车厅的时候，坐在座位上，望着人群发呆。我在想，会不会有人忽然拨开重重人群走到我面前，对我说，我爱你，不要走。可是如果有，难道我真的会留下来吗？又是谁可以让我留下来呢？我还想再多参加两次派对，再多喝醉几晚。不知道我是不是生活得百无聊赖，所以想借一场离别增添精彩，喊"狼来了"的小孩和戏诸侯的褒姒都没有好下场，我不可以回头了。

只好继续往前闯了。

我进下厨房的时候，加上实习生，公司一共只有十三个人，一半都是程序员。第一次参加公司的集体会议，在大家自我介绍完之后，我就开始放空了，因为他们聊天的内容，我完全听不懂。我在一旁云里雾里，又觉得有趣，开始回想从前刚去咖啡馆的时候，一样什么都不懂的自己，正要感叹时光飞逝有如轮回，我又成为了一个新鲜人。忽然负责后端技术的棍问 Tony，Jackie 到底是来做什么的？

所有人都安静下来，看看我，又看看 Tony。

棍是一枚"学霸"，据说当年曾被保送清华，但棍觉得"这样不公平！"于是拒绝保送，自己考了进去……虽然是"学霸"，但登山跑马拉松样样皆能，公司里大家请假的邮件都是群发，"学霸"棍的请假条经常是"请假三天，去×××跑马拉松"。棍原来是做空调相关的，跟代码八竿子打不着的关系，忽然有一天，"学霸"想写代码了，然后就学会了写代码。

和"学霸"聊天是很有压力的，棍仿佛对所有事情都充满了好奇心，他可以非常虚心有礼地刨根问底，虽然态度谦和，但绝对不要想敷衍"学霸"，"学霸"的耐心和执着你无法想象。公司里开会，只要棍一开口，这会两个小时就没跑儿了。

之前在邮件里，小月向我描述过"这份工作的具体情况"："主要就是做好吃的。必需的一项固定工作，是需要每天为下厨房团队（十人）制作下午茶。如果你心情好，也可以做点儿早餐，甚至下班时间和大家一起做晚餐之类的。但我们团队需要一个不干别的事务工作，只专心研究美食的员工。我们希望你住在公司（我们公司在北京回龙观一栋别墅），把这栋别墅当成自己的家来打理，做好吃的，在院子里种花、种菜、种香草，照顾我们的小猫和小狗。周末的时候，我们可能会在别墅里做自己的私房小餐厅，招待来访的朋友。你就是下厨房的沙龙女主人。"

虽然她说"我们团队"需要一个这样的员工，但显然程序员们并不明白我存在的意义。我来之后和 Tony 就我的工作方向和目标聊过一次，Tony 的表达颇有些概括和含糊其词，我本以为他是面对陌生员工一时语塞或有所保留，我甚至猜测，他和小月可能瞒着我和公司其他人，在密谋下一盘大棋。

所以当棍这么问的时候，我也饶有兴趣地看着 Tony，我想知道如果他只是暂时和新丁的我语言不通，现在面对熟悉的人民群众，是不是能做一番具体的展望。

后来我发现整件事其实更接近于，Tony 在某天忽然有了一个想法，然后他兴冲冲地告诉了小月，小月觉得，哇，这个想法超赞的！可是怎么执行呢？他们想啊想，想啊想，最终决定，为了不浪费时间，先执行了再说，于是他们找到了我。我以为他们经过慎重的挑选留下我，一定有全盘的计划，但实际上，我们都不知道这件事应该怎么定义，要怎么做，会走向怎样的方向。

Tony 当时当然没有办法确切地描述一个从来不存在的计划，但现在看来，这也正是这件事的美妙之处，就好像我们捡到一粒种子决定种下，对于未知我们仅有的是美好的期望，随后和它一起成长，看见它发芽开花，觉得有趣和感动，会庆幸当初遇到这粒种子的时候，播种了，而不是想一想，然后走掉了。

一场大会开完，虽然彼此间都还是一头雾水，但并不妨碍我们成为相亲相爱相杀的一家人。

以前在咖啡馆或者在大学的艺术设计学院，女生总是比男生多很多，姑娘们几乎什么事都能自己做，大多数男生对我的好，更多的是出于"我敬你是条汉子"，下厨房应该是我生平第一次待在男生比女生多两倍的集体里，我也第一次真正感受到自己被当作一个女孩子。

有天我拿着杯子去饮水机接水，发现水桶空了，我想多大点事儿啊，就到另一间房去提了一瓶桶装水打算来换上，结果被三个男生同时截下，抢到桶装水的男生正要换，另一个男生说："哎呀！饮水机好像有点脏了！"然后抱着饮水机就去卫生间洗了一遍，拖回来，再换上水，接着就各回各位继续工作了。一切发生在电光火石之间，只剩下蒙在原地捧着杯子的我，和阳光下亮晶晶的、发出咕咚咕咚声的饮水机。

还有一次我在楼下拍完照，上楼的时候因为怀里抱了太多东西没留意脚下，一脚踩空然后摔倒了，我只是斜斜地坐在了楼梯上，但我怀里的相机掉在台阶上，还往下滚了两个台阶，发出沉沉的声响。大概两秒钟吧，我听见楼上轰隆隆的脚步声冲出房间，然后轰隆隆地冲下楼梯，所有人都跑出来了，一边跑一边大声喊："Jackie！你没事吧！"我吓坏了——我觉得楼要塌了。我抬头看着窄窄的楼梯上乌压压的脑袋心中备感温暖，我说我没事……程序员炖炖把我扶起来说，可是听声音像是你从楼梯上滚下来了啊！我说不是我，是相机。当时公司十一个人总共有十四台单反，闻得此言不由得由人及己，纷纷表示，啊？那我宁愿是我自己摔了……他们没有按照我预期的温馨剧情和我说"人没事就好"，我立刻就收住了即将夺眶而出的泪水，又想到那沉沉的两声后两秒钟的沉默里大家面面相觑的惊恐的表情，忍不住好笑。

我一个人待在别墅里的时间并不多,阿姨每天清晨都会过来打扫,公司 6 点半下班,下班后,几个住在附近的同事会留下来一起做晚饭,晚餐小队的成员最早除了我、实习生李丹和刘佳林,还有公司的最有爱 CP 银银和炖炖、坚决认为香肠肉丸子都不算肉的后端技术费超。大家会轮流负责买菜、做饭和刷碗。刘佳林说他完全不会做饭,所以全职刷碗。李丹吃素,偶尔会炒两个素菜。炖炖是北方人,不挑食,有包子、馒头配榨菜就很高兴。银银是江苏人,煎鱼从来不破皮,晚餐最常是我和银银做——因为我们无法满足于包子、馒头、榨菜和草。费超不喜欢做饭也不喜欢刷碗,但挺乐于助人的,经常会热心地问我:"Jackie,炖的肘子用帮你尝尝吗?"有天我买了马蹄自己嫌麻烦,让他帮我削皮,他也没有拒绝,只是问:我能切成正方形吗?我想了想觉得太浪费,就说,还是切成六边形吧。

实习生李丹和刘佳林走后,晚餐小队就只剩下我们四个人,葛大爷和棍有天加班,看见我们在厨房热火朝天其乐融融,心生羡慕,说明天晚饭也算上他们,结果第二天下了班又不见人,我就问费超,今晚吃饭还是四个人吗?费超说昨天不也是吗?我说我以为会有六个人。费超说没事啊,你可以给他们把碗筷摆上。一起做饭、一起吃饭、一起刷碗、一起追电视剧,我们几个是最早熟起来的一伙。

吃完饭,我盘着腿抱着笔记本坐在沙发上,把晚上做的菜写成菜谱上传到下厨房,但凡是遇到操作不顺畅的地方就抓住费超各种吐槽,那种感觉真是十分美妙,就好像从前电脑死机,你指着电脑一通恨铁不成钢破口大骂,甚至想跟它打一架,可是电脑只是冷冷地黑在那里,试想一下如果电脑能听到你的话,并且能跟你互动,是不是会有一种拳拳到肉的痛快?也只有在这个时候,我才能真正感觉到自己"在下厨房工作"。

除了每周的例会，我从来都没有坐在大办公室里上过班，公司的考勤制度那时比较松散，每天早上我打开电脑，有新邮件弹出来，内容都是程序员们因各种理由"在家办公"，我常常遗憾自己同为下厨房员工却从来都没有发过这样的请假邮件。小月说其实你也可以发，发完之后就把自己锁在三楼房间里，一整天都别出来。

我最初的工作安排主要是改造大别墅，我问 Tony 大概的期望是什么样子，Tony 说："就完全按照你自己的想法，怎么挪家具，怎么装饰，你觉得怎么好就怎么弄，缺什么要买什么就去找财务，直接在我这里拿钱也可以。总之，现在你是这里的女主人了。"

我仿佛被赋予了呼风唤雨的权利，本该是走上人生巅峰的机会，可偏偏我是个心理负担超重的少女，作为一个空降的新丁，我的存在对网站的发展并无直接可见的利益，住在别人的公司、别人的房子里，还要花大家朝九晚五赚来的钱，我的自尊心不能允许自己成为一只千年白蚁精。余下的那个 8 月简直是我人生里最为自省、最有计划的一段时光，每天早上起来，我都会一边刷牙一边想今天我一定要做什么，然后写一张满满的时间表，晚上睡觉之前，我也要认真地回忆这一天的工作内容，是不是足够饱满，有没有跑偏，进度条有没有延误。

头一周，我在整理收纳别墅里大大小小的零碎，按比例画出所有区域的平面图和改造计划的草图，写采购清单和预算，清单里的每一样东西，都会标注用途和是否一定必要。做下午茶是我工作里最早明确确定的任务，所以，最初的计划和采购都围绕它展开，财务大总管李伟带着我和小月去城北的餐具批发市场买各种各样的杯碟，去宜家买大大小小的储物罐，厨房和客厅中间有一个十平方米不到的跃层，靠厨房那边的墙壁有一个方格组成的梯级置物柜，顶头还有四层嵌入式玻璃搁板，相邻的一边是一个双开门木头矮柜——那是我一眼相中的咖啡手冲台，上面放电磁炉、磨豆机和所有的手冲咖啡器具，咖啡杯和甜点用的小勺、小叉、碟子都可以放在下面的柜子里。面粉、砂糖、杏仁片这些原材料，装进瓶瓶罐罐里用贴纸标注，和烘焙用的工具模具一起整齐地码在梯级置物柜和玻璃搁板上，打蛋器、刮刀那些，就用挂钩挂在置物柜的内壁。小跃层和客厅之间是一个两米宽的大鱼缸形成的隔断，鱼缸里都是废弃的易拉罐和酒瓶，上面盖了一块木板，跃层三面环绕，中间有一张白色的藤编桌，和院子里的一样，我嫌它拍照不好看，在宜家买了木桌把它换掉，又配了四把带台阶的工具椅。整个跃层空间既可做烘焙操作区，又像是一个小小的 coffee bar，木桌的正上方垂下来三盏长柱形并排的吊灯，灯泡是暗色的暖光，每天的下午茶，都是在这里拍照这里吃，那时候的照片，不论白天晚上，都是深夜食堂一样的昏黄色调，有种慵懒的美好。

横在客厅和跃层中间的大鱼缸，让两边都大煞风景，可是又没有办法挪开，鱼缸下面客厅那边的结构也很奇怪，机智如我，决定用大块的布来遮挡，鱼缸加上跃层的高度，若是做成一整面和风花卉的屏风，一定风情万种——我不知道为什么我会想要把一个美食公司布置得风情万种。但后来整个一楼都被我布置得满满风情的时候，小月站在客厅呆滞了两秒，忽然问我，Jackie 你看过一部日本电影，叫《花魁》的吗？我说，没有啊！小月说，我本来以为你是饭岛奈美，万万没想到，原来你是《花魁》里的土屋安娜。

因为打定主意要做一大片和风花卉屏风，客厅里那张硕大的橘色条纹沙发在屏风下就会显得过于喧闹，风格也相差太多。那我想就再买一大块布，定做沙发套和抱枕套，顺便把沙发旁的落地窗窗帘也重新定做了吧，进门的玄关那里，有一块高而窄的不记得是贴花还是雕花的玻璃，嵌在深色的木质门柱中间，不能拆也不能挪，不如也用花布盖起来，窄窄的日式花布垂在深木色门柱中间，应该会很相称。我无情地拆除了客厅里的壁挂电视，把电视柜和散落在电视柜上以及客厅各个角落里的男孩子们的各种球类和球拍，一起扔到了地下室。一时间，全公司男生看我的眼神就好像是看到自己软弱的兄弟交到的 cold hard bitch 女友，每天上班就像是到兄弟家聚会，发现曾经的兄弟联盟自由的天堂已然被我全面统治，再不像从前自在散漫，痛心疾首却无力力挽狂澜。

客厅收拾得差不多了，在网上挑好布下单，紧接着我就把魔爪伸向了院子。当时已经是9月，整个小区里，各种农作物都到了丰收时节。有时我们中午吃完饭，男孩子们去打球，姑娘们也就两三个，挺好的，目标比较小，就在小区里溜达，看见别人家不经意间长到了院墙外的果实，就摘一些带回去研究研究，毕竟都是食材。

我们后面的一排别墅里，最西边的一家，整个院子的花棚顶上都结满了大大小小的葫芦，其中一个比我的头还要大。每次我经过都难掩觊觎之心，但他们家有一条凶恶的大狗，我曾经计划和别墅的狗狗山川通力合作，派它前去以蠢萌软化大恶狗，令大恶狗重拾柔软的内心，便于我潜入其中，得到我梦寐以求的大葫芦，召唤葫芦娃，统治全小区。后来小月劝我打消念头，说山川和大恶狗不睦已久。我感到好失望，这样一来，即便我想改变策略，以我的美貌去感动大恶狗，恐怕也会因为我是山川的室友而遭嫌弃。我本因此对山川有一些怨恼，但隔天我们食材收集小队又出动，结果因为转的弯太多，迷失了方向，是山川带领我们一路小跑才回到了家。不仅如此，我来北京后，一天三餐加下午茶，顿顿都吃得倾尽全力，毕竟身体是革命的本钱，要统治全小区一定要有好身体，我一周就胖了六斤，眼看我从金条变成了元宝，召唤葫芦娃的计划也落空，失去了全小区，我不能再失去我的美貌，所以我开始在地下室的跑步机上走路。那个时候，也是山川每晚在沙发上玩着刘佳林的被子陪着我，直到整个被子被它扔到地上，一只爪子挂住被子一角，在沙发上吊着腰沉沉睡去。每每此时，在跑步机上的我，总是忍不住眼泛泪光地想，这样的一只暖男狗，几乎可以感动全人类，难道真的不能去感动那条大恶狗吗？

不过很快我就忘记了这件事，因为我们家院子门口的柿子树开始结大柿子了！虽然柿子对我来说，只是观赏植物。我从小就很挑食，不吃茄子、不吃南瓜、不吃茭白、不吃青笋，但现在这些我都挺爱吃的，唯独柿子，我从来都没有想吃它的欲望。银银得知这件事，非常开心，十一放假前她把她盯了很久的一串柿子连树枝摘下来交给我，让我帮她保管以防被鸟啄烂。我至今仍记得银银那张充满幸福期望的脸庞，她把柿子郑重地递到我手上，眼里闪烁着光芒，她自始至终都看着柿子，对我说，等我回来，它们一定就熟好了。

我不吃柿子，但第一次看到长在树上的柿子和长满了柿子的树都令我相当兴奋。毕竟，有什么能比自家门口长了吃的更令人高兴呢？我想要统治全小区，也是因为那数之不尽的瓜果鲜蔬啊！但开始要在院子里种植物的时候，我却一心只想种花。

我们的院子里只有两边靠近篱笆那里有两条裸露的狭窄花圃，稀稀拉拉地长着一些杂草，门口有棵老葡萄藤，墙角有一大丛竹子，中间是两棵樱桃树一棵杏树，我来的时候错过了成熟期，只有满院顶葱葱郁郁的茂密树叶。树下用鹅卵石围出一块方形土壤，其余的地方都是碎石铺面，一朵花都没有！平时在小区里溜达，总看见别人家篱笆边大朵大朵盛开的月季，一直轰轰烈烈开到秋天将尽。没有花的院子就好像没有调料包的泡面，不够圆满。我向园艺大姐表达了我殷切的期盼，大姐说我们的院子大片都是树荫，花圃几乎照不到阳光，不适合种喜日晒的大月季，就给我在院子两边分别种了一排玉簪和一排薄荷，然后在靠近窗户，能晒到半天太阳的露台上，摆了十几盆五颜六色的太阳花，就是金丝杜鹃。玉簪喜阴，阔叶白花，有香气；薄荷种在离三棵树较远那边的花圃里，零落的也有一些阳光，而且薄荷比较好养，大姐说一株能发一大片。至

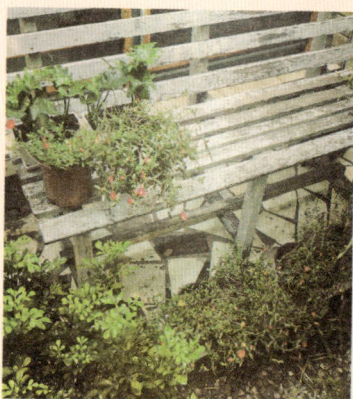

←

我刚住进大别墅里时，有天晌午，阳光倾泻在我的阳台上，格外灿烂美好。然后我想，我的阳台上太阳这么好，不养花实在可惜。

后来我就忘记了这个念头，可能也是很快就入秋了的关系。到第二年春天的时候，整个回龙观不论是小区里还是路边的花都开得繁茂，进早市的路上开始有大叔推着车卖一些盆栽，我一开始并不为所动，后来竟然开始卖栀子花了，这我就不能忍了，我买了一盆栀子花，顺便又买了一盆紫色的小雏菊，顺便又买了两盆薄荷，顺便又买了一盆清香木，顺便又买了三盆桔梗……

于太阳花，很便宜又很普通，颜色也稍稍有些俗气，可是每天早上起床，下楼到院子里拿着水管浇水的时候，看见一大片在阳光下色彩斑斓的小花，还是会觉得很开心。以前在咖啡馆，买植物是很花钱的，俗气的植物宁可不摆，绿萝是性价比最高的，虽然不如常春藤、紫藤那些好看，但简简单单又好养活，插在水里就能生长。我曾经创造的纪录，是把一盆 30 块的绿萝，拆成了 35 株。去餐具市场和宜家采购完之后，别墅里也清点出许多闲余的容器，生锈的珐琅锅，又或是缺了口的瓷碗。大姐给我拿了两大包营养土，我在客厅拿着小铲子，拆了两大盆绿萝，一夜之间摆满了整个一楼，每一层卫生间的洗手台上也放了两棵。

折腾完植物，网购的花布也陆续到了。我量好了各处的尺寸，就去找裁缝。只有窗帘在网上找了专门定做窗帘的店，也肯用我买的布定做，其他的抱枕、屏风和椅垫，市场里的裁缝都坚持要我买他们的布才肯做。当时临近中秋，公司给每个员工发了两百块的月饼钱，我就用这两百块买了台缝纫机。收到货之后，我对着说明书花了一会儿工夫组装好，然后情真意切地对缝纫机说，你就是我的中秋月饼了。

因为我从来没有用过缝纫机，过了两天我准备要开始用的时候，才发现缝纫机针下的垫板漏装了，而且可能被我和包装一起丢掉了。我找卖家给我补发，在

等待的时候画了逻辑图，就是根据逻辑思维画的草图，然后反反复复看了几遍说明书。我还挺喜欢看说明书的，说明书、地图、菜谱，感觉有了这些就没有做不到的事，没有去不了的地方，没有吃不到的美食。终于装上了补发的配件，就好像撕掉了五指山上的封印，我要开始释放我和月饼君（是的，这是我缝纫机的名字，我还有一个叫棉花的 ukulele 呢）的洪荒之力了。我一边看着说明书，一边用准备做屏风的花布剪下来的布头试着做了一个灯罩，说是灯罩，其实只是缝了一个两头开口的布套，套在下午茶专区的柱状吊灯上，用麻绳把布套上头扎起来，看起来也似模似样，只是稍微做小了一点，有些紧绷。我重新又做了三个，把三盏吊灯都罩上了，三个灯罩，乍一看是一样的。但仔细看，每一个的针脚和收边的方法都不一样。隔天我就坐在灯下，等着看小伙伴的反应。费超来上班，进门就一直盯着灯罩，我说怎么样，好看吧？

他说他远远看到以为是三条腊肉。

# 五

## Jackie 开始做下午茶

文 /Jackie

▶▶▶

阿姨每天做完午饭，就会在楼下大喊一声，吃饭啦！我在三楼，听见二楼陆陆续续有人起身下楼的动静，我才会下去。

我做完下午茶一般是四点左右，整个房子里都很安静，我并不敢像阿姨那样大声喊，虽然我觉得很好玩，可是两点钟大家吃完午饭上楼工作，三点钟渐入佳境，四点应该是创意和灵感最澎湃的时候，说不定我一声吆喝，就扼杀了一颗明日之星，深思熟虑后，我默默地在公司十三个人的群里发了一条信息："来吃下午茶~"不要小看这五个字和一条波浪线，我斟酌了很久，特别是最后的小波浪，我这么高贵冷艳的人，惯来是用句号做结尾的，但觉得这样的邀请有一丝命令和要求的语气，用小波浪感觉比较随性，更像是一个提议，如果他正在头脑风暴，不想来，也不必因为拒绝我感到不好意思。然后我就坐在烘焙区的桌子旁，竖起耳朵听有没有人下楼的脚步声，竟然暗戳戳的有一种等待相亲对象的紧张。

来了来了，一个、两个、三个……

大家的表情都很好奇并且开心，我应该没有打扰到他们吧？先到的小伙伴快吃完的时候，陆续又有人下楼，嗯，我觉得我的顾虑和处理方式很对。我可以让下午茶无缝对接进大家的午后工作时间，不突然，不仓促，就好像永远温柔的等待，就好像一句坚实笃定的话语，别怕饿，我在这里。我为自己的善解人意感到喜悦。后来有天，大家一边吃蛋糕一边聊天，有个程序员说，刚开始不知道为什么，上着班总是有人出去，一个接一个的，猛一抬头发现办公室里都没人了，我心想厕所也进不去那么多人啊，就出去看看，结果发现大家全都偷偷跑出来吃东西了……创意和灵感最澎湃的时候，怎么会看群消息呢？是我失策了。

在咖啡店做了两年服务员，我老板豆子说我"一个月要来三次大姨妈"，平均每个月只能有一周温婉可人。豆子严肃地跟我谈过这个问题，他说，我对你没有别的要求，每个月来两次大姨妈就可以了。如果豆子见到我在北京的嘴脸，不知会不会感动到老泪纵横。初来乍到的我，为了维持小月口中"饭岛奈美"的日系清新与祥和，每天都穿着小碎花的棉布裙，对每个人轻言细语，浅笑莞尔，每晚睡觉前对着镜子，我都一定要感恩地对我的嘴和脸说，今天辛苦了！明天也要继续加油噢！因为跟大家都还不熟，每次投食完都会有些羞怯地问他们，好不好吃，有没有什么意见。可是程序员们的形容词真的很匮乏，"嗯嗯可以不错啊，好吃还行超棒的"——感觉可以写成对联挂在烘焙区，横批"呵呵"。不过也可能是跟我不太熟，怕提意见说错话伤害我这么温柔美好的小姑娘吧。可惜我的人物设定，暂时还不允许我掀桌子。

好在有银银。

银银是我当时精神上最大的慰藉。有天我做了手指饼干围边的樱桃夏洛特，要迁就饼干的缝隙去切蛋糕，我就只切了八块，平时公司每天都有三四五个人"在家办公"，来上班的也就六七八个。结果那天蛋糕端出来，唰唰下来十个人，我跟银银说，去厨房帮我把刀拿出来。银银说："好！"转身冲进厨房，举着刀出来说："要杀谁？！"能有这样一个女孩，为了我的蛋糕甘愿去杀人，我真的很感动。

我做蛋糕裱花剩下的奶油，银银可以抱着盆子用刮刀刮着吃得干干净净，边吃边对我说，Jackie这个好好吃啊。虽然同样是说好吃，但银银的表情、语气、眼神和她的实际行动都充满了诚意，就好像一个天使般的脑残粉。所以，刚来下厨房的时候，我最喜欢的就是银银。晚餐小队里，因为我很喜欢去菜市场，又不用坐办公室，所以经常是我早上去菜市场买菜，下午5点多开始准备晚饭，等他们下了班，下楼就能开饭。银银每天早上来，一进门就跑到厨房里看看冰箱，问我今天吃什么。下午茶的时候，她总是第一个跑下来，后来下午只要银银一站起来，所有人都会警觉地看一下群信息。晚上我做饭，银银也会偷跑下来在旁边帮我倒倒酱油，再帮我尝尝"倒得够不够"。同样是"帮我尝尝"，但费超和银银之间，差了不知多少个6。

我不喜欢被迫去接受自己不喜欢的人事和状况，更不能接受自己成为别人被迫

接受的人事和状况。没有加入晚餐小队之前，每天到了下班时间，我就会跑出去，一个人逛逛超市，随便吃点什么当晚饭，在街上散步，一直到我觉得他们应该已经吃完饭各自回家，我才会回去。我很怕他们因为我住在这里而不得不邀请我一起吃饭，令大家都不自在，确切地说，我甚至不能接受"要不要邀请我一起吃饭"成为他们的一个问题。在他们开始做饭前离开，这样他们就不用去想这个问题，这样我就不会成为一个问题。

整个9月，我只是在缝花布和做下午茶，公司每周都有例会，每次例会的时候，大家会挨个说自己上周在做什么，这周准备做什么。我每次都是说，这周在做下午茶和装饰哪里，下周还是做下午茶和装饰哪里。

有什么意义呢？感觉大家都在给公司挣钱，我在各种给公司花钱。我按照我的喜好在改造和装饰公司，我拆了电视，他们看不了了，我把他们的球类玩具整理好放在地下室，他们每次拿都要下楼，从外面玩了回来，也不能像以前一样随手扔在客厅，要乖乖拿到楼下去放好。我做下午茶，他们来吃，开始也是有些新奇的，但他们本就不善表达，做了几次之后，态度更加平淡，我甚至不觉得他们有多高兴。而且吃完之后，会需要两个人留下来帮忙收拾，我又觉得好像占用了他们的时间，有一度炖炖还戒吃下午茶，理由是胖了好多，要减肥。我又觉得，我仿佛给别人带来了很大的困扰，毕竟长胖这件事对我来说，可是天大的事啊！他们会不会觉得，没有我更好？

我也这么觉得。一整个9月，我都在想这些事情，我甚至想：自己到底为什么要来北京？我走之后，咖啡店的很多朋友陆陆续续都离职了，虹虹离开武汉去了青岛，有天她给我打电话，我们说着说着就哭了，我真的挺难过的，我本以为这一次是我先走，就不会有被丢下的孤独感觉。我以为我只是出来转一转，等我想回去的时候，我的朋友们、我们的小圈子都还在那里，一如从前。但原

←

小月刚回公司的那一年中秋，公司出了一套定制模具，分发给其他一些也爱瞎玩儿的公司，忽悠大家一起做月饼。小月也做了一套"山川与湖海"的月饼模，特别兴奋地拿来给我，跟我说这个超！级！简！单！套装里有配好的桃山皮和红豆馅，只要把桃山皮称重分割然后擀开，包上红豆馅放进模具压一下就好了。我一直特别嫌弃月饼小月是知道的，望着我一脸的"这么久了你竟然还是不了解我"，小月慌忙又说，如果你嫌麻烦，你可以用桃山皮包桃山皮呀！

去大福家吃饭的时候做了一个苹果肉桂戚风蛋糕当作饭后甜点，没想到一同赴宴的小伙伴也带了自己做的磅蛋糕。每次去大福家吃饭基本都要吃到扶墙，而且一时半会儿还出不来，因为实在太撑。只要你在大福的家里待着，在她的视线范围里，她就会从家里翻各种东西出来喂你，那天光是喝的东西，我们就喝了红酒、起泡酒、印度奶茶、咖啡，还有客家自酿米酒……爱做饭的人果然都是喜欢喂养别人的人啊。


来没有人会留在原地，每个人都要独自一人去闯荡。其实我现在常常会很想念刚来的时候，我记得的大多是美好快乐的事情，大家一起笑到眼泪流出来，一起郑重其事地过一些听都没听过的节，一起庆祝网站新版上线，冬天跑去青岛旅行，住在海边的酒店，但所有人却窝在一间房看综艺节目。是去翻旧的日记，才发现自己当时一连一个多月，都反复地陷入同样的痛苦。

大概人们常常怀念从前的日子，只是因为过去同样在发生的苦难，你现在想不起来了。所以现在生活里的那些苦难，你有一天也会不记得，然后又会怀念现在的美好，于是我们总在当下痛苦，总在怀念从前。还会后悔，我现在就在后悔。明明早就说是 Gap Year，说是"适合工作了一段时间，想要暂停一下的人"，明明可以当是度一个悠长假期，住在别墅，缝花布、画小画、烤蛋糕、冲咖啡，偶尔做饭和朋友们一起吃。我却好像很难不把这视为一种工作来要求自己，却又否认这种工作，并把唯一一个不是在工作的自己视为负担。

我经常会想，干脆走掉好了。又觉得，不可以就这样放弃，我可以是尽了全力却失败了，但不可以主动放弃。我跟自己说，如果你不想做这件事，那就不做，因为时间很宝贵，不值得花在不想做的事情上。但如果只是害怕做不好而放弃自己想做的事情，那样不可以。可是我想做的事情，一定是正确的吗？如果我坚持，是在"追求错误的东西"，还是"不想轻易放弃"？我就这样鬼打墙，一直到十月。十一假期结束后，Tony 开始挨个和大家谈话，回首过去，展望将来之类的。有很长一段时间，面对 Tony 我感到尤为挫败。我布置完一楼之后，好几次 Tony 来上班经过客厅，只是扫视一眼就一言不发地上楼了。下午茶的时候他也很少出现，不是在楼上忙，就是在外面忙。好不容易能端块蛋糕给他，他默默地吃完，把盘子拿到厨房，放在水槽里，还是一言不发地上楼了。他那会儿的气场简直就是一个银发白眉、仙风道骨的大师，我像个小弟子，每天劈砖、劈石、劈木板，劈得倾尽全力，只为博师父一次微微颔首。可满头大汗一回头，师父眉眼嘴角纹丝不动，一言不发地转身走掉了。

即便 Tony 大师心中想的可能是："天啊！太可怕了！她接下来不会要劈我了吧！天啊天啊！她回头看我了！快走！"但他的不表态，让我觉得，他是选择我的人，而我让他失望了。这种打击对我来说是致命的。我那个时候想，如果 Tony 对我的存在，对我继续留在这里，表达出有一丁点儿无奈或犹疑，我就立刻收拾包袱滚蛋。这样我至少可以为公司做一件确实的好事，不让他们为难。我没有想到他说，觉得公司布置得很好，很多人羡慕他们总是有不同的下午茶；他说觉得每天来上班的人都多了；他说我在这里，对他们来说已经赚了。我内心骤然响起一首BGM(背景音乐)"只为这一句,哈……啊……断肠也无怨……"(《新白娘子传奇》……) 他的语气肯定和利落得像一道闪电，我原本做好了点火就着的准备，却转眼间倾盆大雨，我蒙了一秒，忽然就清醒了。大地复苏，万物生长，当时就是这样一种感动。我对自己价值的质疑，对自己心灵的拷问，就到这一句话为止了。其实 Tony 是下厨房里最像实习生的人，他对每个人都很尊敬，也很在乎我们的感受，在小月因为他饭点开长会而生气之后，他会来请求我第二天午饭给小月加个鸡腿。他的样子颇有些后怕，就像一个实习生得罪了大姐头的那种惴惴不安。当时我就想，有这样一个天然呆萌的老板，我们一定会像一个温暖的大家庭，幸福快乐地生活下去，毕竟老板这么好欺负，谁还需要捏方便面呢？我想 Tony 能成为一个成功的 CEO，确是因为他的很多品质都令人钦佩和感动。在这个人人都脆弱的年代，那么多人比如我，遇到丁点儿事就觉得总有刁民想害朕。可是 Tony 被大家虐过千遍万遍，却始终保持对生活的热爱，永远那么善良，不懂得人世险恶，不懂得什么叫得寸进尺，蹬鼻子上脸。

当我发现世界上有台版书这个东西的时候，我去找 Tony，试探性地表示，我想要买一批台版的料理书以提高自己的技艺，但可能预算有点多。Tony 说多少？我说，七八百吧……Tony 说买啊！七八百还要来问我？！我于是欢天喜地地买了回来，然后一度沉迷其中不可自拔，菜谱不写，作品也不传，偶尔网站有些新的操作改动，Tony 想要从我这里获得一些反馈，问了我又很快不无嫌弃地说，算了，反正你也不是我们的用户。

第二年情人节，Tony 想拜托我教他给他媳妇儿做个蛋糕，并且坚持要每一步都亲手做。有几次我不耐烦伸手去夺他的刮刀和盆，他就抱在怀里不让我碰，被秀了一脸恩爱并遭嫌弃的我，愤愤地去厨房拿了一块羊肉坐在他对面开始剁馅儿。他说，你这样会影响我的情绪。

呵呵是吗？我剁剁剁剁剁剁。也不知为何那时的我心中仿佛充满了无所畏惧的力量，可能是因为拿着菜刀吧。后来为了集结势力，我建立了女生群，由公司仅有的四个女生组成——我、银银、小月和在我之后入职的嬛嬛。嬛嬛来面试的时候是我给她开的门，当时我拿着扫把在一楼扫地，她以为我是公司的阿姨，知道原来我不只管饭并且管下午茶后，看我的眼神就骤然不同了，总是发着绿光。她很喜欢问我会不会做这个会不会做那个，我如实说，我不知道，因为我没有做过。一次吃饭，有个刚见面的姑娘忽然问我，Jackie 你会做月饼吗？我还没开口，嬛嬛脱口就说，没有不会的！只是没做过！对吧，Jackie！我

←

新鲜的无花果切开是从心到皮肉晕染开的绯红，像红色的晶石般通透，又比晶石柔软润泽。每次决定要做奶油蛋糕总是先去菜市场看有什么新鲜水果，心里虽然有预期的样子，但有时候看到漂亮的水果也会忽然萌生其他的念头，比如买到无花果，就想搭配中空的圆圈形奶油蛋糕，剖开仰面向上摆放在奶油裱花上，中间点缀树莓，就好像复古的公主裙层叠褶皱的露肩衣领上托着的宝石。又或者是圆滚滚的红樱桃，大头朝下满满地摆在波浪形花边的乳酪塔上，切一块托在手里，就好像是托着鹅黄色丝绒衬垫的珠宝盒。我对食物料理的色香味总是有诸多臆想，说出来可能滑稽，但诱哄着自己搞美食创作却十分受用，大概也是勤劳工作中催眠术的一种。

有一年情人节的时候，我给 Nic 做了一个小小的草莓蛋糕，用手指饼干围边，绑上了红色蝴蝶结缎带。Nic 说自己和恋人都不是把节日看得特别重的人，也没有刻意约在情人节这一天要一起吃饭或怎样，可我觉得这个傲娇怪啊，明明是内心柔软的小孩子，看见草莓蛋糕就会尖叫，却非要别别扭扭地装出一副什么都不在乎的大人样子。把草莓蛋糕举在他面前看他两眼放光大呼小叫的时候，特别有一种撕下他假面具的快感。

觉得这孩子太嚣张了，所以表示不想理她并向她投了一个赞许的眼神。

每个月第三个星期五，是下厨房的 Cooking Day，在那天大家可以扔下工作，尽情地做和吃黑暗料理。我在程序员们拿我做的北海道牛奶吐司夹老干妈吃之后，对他们怒从心中起，恶向胆边生，很长一段时间我做完了下午茶，会偷偷先给女生发信息，让她们假装上厕所，并间隔着几分钟一个一个下来。虽然我们的吃独食行为被抓包过几次，但淳朴的程序员们都很包容，不记仇，有一天我出门去三源里买菜，下厨房的用户给大别墅寄了螃蟹，他们蒸熟了发图给我看，我说给我留条腿就行。我回去的时候，他们把所有螃蟹的腿都拆在一个碗里给我了。

在这样一个气味相投的团队中，我终于感受到久违的亲切，我再也不觉得自己是孤身一人，并且渐渐地，找回了当初那个一个月来三次"大姨妈"的自己。

# Chap_ter2

——————— 第二章

## 山川与湖海

# 六

## 员工餐的传说，
## "山川与湖海"的缘起

文 /Pan 小月

▶▶◀

自从 Jackie 开始给公司十几口人做午餐，连带着程序员们都被打开了味蕾，吃到了许多奇奇怪怪的东西。作为工作日午餐，那些菜式实在过于华丽，像是烤羊排、炖肘子，或者有点黑暗的苹果焖猪肉。很多时候，我们还没吃懂一道菜究竟是什么，就已经空盘了。

但 Jackie 自己并不怎么吃，通常她都冷眼笑看着我们哄抢，自己却慢条斯理地吃一碗白水煮西蓝花。这个家伙呀，做很多事情都没什么长性，唯独瘦身和跑步这两件事，以惊人的兴趣与毅力一直坚持着。身为一个厨娘，不光要做出浓香肥厚的丰盛佳肴，还要誓死捍卫自己的身材与健康，恨不得只靠光合作用活着，Jackie 好像有点虎落平阳却不愿向命运低头的意思。直到后来做了私房菜，她看着客人们大快朵颐时，内心往往都还在想：啧啧啧，这满满的热量⋯⋯

厨娘其实在来下厨房之前，并不会做饭，她原本的兴趣是咖啡和甜点，因为下厨房而来到北京之后才开始自学做饭的。所以一开始我们吃她做的午餐，未尝不是被她当成了小白鼠。我们是一群尽心尽责的小白鼠，几乎所有菜都赞不绝口，大概因此给了 Jackie 莫大的支持与鼓励。Jackie 极有做菜天赋，参考各种国内外食谱书，再加上自己天马行空的创意，做出来的菜往往都确实好吃。我们也不挑剔，甚至她一开始不爱放盐，总是很淡，小白鼠程序员们也只是每天中午默默从厨房拿出盐、酱油或者辣椒酱，而不向 Jackie 抱怨，直到她自己发现了这个问题，我们才开始再也不用"为自己带盐"了。

于是就这样，"下厨房办公室的午餐很华丽"这一消息不胫而走，开始有朋友问我"什么时候能去你们那儿蹭顿饭呀？"或者干脆装作不经意间谈合作谈到了饭点儿，顺理成章被热情好客的下厨房人民留下一起吃。一开始是老大 Tony 的朋友，约在周末要聊点事儿。Tony 第一次和 Jackie 说"周末有朋友来公司，能给我们做顿饭吗"时，Jackie 大概是忐忑的，拿出了比平时喂养小白鼠更大的劲头，呼啦啦做了一大桌。

其实很多公司都有做菜好吃的阿姨，不同之处或许是在于：那些阿姨擅长的往往是中式家常小炒，我们厨娘却总是做世界各地的风味料理；那些阿姨真的是阿姨，我们厨娘是二十几岁如花似玉的小姑娘……"下厨房办公室有个厉害的厨娘"这一消息被传得更远了，找上 Tony 或我想周末来访，"顺便"吃顿饭的朋友也越来越多。

当时是 2013 年，"私厨"还没有大规模兴起，Tony 描述了一个他的设想：希望会有越来越多的人像 Jackie 这样喜爱做饭，住在他们周边的人可以通过一个平台去预订，直接上他们家里吃，让怀抱美食理想却无法真正开一家餐厅的人，都有机会成为"私厨"。也不知道他是因为 Jackie 才有了灵感，还是这个念头已经由来已久。Anyway，产品的构想有了，做试验的模板也有了，干脆就此让 Jackie 掌勺开门迎客成为"私厨"吧。

这就是"山川与湖海"私房菜工作室的由来。

# 七

## 白狗山川与黑猫湖海

文 /Pan 小月

▶▶◀

下厨房 APP 早期版本的开机画面上，有一句歌词"是谁来自山川湖海，却囿于昼夜厨房与爱"，出自万能青年旅店的《揪心的玩笑与漫长的白日梦》。

这是一首很难描述的歌，从歌名到歌词都有些意味不明。歌里有森林平原，有星辰大海，还有坐在云端抽烟的老父亲和自己矛盾纠结的心。但所有这些呓语着的精神病患者，所有曾经身藏利刃的人，无论他们来自哪里，有着什么样的远大抱负，最后都会回归柴米油盐的生活，与父母和解，与过去和解，也与自己和解。

这首歌让我深受感动，或许有人从中听到的是英雄豪情与壮志未酬，但我听到的是细水长流与真实的生活，而厨房，是所有大大小小"精神病患者"的最终归宿，在经历过许多之后，人生的终极问题也不过就是等下吃什么。

## 揪心的玩笑与漫长的白日梦

### 词作者：姬赓

溜出时代银行的后门

撕开夜幕和喑哑的平原

越过淡季森林和电

牵引我们黑暗的心

在愿望的最后一个季节

解散清晨还有黄昏

在愿望的最后一个季节

记起我曾身藏利刃

是谁来自山川湖海

却囿于昼夜厨房与爱

来到自我意识的边疆

看到父亲坐在云端抽烟

他说孩子去和昨天和解吧

就像我们从前那样

用无限适用于未来的方法

置换体内的星辰河流

用无限适用于未来的方法

热爱聚合又离散的鸟群

是谁来自山川湖海

却囿于昼夜厨房与爱

是谁来自山川湖海

却囿于昼夜厨房与爱

就在一瞬间

就在一瞬间 握紧我矛盾密布的手

以上那些我都是在胡扯，江湖很重要，吃饭也很重要，分析一首歌词的意义相比之下一点都不重要。很多人都以为下厨房将这样一句歌词写在网站首页，写进手机 APP，足以证明我们是一个文艺到令人发指的团队，其实不是。只是那天网站设计完毕，首页留了一个空白，创始人 Tony 想着"得放一句话上去"，这个时候他刚好听见咖啡厅里在放歌，这句歌词飘进了他的耳朵，来不及去想那歌词到底是什么意思，Tony 就被"厨房与爱"四个字击中了。Tony 一直认为自己是个土鳖，但却被以为是个骨灰级文艺青年，这实在是个天大的误会。

这就是万能青年旅店的歌与下厨房之间关系的由来，而我们也取了歌词中"山川"与"湖海"这两个词，作为办公室里一狗一猫的名字。白狗山川与黑猫湖海都是在 2012 年的秋天来到下厨房办公室的，比 Jackie 早来了一年。当时我们有个"正太"程序员住在公司里，他从还没毕业起就在下厨房实习，直到现在依然兢兢业业，从"正太"变成了元老级员工。2012 年，他说他想养条狗，公司很快就答应了。于是 8 月的某一天，我和他出门去周边的宠物用品店碰碰运气，心想也许能领养一只。那天快下班的时候，我们就抱了一只回去，不过是一只猫。

也不知该说运气好还是不好，我们并没能捡到小狗，但却在一家宠物医院门口，见到了一只被圈起来的小黑猫。我一看见猫就走不动道了。小黑猫短短的皮毛柔顺光亮，黄眼睛炯炯有神，胸口肚皮和四只爪子是白色的，这种花色有个很雅致的称呼，叫"四蹄踏雪"。宠物医院的大夫说这只猫在周围流浪，一个好心人将它送了过来请医院代为照看，顺便也找找领养人。大夫说它应该是家猫，不知是自己跑丢了还是被主人遗弃，并不像流浪了很久的模样，也不怕人，哦，对了，它是只"女猫"，差不多三四个月大。

我把它抱着摸来摸去简直爱不释手，毕竟黑猫并不是很常见，当下就决定要将它带回公司养，"正太"程序员也只有哭笑不得的份儿了。回到公司，大家伙儿听说"领养到了"纷纷跑下楼来看小狗，结果见到的分明是一只猫。

抱着小猫回公司的路上，我就已经给它取好了名字，我说："它就叫湖海吧！""正太"程序员问为什么，我说"因为小狗要叫山川呀！"虽然当时还不知道我们的小狗在何方，但既然小猫已经有了，那么小狗一定也会有的，有两只的话，它们当然要叫山川与湖海了，这是毫无疑问的。

"正太"程序员又问我，那为什么狗叫山川猫叫湖海，而不是反过来呢？这个问题我还真的好好思考了一下，或许因为小猫是女孩子，又是黑色，像湖水和寒潭一般柔软神秘，而小狗的性格应该像高山。我是这样想的，但觉得太矫情，就没说出口。

可后来当我们真的有了小狗山川，两相对比，才发现小狗的性子软趴趴的，成天被小猫欺负，小猫却是女中豪杰威风霸气，高山一般。看来还是把名字起反了。

黑猫湖海来到下厨房后，很快就树立起了主人翁意识。每天都骄傲地在所有同事的办公桌上巡视，挨个把脑袋伸进每一个水杯里帮我们验毒，或者在程序员敲代码时一动不动地盯着当监工，比老板管得多多了。大家每天上班第一件事，就是确定今天湖海躺在谁的椅子上，因为湖海和椅子都是黑色的，以前曾发生过好几次一屁股坐下去结果压到湖海的惨剧，湖海是没有怎么样，只是压到湖海的同事没什么好果子吃，免不了被湖海女王大人吹胡子瞪眼恐吓一番。

是的，我们很快就发现了黑猫湖海的桀骜不驯，纷纷改口叫它"湖海女王大人"，个个对它俯首称臣。其实湖海真的是只好猫，不怎么翻垃圾桶，也几乎不会打翻东西，就是不太喜欢被人抱，有点儿女王脾气。

它时常趁人不备溜出别墅，一开始只是在院子里小心地走动，接着便开始进出隔壁邻居家，然后越跑越远，和小区里那几只我们总在喂的"常驻流浪猫口"都混熟了。在外面玩疯了，它也会自己回家，站在门口用爪子拍拍门喵喵叫着，喊我们给它开门，有时候叫了半天也没人理它，它就趴在院子里等人来。一来二去成了习惯，非得每天都出门一趟不可，不放它出去它就死命号叫，或者寻找一切不可思议的突破口，比如直接从二楼窗户的缝隙往下跳。

对此我是万分紧张的，一天总要问个三四回："湖海呢？谁看见湖海在哪儿了？"湖海在外游荡的时间越来越长，一开始每天都会回来吃饭，渐渐地两三天才回来一趟，最长的一次失踪了四五天，回来的时候带着伤，脖子上的毛被狠狠薅秃了一块。我总觉得猫咪这种动物啊，就是会这样越走越远，越走越久，直到有一天再也不回来了……

有了湖海之后还不到两个月，我的好朋友丁子在朋友圈里替一只小狗寻找领养人。她带猫去看病，这个小家伙就住她家猫的楼上，属于上铺的病友。小狗其实没什么毛病，也是内心柔软却自己无法养的人捡到给送去宠物医院的。我一看到照片上那白色柔软肉乎乎的一团，就喜欢得不得了，它像只小北极熊，简直人见人爱。我的内心是狂喜的，当时的想法是："山川！我找到山川了！这就是我们的山川！"当天我就央公司的大管家开车去把它接了回来。

山川是被放在一个小纸箱里来到下厨房办公室的，当时的它实在是个小不点，比一只手掌大不了多少。当它从箱子里颤颤巍巍露出小脑袋时，站在一旁好奇围观的湖海女王大人立刻给了它一巴掌。初来乍到的小山川就这样被给了一个下马威，这件事给它留下了一辈子的阴影，在湖海女王大人淫威下成长起来的山川，长成了一只怕猫的狗，不开玩笑，它是真的怕，散步时看见猫都要绕道躲起来。你要是故意捧着一只小猫凑近它，它会惊吓得连连掉头就跑，浑身上下写满了"救命啊！是猫啊！不要过来！"

照顾山川的责任，毫无疑问落在了"正太"程序员的头上，是他说想养狗的，也确实养得尽心尽责。山川刚来的时候有一阵子满屋子撒尿，"正太"程序员就追在它屁股后面擦地板。唉，真是个好男人。所幸小山川长得着实可爱，公司里除了湖海人人都爱它，心想长大后它肯定就不会随地撒尿了，也就不嫌弃它，整天抱抱它，亲亲它，给它买零食和玩具。

小山川长大后果然不再满屋子撒尿了，可是童年时小熊宝宝一样毛茸茸、肉乎乎的外表也不复存在。先是雪白的毛色开始显露出黄色的斑纹，再来小圆脸也变尖变长了，粗短的四条小腿迅速抽高变得麻秆一样，软软厚厚的耳朵也立了起来。坦白讲，长大后的山川实在算不上一只好看的狗。后来的同事每每见到它小时候的照片，都会大呼小叫半天，怎么也不相信那是同一条狗。面对长残了的山川，我的心情很复杂。但山川是个"暖男"，虽然长得不帅，性格却极好。温和、善良、不护食，看家护院的本领也是棒棒的，对每个同事都很亲热，个性阳光温暖，天真单纯得要命。

初夏的午后，同事们吃完饭聚在院子里，一部分人上树摘樱桃，另一部分人给山川洗澡，拿水管往它身上浇水，再看它呼啦啦甩得我们一身水滴，开心得不得了。

2014 年中旬，下厨房办公室搬家了，从带院子的独栋别墅搬进了规规矩矩的写字楼。我们依然是写字楼里最不规矩的一家，每天阿姨都用电磁炉大张旗鼓地做饭……新的写字楼环境和人太复杂，养猫养狗都不合适，于是山川和湖海都被同事领回家了。

湖海女王大人现在的主人是我们电商部的同事，她家除了湖海还有两只猫，而湖海已经彻底沉溺于公寓楼里的无忧生活了，不知道它会不会偶尔怀念称霸回龙观流星花园别墅区的日子……山川现在的主人是我们移动技术部的一对 IT 小夫妻，他们经常带山川来公司，现在的山川总是干干净净香喷喷的，也不像以前在别墅院子里那样疯了。山川对现在办公室里绝大多数人是陌生的，但熟悉的人它会一直记得，比如我，他们都说山川真的好喜欢我。只要我一出现，它就会不顾一切冲过来，蹿进我怀里又是舔又是拱的，一张不好看的狗脸简直都要乐开了花。

白狗山川、黑猫湖海，它俩都是我领养回来的，无论如何，它们永远都会是下厨房的一分子。当 2014 年年初我们的私房菜小食堂准备营业时，几乎没有刻意去想，"山川与湖海"这个名字就从脑海里蹦了出来，没有别的名字比这更合适了。

# 八

## 封测

文 /Jackie

▶▶▶◀

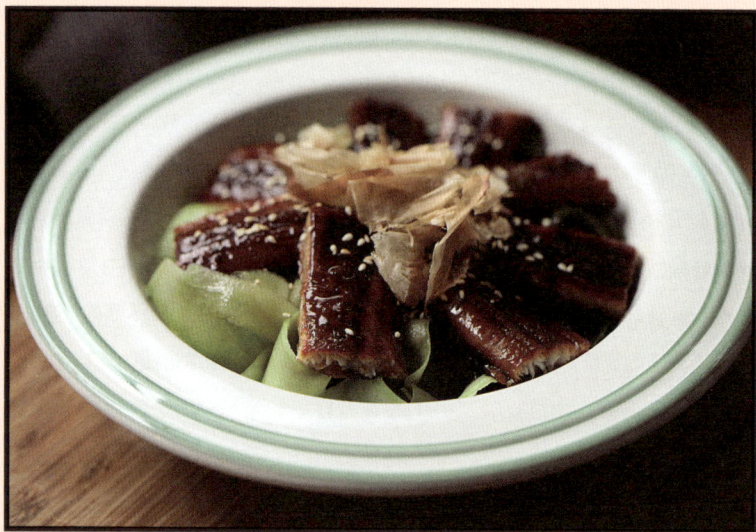

苏恩禾的查查厨房在我刚来北京的时候就已经小有名气。

当时好像还没有像查查厨房这样，以个人而不是团队为单位的私房菜，苏恩禾在豆瓣接受预订，每天只做一桌，每桌至少四位至多八位。不点菜，也不会提前告知菜单，由她根据时令和客人提供的忌口来安排。

六点半下班，七点出发，我们从回龙观开车到高碑店，路上堵得一塌糊涂。天越来越暗，星星也出来了，路上全部都是红色的车灯，我好饿。

我们到的时候已经九点，苏恩禾招呼我们进去，她的厨房在一间茶室里，茶室正预备要关门，有个女生在打扫。我们穿过茶室走到角落的地方，在一块小小的开放区域里摆着一张餐桌，厨房在餐桌的一头，四四方方的空间，比别墅里的厨房大，两面靠墙，另外两边是半高的红砖墙和绿色格子框的玻璃窗，吃饭的时候抬头就可以看到苏恩禾在厨房里忙碌的身影。

我们在餐桌前坐下，苏恩禾给我们简单介绍了一下桌上的几道冷盘，让我们先吃点东西，就进去继续准备热菜。

在路上饥肠辘辘地堵了两个小时，现在看到一张为我们亮着灯的餐桌，餐桌上等待我们的食物，听见她走进厨房，拧开炉火的声音，汤在"噗噜噗噜"地冒泡，便觉得疲惫仿佛找到了它的云朵，懒懒地躺上去，闭上眼，闻到各种温暖的香气，知道自己什么都没错过，可以安心坐下好好吃顿饭。

Tony 后来曾提议要在别墅里做深夜食堂，理由是他觉得回龙观附近的加班狗如果深夜里下了班，能有一个食堂还开着门，能吃上一顿暖暖的家常便饭而不是烧烤大排档，一定很幸福。他说出深夜食堂的时候，我立刻觉得不切实际，别墅在居民区里，还有门禁，夜深人静进进出出太不方便，我正要说出一百个不合适的原因，他说了这个理由，我就动心了。因为他说的这种幸福我能感受到，就是在这一刻，在这里。而我也希望，我能给予别人这样的幸福感。

我们只来了三个人，可是苏恩禾为我们准备了大大小小八菜一汤，一个炒饭做主食，还有两道餐后甜点。张罗了一桌菜，又等了我们很久的苏恩禾有些疲惫，但仍然很耐心地回答 Tony 的问题。Tony 很好奇人民群众对这种形式的私房菜的接受度，抛开苏恩禾是小月的朋友，抛开熟知苏恩禾的人对她无条件的信任和喜欢，完全不认识苏恩禾、不了解查查厨房的人，又是怎么看待"每位200元、不能点菜"这样的"霸王条款"的呢？确实有人会这样形容，霸王条款。但苏恩禾，或者说很多做私厨的人，包括我，还有我知道的大福，大家都只是想做饭，喜欢做饭，又希望做的饭能有人爱吃，仅此而已。真的会有人来问，那你干吗不直接免费请人来吃呢？苏恩禾说，她从来不回应这些问题，因为不懂的人，你说什么他都不懂。是啊，何必浪费时间呢，宁可去煲一锅汤，焖一锅饭，把宝贵的时间和心意，都交给懂得珍惜的人就好了。

离开的时候，Tony 开车送我和小月去地铁站，路上大家都很沉默——都是吃饱了撑的。我和小月躺在后座仰望星空，Tony 忽然开口说，Jackie，你觉得你做得了吗？我在心里翻了个大白眼，瞧不起谁呢这是？我说不知道，我现在做不了那么多菜。

他又问，你觉得你能做得这么好吗？一听这话我立刻就泄气了。

中餐我吃了二十几年，也没有觉得哪一道中餐"特别好吃"，其实应该是我没吃到特别好吃的中餐而已，反正直接导致的就是我对中餐"没热情"。外国人吃中餐可能更客观一点，我们中国人吃中餐，很多时候都带着情怀，外婆包的饺子，妈妈做的蛋炒饭，奶奶炖的红烧肉，确切的味道并不能真的详细地叙述和复制，我们觉得吃到了曾经的味道，大多数是因为某一个点触动了记忆，我们觉得"不如妈妈做得好吃"，很多时候谈论的也并不真的是味道，而是无法复制和超越的情感。

做中餐对我来说就跟爱上一个心中有个无法逾越的前女友的男生一样。内心有无数怨念在奔腾，满脸都是生无可恋。这种事情，我是压根儿不愿意碰的。

但我也不讨厌中餐，我对中餐也有感情，我莫名地喜欢吃冷掉的米饭，就是因为小时候吃的米饭总是冷的——看动画片太投入。难道我就要说，哪里哪里的五星大厨，做得还不如我家里的冷饭好吃吗？中餐做得好的人，在我心里都有光环，他们就是那一群"无法逾越的前女友"，他们看似什么都没有做，也根本不用做什么，就远远地把我甩在后面，任凭我拼尽全力也企及不了。

意气地想，他们只不过是"遇见他比我早"而已。但我知道不仅仅是"遇见他比我早"，那只是一点点运气，等同于有个很会做饭的爸爸妈妈爷爷奶奶，而"前女友们"付出了什么，他们之间有过怎样的深刻，等同于他们曾在厨房里度过的许多昼夜，遇到的许多状况，那些才是我漏掉的功课，是我无法企及的原因。中餐做得好吃，真的可以让人感动到哭，因为一口吃下去的时候，脑袋里就好像清晰浮现出一生中挚爱的脸的眼睛的笑，更有情感丰沛者立刻就能脑播出一段 MV 来，如何不刻骨铭心？

所以 Tony 等同于是在问我，你有信心爱上"心中有一个无法逾越的前女友"的人吗？我绝对没有，既没信心也没兴趣。我说不知道，需要时间吧——搞不好要一辈子咧。Tony 说那你现在就开始练习吧。难道要在下午茶的时候做中餐吗？我扭回观星的头，瞪着他的后脑勺。他握着方向盘专注地开车，随口就说，没有人规定下午茶不能吃中餐啊。

说得竟然好有道理。

后来每天下午四点，下厨房小伙伴们的朋友圈里都开始晒豉油皇鸡、姜母鸭、水煮肉片，并看似得意扬扬地标注着"今天的下午茶"，让周遭群众纷纷对下厨房"拿大鱼大肉塞牙缝"表示羡慕不已。但实际上，因为 Tony 说希望我有"像饭岛奈美一样把一个料理做到极致"的精神——Tony 很难得能说出一个具象的想法，所以我抓住了这一点，像找到一枚浮标然后一顿猛冲，这也是我一直到现在做每一道菜的习惯性中心点——我曾经让小伙伴们连续四天的下午茶都在吃不同配方的芋头蒸排骨，并且逼他们做出鉴赏评语，简而言之就是一脸汗水和期待的我，面对一脸茫然和为难的程序员，彼此互相伤害罢了。

但外人看我们是天天秀恩爱、日日发糖，难免跃跃欲试。忽然有一天 Tony 跟我说，礼拜六他约了两个朋友来谈事情，问我可不可以给他们做顿午饭，随便吃就好。我还挺高兴的，我说行啊，就开始想要做什么，以前在书城的咖啡店，偶尔会给自己带便当，有一次突然想吃咖喱饭，前一晚煮好之后，装进饭盒，隔天带到店里。要说我也是挺有种的，敢于带咖喱饭这种香飘万里的东西到一家书店里吃。傍晚的时候，书城的经理大光头先生还一直坐在我的吧台，我问他，你不去吃饭吗？他说，不知道吃什么。我想了想，试探地说，我带了咖喱饭，要不要一起吃？我以为他会义正辞严地拒绝我并且阻止我在书店里吃咖喱饭，没想到他很开心，说好啊——啊咧，有一丝后悔是怎么回事？

咖喱和米饭我是分开放在两个盒子里的，放在冰箱一天后，咖喱已经变成了一整块，我倒出来切成两份，装在碗里加了一点开水放进微波炉高火加热，让咖喱化开变回浓稠的样子，热米饭的时候在旁边放一杯热水，米饭就不会干干的，最后把咖喱浇在米饭上，看起来还不错，吃起来也还不错。大光头先生一边吃一边不停感叹"怎么会这么好吃"，虽然我觉得他可能是吃人嘴软，但很开心。

咖喱饭在我心里多少有着"宾主尽欢"的美好意味，所以，Tony 说要带朋友来吃饭的时候，我本能地就想到要做可以令"宾主尽欢"的咖喱饭。我一向用牛肉来做咖喱，那天忽然想用鸡肉，也是我第一次用鸡肉做咖喱，结果Tony 看到我端出一大锅鸡肉咖喱的时候整个人傻眼了，他说，你是故意的吗？Tony 是不吃鸡肉的，但我并不知道。我本来有点尴尬，但他一脸呆萌又委屈，我便觉得好笑，想一想，毕竟我还真是特意用的鸡肉，尽管我不记得当时是出于一片怎样的好心意。

十一假期之后，Tony 在我抑郁的临界点给我指了一条明路，他说，要不你给我们做午饭吧。

"山川与湖海"，其实应该就是这一句偶然的话，造就的偶然的结果。但我更愿意相信"山川与湖海"是我必然的命运，而人生里发生的所有的事，遇见的所有的契机，人们看似偶然说的话，都是这个必然的命运给我的指引。

当时我抑郁的点在于看不到自己存在的价值，我不知道自己应该做什么，甚至不知道自己想做什么，我忘了从前，也无法开始以后。但 Tony 说到做午饭，我忽然就想起了刚到花房，每天想方设法给大家做午饭的时候，我好像在漆黑的房间里、在已经要放弃的当下，忽然终于找到了放蜡烛的箱子，打开箱子，一根根点燃，然后抑郁的漆黑一点点亮起来，心里松了一口气，恐惧慢慢平静。

只是这一次不同于在花房，做午饭变成了一项新的确定的工作，我觉得有必要严肃认真地对待我的工作，我终于有了工作目标，并终于可以为了目标制订计划，生活有计划有时间表可以遵循，A 型血才终于得以安宁地流淌在身体里啊。从一天下午开始，我在房间里找各种菜谱，把步骤整理进极详细的时间安排里，既要保证每天都能尝试做新的菜谱，能有时间拍好照片记录，还要保证让大家 12 点能吃上饭。然后早上按照计划的时间去买计划要买的菜，在厨房里按照计划忙一早上，中午和大家一起吃完饭，我照旧是巴巴地望着每个人，期望他们给我一些反馈——小食堂里的菜，基本都是程序员们一致说"好吃"，我才会放进储备菜单里。我也不苛求他们能提什么"更干净、更复杂、更有深度"这样的意见了，但好在他们和我渐渐熟悉之后，可以实事求是地说好吃和不好吃，尽管大部分时候他们开心的点在于"今天这道菜不淡欸"。因为我总是忘记放盐。也并不是真的忘记了，只是我觉得淡了可以再加盐，可是咸了就只能加水了，兑了水我感觉这道菜就等于失败了，所以我总是放很少的盐。结果程序员们终于找到了除了好吃以外的评语——淡！并且他们终于在吃饭这件事情上燃起了兴趣和激情，每天吃午饭的时候，都喊着为自己"带盐"的口号，纷纷自己去厨房拿碗、筷子、酱油、榨菜、醋、辣椒酱……午间休息结束，大家回去工作，我也回房间整理当天试做的菜，做出取舍并改进步骤和配方，处理一下上午拍的照片，然后接着写第二天的菜谱，有空余的时间，再做一些正常的下午茶、蛋糕点心之类的。

烘焙区早就被我摆得满满当当，占领厨房后，我又开始了新一轮的除旧迎新工作——就是买买买，每次把从超市从菜市场买回来的东西，一样一样地拿出来，摆进柜子，放进抽屉，都觉得像在藏宝贝一样开心。刚开始在网上买一些昂贵的奇怪的食材回来，摆在柜子上，Tony 进来看到，问我是什么，我告诉他一个名字，感觉他并不知道，我会有些忐忑地看他，怕他皱眉怕他不高兴，说我乱花钱买乱七八糟的东西。但他几乎每次都是说，为什么不多买一点?！把柜子摆满！那样看起来多有感觉啊！

冬天的时候我在超市看到一种莲花白酒，我觉得这个名字好美，配料里还真的有莲花什么的，我忽然想用来腌腊肉一定很别致，就买了一瓶回来试。我腌好三大条腊肉，挂在了我房间对面的大阳光房里，是 Tony 经常和小伙伴开小会的地方。然后发了个朋友圈，我说，如果老板发现我在他的会议室里晒腊肉会怎样? 后来吃午饭的时候 Tony 问我，Jackie，那三条腊肉是你挂的吗? 我面不改色，说，是。他又说，怎么做那么少? 多做一点，挂满啊！……

好像我总是忍不住想试探老板的极限，结果却发现老板心灵之强大仿佛如来的大手，我的感觉就好像自己以身犯险兼试法，戳破了手指写一行血书"到此一游"，老板说，怎么才四个字，写满啊！我就傻了，放干了我的血，我也写不满啊！

意识到我其实一直在自以为是，其实并不具备拖垮一家公司的能力之后，内心的恐惧和不安都终于稍稍消减，我不再去浪费时间想，自己有没有给公司带来利润，有没有给公司增添负担，我只是把所有精力都放在厨房，放在每一顿饭、每一道菜上，看见水灵的蔬菜、漂亮的盘子、新鲜饱满的鱼虾，喜欢就买，买回来再去想，怎样料理比较合适，那就是我的时间最好的使用方式。

我喜欢为一道菜做漫长的准备。我愿意花很长的时间等待，因为我有很多的时间可以等待，这种感觉让我觉得安宁和满足。

早起煲猪骨高汤和牛骨高汤，猪骨汤用来炖肘子，因为不喜欢高汤块的味道，始终是实实在在熬出来的高汤标致，汤色明亮，香气浓郁。煮高汤五个小时，炖肘子前后也要四个小时，中间回房修图看书，间隔着还能躺在摇椅上断断续续睡几次，炖好的肘子捞起来，拆了线，打上花刀放进小锅里，把汤汁倒进去，浸上一晚，能更入味。牛骨高汤要炖上十个小时，肘子处理完，差不多到时间，切了胡萝卜和洋葱放进牛骨汤里，再加一些百里香，继续炖上一小时，一锅牛骨汤从白日里煲到天黑，整个厨房都暖暖的，香香的。有时候需要守在锅边，站得太久，我就搬了椅子放在炉子边，蹲在椅子上抱着腿盯着沸腾的锅子发呆。

有天 Tony 发现我在厨房做饭的时候会拿手机放音乐，他说，Jackie，要不我们把音箱给你搬进来吧！为了完善一楼的咖啡馆气质，Tony 斥巨资买了一台蓝牙音箱（3000 块），组装好后小伙伴们都很高兴，午间吃完饭会愉快地躺在客厅沙发上用音箱放郭德纲的相声……我有点错愕，毕竟是个大件儿，我问Tony，拿进来放哪儿，厨房都被我堆满了。他说，放冰箱上面啊！我更错愕了，

↑

小月说我唯独减肥和跑步有长性，其实那是在我俩逐渐熟悉起来之后。刚来北京的时候，有段时间我也特别热衷于给自己准备早饭、午饭、晚饭，各种花花心思，用字母饼干摆"lovely"或者"Friday"，用土豆饼和芝士片做卡通动物脸，摆得漂漂亮亮的，然后拍照，发微博和朋友圈。然后以前见过我在武汉靠光合作用生存的朋友就会给我留言："这些你都吃了吗？""对呀！""不怕胖吗？""不怕！""……你还那么年轻……""！！！"

我说不用了吧，冰箱上面那么脏……他说，哎呀，我们下厨房的音箱就是应该有点烟火味啊！他怎么总是说得好有道理，我简直都觉得应该把音箱挂在抽油烟机上才行。

做了大概一个月午饭，积攒了一些"所有人都说好吃的菜"——其实很少！但Tony不管，每个周末都带朋友来吃饭，让我准备午餐或者晚餐。起初拿得出手的"菜"并不多，所以基本是简餐和正餐混搭着来。有一次中午的餐，我做了一小筐肉桂苹果小面包，煮了一壶肉桂奶茶，配了豉汁蒸芋头、番茄酱牛肉和水煮肉片，现在想起来觉得那时候像小朋友过家家一样，准备的一桌午餐毫无逻辑。但好在来吃饭的小伙伴也像小朋友过家家一样，其乐融融。

有天去超市买完东西出来，坐在一楼的面包店喝咖啡，突然想，我来北京到现在，不止一次想要逃跑：从刚开始谁都不熟悉，避开和大家一起吃晚饭，我想逃跑；在明明一点都不高端洋气的厨房，面对一堆按钮的电饭锅煮不好一锅饭，对自己的能力和慷慨陈词产生质疑的时候，我也想逃跑；在写计划列表，在淘宝采购，发现要花掉公司好多钱却并不能赚到钱的时候，我想逃跑；和小月一起出去吃别人做的菜，看见别人做的东西，再想一想自己总也不稳定的水平的时候，我想逃跑。可是连逃跑也嫌麻烦，所以一直没有付诸行动的我，现在终于逐渐有了一些安定的感觉。

11月初的时候，我开始做比较正式的饭局，在黑板上写菜单，准备前菜、主菜、汤和甜点。人数也从两三个Tony的朋友，变成八个十个其他公司的小团队来聚餐。

其实当初Tony问我要不要试着做私房菜的时候，我片面地认为是让我做个中餐大厨。后来给大家做午饭，四处找菜谱来实践，书看得多了，渐渐地就跑偏了，

←

爱心形的小面包也是收获尖叫和闪光灯无数的"菜"，一开始是在有特别的"庆祝"主题或不知出于何种原因总也担心人家吃不饱的时候，我会额外配在沙拉里。后来大概是在朋友圈出镜率太高，我又开始担心客人会以为爱心面包是餐桌标配，如果没有便要失望，就比较常做了。

粉色带小花的梅子饭团，酸酸甜甜好吃又好看，不过做给客人吃只做过一次。虽然日剧里总是说，冷冷的米饭被手心温暖，才会变成可爱可口的饭团。但不知道客人能不能接受我裸着一双糙手捏的饭团，唯一的一次是做给搬来院子后来庆贺的朋友们，大家倒是开开心心地吃了个干净。

一开始做料理的时候追求烦琐复杂，比如泰式冷虾，细细地切碎青红辣椒、香菜梗、蒜瓣，加各种调味料调成腌汁，冷藏两小时以上还要偶尔翻动帮助入味，后来为了方便食客食用，还增加了"将腌汁和腌料分离，用腌汁涮洗掉虾身的腌料"这一步骤。后来越来越偏好简单的料理，比如胡萝卜蒸烤羊脊骨，只是将食材简单煎炒，以盐、胡椒和迷迭香调味，加一些高汤拌匀后，送进烤箱烤至酥烂。羊脊骨的鲜、胡萝卜的甜，各自充分释放出来即可。不过卖相好和好吃相比，我是肯定站后者的，所以，我其实不太喜欢给做给客人吃的食物拍照，每次做完都要催促小月：快快快！端上去！

做的大多是中西合璧、五湖四海的融合菜，而我也乐在其中，因为可以有更多我的想法。

正式的封测聚餐，第一桌是好几个下厨房网站的大 V，小超人、肉星、落音缤纷还有仙兔都是做饭很厉害并且比我早做饭很多年的人。我准备了大肘子、自制蛋黄酱拌生菜沙拉、梅子地瓜球配酸奶蘸酱（这个是大学时候学校门口台湾老爷爷卖的甘梅薯条给我的灵感）、蒜蓉烤羊排、豆花鱼、盐酥虾、辣白菜丸子乌冬面、虫草花干贝排骨汤等等，餐后甜点是加了柠檬皮的奶油蛋糕，清爽解腻。

小月和他们都是好朋友，所以也来陪吃，并且做间谍给我反馈。好在大家都觉得好吃，并且都捧场地吃到撑得不行。落音缤纷和仙兔相约去小区里散步，超人携其他小伙伴在院子里拿竹竿打柿子。我们都走出来，随手带上门，小月忽然问我，你带钥匙了吗？我说，啊！没有。然后我们就在外面晃荡了快两个小时，等炖炖送钥匙过来开门。挺好的，消化完午餐，进了屋还能再多吃几个柿子。

傍晚的时候大家都离开了，我正要开始收拾，银银发微信问我还有没有剩饭。我说有，你来吧。我把中午剩的排骨汤和乌冬面的辣白菜汤底热了，她来之后，自己跑到厨房，用一个大碗舀了一点排骨汤，又舀了一点辣白菜汤混在一起，我站在她旁边看着她，想笑又忍住了，我在想这能好吃吗？可是她吃得挺香的，我又端了一碗中午剩下的丸子和虾给她，她戳起一个丸子说，咦？这是什么？没等我回答，就啊呜一口吃掉了。我就坐在旁边看着她狼吞虎咽，把面前的碗碗碟碟都吃得干干净净，擦擦嘴说，吃饱了，然后傻乎乎地对我笑，我忽然感觉心满意足。

以前在咖啡馆，一整天都没有什么客人，我就会不停地做蛋糕。有天晚上，闺密婧婧打电话，说和爸爸吵架，过来店里找我。我说噢，好。她到的时候径自走到吧台坐下，一句话也不说，气鼓鼓的。我拿了一个大圆盘，把白天做的三种蛋糕每样装了一块，摆在她面前，她拿起叉子就一大口一大口地全部吃掉了。

看着银银吃东西的时候，就忽然想到了那天的婧婧。心满意足大概是因为，感觉到自己被信任和需要，在朋友们不开心或者仅仅只是饿了的时候，我能做点什么让一个情绪低落的人好起来。如果会问一个人，我能为你做点什么吗？这时自己一定也是不知道怎么办了，而他只是悲伤无望地摇摇头，那种无能为力的感觉真的超级难过。可是现在我能做好吃的东西，在快乐的时候可以锦上添花，在失意的时候可以给予慰藉，煮碗粥，下碗面，也许是微不足道的小事情，但能把我的温暖、温柔都寄托在一只碗里，吃下去吧，然后好起来。因为想要用尽力气去保护去照顾，所以做饭的时候，会觉得自己充满了力量，这也是喜欢做饭的我的本心。

封测每周都在进行，每一顿饭我都要准备四天，第一天确定菜单，尽可能在有限的菜谱储备中避开重复的食材和口味，并且有时我还会特意去城北的餐具批发市场，买一个适合用来装某道菜的新盘子——其实就是想买买买还找借口。第二天写采购单和用餐当天的时间流程，如果菜单中出现要加水的菜，还要准备高汤，鸡高汤和猪骨高汤都是煮五个小时，牛骨高汤十个小时。傍晚的时候，再去一趟附近的超市，买一些超市里才有的调料等等。第三天就会根据时间表上需要提前一天准备的菜，在厨房里腌鸡、腌羊排，如果要做肘子，也要提前一天做好然后浸在汤汁中过夜，甜点也是这一天提前做好冷藏。到第四天，也就是客人来吃饭的那天，从早上七点起来出门买菜，到晚上六点所有事情准备好等客人来，大概只有一两个小时是空闲的。如果准备的菜多，那么几乎在客人来之前，我都没有时间坐下。

12月末尾的一次晚餐，因为来的人临时有变化，所以六个人变成三个人，Tony 就叫了我和他们一起坐下吃，一个叫 Chloe 的妹子一直问我，吃这个会变美吗？吃那个会变美吗？我觉得她好有趣，我就告诉她，吃这个，越式杂菜炖猪蹄，可以变美。她说好的！然后就一直在吃猪蹄。还有那天我做了核桃花炒腊肉，腊肉就是之前晒在 Tony 会议室里的那几条，我给它们取了名字叫莲花白腊肉，多么白莲花气质的腊肉……不过真挺好吃的，另一次"豌豆荚"的聚餐，有妹子吃到腊肉觉得好惊喜，跑来找我求链接，小月在旁边可得意了，她说这是我们厨娘自己做的！可以让团队成员为我感到得意，我觉得好开心。

做红菇清炖鸡的红菇，是肉星来吃饭的时候带来送给我的。当初和小月一起去苏恩禾的厨房，看见她门口贴着的明信片，有来吃过饭的客人给她寄了家乡的

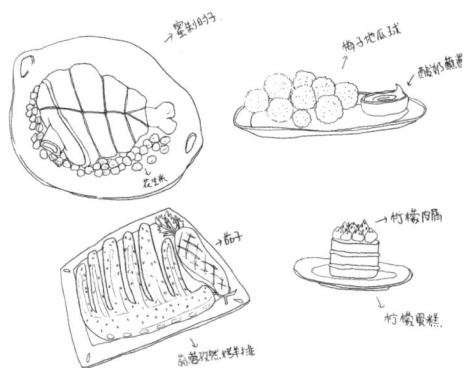

土产食材，把他所珍惜的食材托付给她，相信她能好好地料理它们，我心里对这样的认可感觉十分羡慕。肉星送我红菇的时候其实还没有吃过我做的菜，但我莫名觉得，好像和苏恩禾接近了一点点，心里又觉得好开心。

终于在冬天来临之前，觉得自己有足够的勇气，可以回一次家，不怕自己会意志软弱，回去后就不想再来北京独自生活。并在回家前连夜做了两条蛋糕藏在冰箱里，想着我不在的时候，也可以在微信群里喊一声"吃下午茶啦"，然后给大家一个小小惊喜。结果第二天就被银银发现了。

爸爸看到好久不见的我，也开心得有些语无伦次。我说，爸爸，我明天中午做饭等你回来吃吧，他说我中午不一定回家，这两天很忙。我说嗯，我前段时间也很忙。爸爸想都不想就说，是吗，那怎么没见你瘦啊？

山川与湖海

# Chap_ter3

第三章

山川与湖海

# 九

## "山川与湖海"
## 正式上线的过程

文 /Pan 小月

▶▶▶

*Hello*，我开张了。

在北京回龙观一栋别墅里，有一条白色的狗叫山川，有一只黑色的猫叫湖海。

现在这里还有了一个小食堂"山川与湖海"。

平时的工作日，楼上运行着一个叫下厨房的网站。

食堂里很多器皿、设备都来自合作方的试用和赞助，食材也都是从祖国的"山川湖海"精挑细选而来。

食堂里有一个酷酷的厨娘，进行一些天马行空的食物创作。

每个周末拿出一天，迎接预订的客人：

1. 接受 4~8 人的周末预订（目前每周只订一天，午餐或晚餐）。

2. 菜单会根据当日食材规划，不接受点菜（假如有忌口，还请提前沟通）。

3. 200 元／位（通过微信或支付宝提前付款）。

4. 地点在北京回龙观（详细位置通过微信发送）。

5. 关注"山川与湖海"公众账号进行预订。

友情提示：

1. 厨娘脾气暴躁，请勿随意调戏。

2. 重口味爱好者请为自己带盐。

3. 这不是传统意义上的饭馆，不喜勿喷。

用心做好菜，等着你们结伴来吃。

←↑

因为觉得中间一条虚线很特别很有意思而买回来的大圆盘子，结果每次用的时候菜如果盖住虚线，和普通盘子比并无特别之处；不盖住虚线吧，就跟割席散伙分手饭一样……后被命名为"蜜汁尴尬盘"。

做草莓蛋糕的草莓每次都会买多一点，回家泡水冲洗后，先挑出没碰坏、没泡烂的，再从这一拨里挑出颜色红润均匀、大小形状一致的装饰蛋糕表面，多的话就密密麻麻摆满，少就摆成圆圈。其余的切片放在奶油夹层里。在第一轮被刷下来的草莓，裱花剩下的奶油，还有多余的爱心面包，就变成我未来一天的早餐和下午茶。

2014年2月中旬，"山川与湖海"悄悄上线了。我们注册了一个微信公众号，发出第一篇文章，就是上面那则小小的开张告示。从2013年年末开始，我和Jackie被Tony拽着开了无数个会，设想过无数种登场方式。比如让Jackie先写一阵子微博，坚持发食谱，把自己打造成神秘美厨娘，再顺势引出小食堂。又比如借下厨房的人气，将小食堂隆重推出。甚至来回推敲预订方式，罗列出可能会发生的状况，对未知充满紧张，觉得眼前全是坑，一不留神就会犯错。

小心翼翼地纠结了一两个月，搭进去一个春节，还是毫无进展。过年回来后，干脆把心一横，不再瞻前顾后，打算说上线就上线，甚至没有刻意算一下日期，刚好那天把微信公众号、微信个人号、微博、专用的支付宝账号都申请好了，顺手就把开张告示发了出去。除了我们几个人自己在朋友圈转发了一下以示支持外，没有其他任何动静，以至于后来很长一段时间，许多人并不知道"山川与湖海"和下厨房有关系。

第一桌客人很快就找上门来了，预订的小伙子是我朋友小躺，他有一个很棒的崂山茶叶品牌叫"寂境"。我们通过微信公众号几番勾搭，付订金，约定时间，沟通地址，最后在 2 月 22 日这个二到家了的日子，小躺带着一群朋友乌泱泱地杀来了。

这是"山川与湖海"第一桌收钱接待的客人，对我对 Jackie 都有着莫大的意义。为这一顿饭，Jackie 甚至紧张到差点连夜收拾细软逃跑，好在最后还是圆满完成了。我很庆幸这是一桌友好的客人，他们大多是文艺青年，有设计师有广告人，客气又温和，全程自在开心，给我们开了一个好头，也给了 Jackie 信心。对这值得纪念的第一桌，Jackie 想必有更多话说，讲故事说段子煽情又逗逼都交给她，高贵冷艳如我，还是来说点儿干货吧，比如"山川与湖海"的预订模式。

我们一开始很天真，打算直接用微信公众号处理预订，客人给公众号留言，我们回复。只尝试了一次，就发现不太可行。原因非常简单，公众号必须在电脑上登录后台回复，且回复有时效，实在不利于即时沟通。于是我们从第二桌开始，便改为通过个人微信号留言咨询。

这下就有些拧巴了。我来描述一个当时的典型预订案例——接待过第一桌客人后，"山川与湖海"公众号发了一篇总结文章，盘点了一下当天的菜单与小故事。这个习惯在整个别墅时期都保持了下来，每来过一桌客人，我们就会发一篇小总结。新的客人通过朋友圈看到这篇文章，继而关注公众号。关注时他们会收到自动回复，提醒大家回复"预订"两个字查看规则。于是，他们回复"预订"，就会收到一篇较为详细的说明，包括"山川与湖海"的介绍、不接受点菜的说明、每位 200 元的价位、4~8 人每桌的限定、必须先支付 200 元订金的规矩、收到全款后才会发送具体地址……最后，这篇文章会告诉你，如果确定要约，请添加我们的预订专用个人账号 scyhh-xiaoshitang，咨询排期。现在想来，这个过程真是有些曲折坎坷，可即便预订门槛这么高，"山川与湖海"还是很快就排队到了两三个月之后，这是我意料之外的。客人按照公众号的指引，添加了个人号之后，我们的对话通常会是这样：

客人：请问这周末还可以预订吗？

我们：不好意思呀，本周已经订出去了哦。下周末还空着，怎么样？

客人：下周末也可以，请问是周六还是周日呢？

我们：我们一周只接待一桌客人，所以周六还是周日，午餐还是晚餐，你来定！

客人：好的，那就周六晚餐吧！我们有6个人。

我们：OK，6人周六晚餐，那需要你先付200元订金哦。我们会提前几天再次和你确认，没有变动的话需要你补齐全款，我们才能把详细地址和路线信息发给你哦。直接微信转账或者支付宝都可以，支付宝的话是××××××××××。

客人：已转！截图如下！

我们：收到，到时候再和你联系哦！

时光如梭，距离这位客人预订的日期越来越近了。

我们：Hi，你之前预订本周六来吃晚餐哦，6个人，请问没有变化吧？

客人：没有变化！

我们：那有没有什么忌口呢？

客人：不要太辣就好，然后有一位不吃猪肉，所以希望别有太多猪肉的菜！

我们：好的，没问题！6人晚餐1200元，你已经付过200元订金了，所以还需要支付1000元哦，收到餐费后我会给你发详细地址和路线。

客人：来，收钱！

我们：收到！以下为"山川与湖海"地址：北京市昌平区回龙观流星花园一区××栋××××号。如乘坐公共交通的话……如打车或自驾的话……我们在一个居民小区内，因此请大家注意保持安静哦。小区里有些黑，还请注意。开饭时间是晚上六点半，最晚接待到九点半，如果有特殊时间要求也可以跟我说。

客人：*可以自己带酒吗？*

我们：*没问题，但别喝醉哈哈哈！*

客人：*好的！那到时见吧。*

我们：*到时见！*

*时光再一次如梭，第二天就是约好来吃饭的日子了。*

我们：*Hi！明天晚上来吃饭别忘记哦。六点半开饭！*

客人：*谢谢提醒，明天见！*

这就是一次典型的没有任何意外状况的预订流程，有的时候也会遇到一波三折的预订，比如临时更改日期和人数啊，比如对忌口情况要求特别细致啊，比如死缠烂打要求插队啊，比如预订的客人忽然失联啊……都有可能发生。我们的规则也在不断改进与完善着，比如最晚提前两天不能再更改人数，因为人数的变化就意味着餐费的多退少补和菜量的增减，必须预留足够时间做准备；又比如吃饭当天客人没有打招呼临时多带了人来该怎么应对……

但是俗话说得好，计划不如变化。"山川与湖海"就这样缓慢生长了出来，一边扎根一边随机应变，谁也不知道它最终会开出一朵什么样的花儿。

# 十

## 关于第一桌客人，我记得的三件事

文 /Jackie

▶▶▶

小躺这个名字，是我记得的，和第一桌客人有关的第一件事。

虽然之前三个多月的封测听起来好像很久，但一周一桌来算，其实并不是真的做了很多。据我听闻，朋友圈的风评不错，求对外开放的呼声也很高，但第一桌预订发布的时候，我心里还是十分忐忑。每位收费 200 元，到北五环吃一顿不知道吃什么也不知道好不好吃的饭菜，真的会有人愿意来吗？

如果真的有人来吃，每位收费 200 元不算便宜，万一来的人觉得不好吃或者是划不来，觉得我们坑人昧良心怎么办？封测的客人虽然大多交口称赞，但大家都是免费来吃的，也许是感激我很辛苦准备一桌饭菜所以回报的好心，人民币玩家可是不好惹的啊，如果真的在饭桌上被吐槽，气氛会不会很尴尬，如果被要求退款要怎么收场？Tony 会很失望吧？而且，如果收了钱，感觉自己就站在了一个理亏词穷的立场上，虽然明明也知道自己付出了，买了很好的食材，用了很多的心思，但如果做了不合口味的菜被批评、被要求退款的话，感觉好像又对不起远道而来吃饭的客人，又对不起在各个方面支持我的公司和朋友。我果然就是一个心理负担很重的少女。如果发布预订的时候我待在公司里，我可能会把墙壁抠穿吧。公告发布后，公司的小伙伴都纷纷转发，说纷纷好像很多人，但其实整个公司也只有十三个人。

前一天 Tony 说明天就发公告的时候，我本来有一丝侥幸地想，他是吓我的吧，但第二天我还是以去超市采购为名企图躲避万一无人问津的尴尬。在货架间假装专注地寻找和挑选的时候收到小月的信息，告诉我第一桌客人已经确定在 2 月 22 日，7 个人，松了一口气的同时好像又搬了一块更大的石头压在心上。

我问小月，大概是什么人啊？小月说，是我的朋友，叫小躺，躺着的躺。咦？好有趣的名字，听起来，应该也会是友好有趣的人吧。那么，就要开始着手准备"山川与湖海"的首次正式的晚餐了！虽然很紧张，但也有一种花了家里钱读了十几年书，终于能走上社会赚第一桶金的兴奋和成就感，"要好好表现啊！"心里就是这样想的，下定决心要全力以赴的我，果然从安排菜单的一开始，就迅速精神崩溃了。

↑

格子挞在下厨房 APP 上搜菜谱的时候看着可美了，自己做出来就歪歪扭扭的，煮馅儿的时候总觉得多了多了，结果苹果、桃子炒一炒都变软趴趴，填进去根本就不能撑起一个漂亮的拱面，哭笑不得，然后给取了个名字叫奥特曼，因为是"凹塔嘛"。冷到爆……

蜜制肘子是得到最多尖叫声的菜，一定要做的吧！超想做粉蒸排骨啊！自己炒出来的蒸肉粉，用了把文翰的花椒，闻到都流口水！可是如果一不小心放多了，吃到嘴里就只感觉到麻，说不定其他的菜都根本没有办法品尝了，但还是不想放弃，并且粉蒸肉吃到最后发现最底下垫着的红薯会是超棒的彩蛋啊，吃货的话一定会觉得惊喜吧！那么就小心地控制一下花椒的用量好了。有了两道猪肉的菜，还想要用正当时令的香椿和大受欢迎的自己用莲花白酒腌制的腊肉做一道小炒前菜，猪肉的比重好像有点多，做一道牛肉吧，茶树菇金汤牛腩还是红咖喱牛腩比较好呢？虽然都是用牛腩和一大群蘑菇，但风味完全不同，冬天的话，吃到浓浓的甜蜜的南瓜泥汤底会比较有幸福感吧，那就茶树菇金汤牛腩好了。这样的话，也可以做我最喜欢的青咖喱鸡了，就不会觉得红咖喱青咖喱一桌全是咖喱，好像只是加了调味包的不走心的料理。

话说回来，青咖喱里用到的蘑菇和金汤牛腩里用到的蘑菇好像有两种重复了，感觉有点抱歉。可是我又想不出用什么来替代更好，毕竟是第一桌，每一道菜都要很厉害才行！但明明我也没有十年功，没有积累出足够我组合出一个完美搭配的菜谱库，现在被逼上梁山，即兴创作也来不及了，迫在眉睫啊！虽然在封测的时候有一次是葛大爷带来的朋友，他说每一道菜都很好吃，但如果每一道菜都是高潮的话，一顿饭就会没有节奏感和重点，但作为一个吃货，我就是希望我吃一顿饭，每一道菜都能让我惊艳，都能让我幸福地跳起来闭上眼睛转圈圈。越是这样想就越是紧绷，写到最后我都又懊恼又气急败坏地想，我到底为什么要做这件事呢？我从一开始就不应该到北京来，如果我不到北京来，我就不会开始做菜，如果我不开始做菜，就不会面对现在的窘境……我感觉到自己的内心狂烈地纠结着两种力量，一面是佟湘玉的哀怨，一面是郭芙蓉的狂躁，它们撕扯着我的心灵，在我的大脑里喧嚣，可我还要强迫自己冷静地、理智地去面对。我同时有如千钧压顶，又像有只蚂蚁在身上爬，喘不过气，坐立不安。终于确定了七个人的菜单，我准备了十道菜和一道甜点，多一点选择的话，命中率会高一点，总能有一两道菜可以拿到好吃卡吧。

但是也不能放松对待，第二天——正式吃饭是第四天——就是去城里的三源里采购比较好的肉类和早市买不到的香草以及进口调料、烘焙用品的时候，因为要做金汤牛腩的话，需要用到牛骨高汤，牛骨高汤要煮十个小时以上，还有蜜制肘子要提前一天做好浸泡在汤汁里过夜，炖肘子要用到需熬煮五个小时的猪骨高汤，以及做青咖喱需要同样得熬煮五个小时的鸡高汤，这些都要提前一天准备，所以要再提前一天去采购，隔天才有充足的时间熬制。

说起来，当天的汤羹"皮蛋香菜黑鱼汤"，最后上桌的成品里只有黑鱼的中段部位片成的鱼片，但汤底其实是用两条鲫鱼加整条黑鱼的头尾，一起大火煮出的浓白高汤，只不过鱼汤要用新鲜的活鱼，所以是唯一必须要当天准备的高汤。因为之前烤大只的冷冻虎虾，可能是解冻不充分的关系，烤的时候会化出很多雪水，第二天采购完回来，又测试了一次，等虎虾完全解冻后用厨房纸吸干水分再烤，还有用从微博上看来的做法，把虎虾埋在海盐里烤，不知道烤完如果出太多雪水，海盐会不会融化，虾会不会太咸。

甜点要做的柠檬挞，塔皮要冷藏过夜，隔天烤好芝士的塔馅儿，要再次冷藏过夜，当天再做蛋白糖霜装饰，所以第二天还需要揉好塔皮。第三天要煮高汤炖肘子还要烤塔馅儿，炉灶想必是很紧张，那么做粉蒸排骨的蒸肉粉，也在第二天一起炒好吧。

通常第三天的主要工作就是腌肉、煮高汤、做甜点和写隔天准备晚餐的详细的时间表。这一天如果是周五，对大家来说都会有点辛苦。因为我必须要等阿姨做完午饭才能用厨房，而对于原本在周五下午就没有办法好好安心上班的小伙伴们来说，从厨房不断传来愈来愈强烈的各种罪恶的香气，才是一周中最后的工作时间里最深切的折磨，就好像黎明前的黑夜已经是最黑的夜，还碰巧停了电一样。因为还要炖肘子，所以第三天的负担格外重一些，最后做完柠檬挞，心里也不是很踏实，芝士馅要在烤箱里稍稍隆起的时候就关火焖制，怕没烤熟又怕烤过了，如果烤过了，冷藏之后会变得硬硬的，但不冷藏过夜也发现不了，如果明天发现烤过了怎么办？明天早上起来第一件事就是先检查一下柠檬挞，如果没烤好，要赶快改做一批盆栽布丁，虽然很简单朴实，却是唯一来得及并且也是曾经在咖啡店里非常受欢迎的甜点。

第二天和第三天因为一直在紧凑地忙着，没有什么时间去胡思乱想，而且是拟订了计划并在严格认真地执行着，所以心里感觉稍微平和镇定了许多。晚上写完时间表反复确认了好几遍，每一道菜是不是在合适的时间开始煮和烤，每一道菜的配菜是不是预留了时间提前准备好，哪一个时间段里的活动安排得太多恐怕会完成不了需要调动，哪一个步骤要放到更合适的时间点上。毕竟是第一次正式的晚餐啊，对我来说，重要性和缜密性可不亚于第一颗人造卫星上天呢。

大概是精神过度紧张，写完时间表已经很晚了，我还不想睡，就下楼去打扫卫生，这样明天就能省出一点时间来应付可能的突发状况了吧！结果我可能其实明明是困了也累了，打扫卫生间的时候，不知道自己在想什么，卫生间的角柜上有一盆落灰很久的干花，我拿起来整盆倒进了马桶里，然后马桶就堵住了。我一个人在深夜灯光昏黄的卫生间里，瞪着马桶里的干花呆了一会儿。我想到有一次要去见喜欢的男生，早上特地穿了清纯的白衬衣白球鞋，可就是隐约地觉得会出现阻碍，果然那天后来隔水加热黄油巧克力的时候两个套盆受热吸在一起，又因为不断加热猛地爆开，溅了我一身一脸一头的巧克力。当时我捂着脸站在那里不作声，店里的姑娘冲过来问我有没有事，我其实忽然有种如释重负的感觉，我觉得我担心的事情终于发生，也发生完了，于是反而整个人放松了——那么这一次，马桶堵了也算是某种阻碍和坎坷吧，我会不会因此也能放松下来呢？可是马桶堵不堵，跟做饭好不好吃，好像完全没有关系，又怎么能算是正式晚餐的阻碍呢？我戴上手套把没有冲下去的干花尽可能捞上来，然后又冲了几遍马桶，确认它还是堵了，然后上楼，在时间表里加了一条：买马桶拔子。

真的很累了，身心俱疲，快睡吧我这样想。可是已经快凌晨1点了，好害怕万一睡过了怎么办？我真的梦见过一两次自己在家宴日当天睡过头，但我幻想过无数次，在每一次家宴日的前一天晚上，我都要"幻想自己睡过头"，然后觉得"好可怕好可怕"，然后在两个手机和一个 iPad 上各定三个闹钟，在出现比较极端的熬夜情况下，我还会给我妈妈发短信，让她第二天早上给我打电话，确保我准时起床成功。但我大概是真的精神太紧张，从业两年多，即便是晚上刷碗刷到两三点才睡下，如果隔天是中午的客人，我都能在五点的闹钟响前自然醒。但第一桌正式晚餐的前夜，远不仅是担心自己起不来这么简单。

因为闭上眼睛再睁开，这一夜过去，就是我最终要面对、要战斗的副本了。这卫星一旦上了天，偏航或是坠毁也无从补救了。我的懊恼已经近乎绝望，我又开始想，我到底为什么要做这件事？我从一开始就不应该来北京，如果我不来北京，我就不会要做这一桌正式的晚餐，如果我不用做这一桌正式的晚餐，我就不用面对这样一个孤单寂寞冷、堵了马桶困到神志涣散却死瞪着天花板不肯睡的有如黑洞一般的夜晚。

然后我忽然从床上坐起来，在黑暗中环顾四周，我想，要不现在叫搬家公司来，把所有家当搬上，逃跑吧！可是脑子里又忽然出现古装片里的情景，男主张大鼻孔对女主说，我们逃吧，逃到没有人认识我们的地方，重新开始。女主流着泪，却眼神坚定，说不，我不想逃一辈子。

早上我没有睡过头，但因为是正式的第一桌，心里想着要尽可能确保万无一失才好，于是前晚的时间表写得无比详细，结果早上起来拿起手机便笺一看，在短短的一天里是满屏的待办事项啊！当时就觉得眼前一黑，好想从床上站起来直接打开阳台门跳下去。早知道昨天就咬咬牙，什么家当都不要了，一个人跑掉的话，打个车就好了。

7:00　起床，烧水壶带下楼

7:30　泡茶，甜点检查一下，不行的话即刻做盆栽布丁

8:30　买菜，奥利奥（盆栽布丁用），买马桶搋子

9:30　泡牛腩，海虎虾解冻冷藏吸干水分，
　　　开水瓶盛满热水

10:00　试米，做蛋白糖霜（如果柠檬塔可用），写菜单

11:00　炒蒸肉粉，打发酸奶油冷藏，整理清洁房间

12:00　切梅子，做鱼高汤

13:00　蒸红薯粉搓地瓜丸子，准备面粉、鸡蛋、面包糠

14:00　泡核桃花，蒸南瓜，准备牛腩配料

14:30　鱼椿洗净沥水，小番茄洗净切开，乳酪沥水，对半切开
　　　准备咖喱鸡配料，做粉蒸肉

15:00　备好干辣椒切段，花椒、姜末、蒜末、葱花、鱼茶

15:30　鸡肉煮熟撕成丝

16:00　做凉拌鸡调料，做沙拉调料，做咖喱鸡

16:30　泡米，煮核桃花，做好沙拉冷藏，准备柠檬水，
　　　冷泡茶加蜂蜜

17:00　蒸米饭，肘子收汁

17:20　腊肉蒸熟切片

17:30　蒸鱼，切皮蛋

17:40　炸地瓜球，垫上一搓奶油，撒梅粉

18:00　上梅子地瓜球，海底虾进烤箱

18:05　沙拉拌匀装饰上桌

18:10　核桃花浇热油上桌，炒香椿
　　　上粉蒸肉，汤里加皮蛋
　　　上肘子，蒸好的鱼放进汤里继续煮
　　　底虾扫去盐，挤柠檬汁上桌
　　　上牛腩，上蒸咖喱鸡
　　　上鱼汤
　　　上米饭，加一壶茶

准备咖啡，上点甜点。

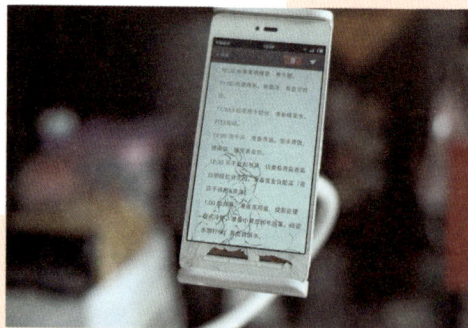

没办法啊，一件事一件事来吧。按照自己写好的时间表，第一件事就拿着牙签去冰箱截了戳柠檬挞的塔心，感觉绵软度还不错，省下了重新做甜点的时间。通起下水道来，也更加怡然自得了呢。虽然这个开端看起来还算顺利，时间一下子宽裕了不少，买完菜回来，也按照自己的时间表，一个步骤一个步骤，看似有条不紊地进行，但其实内心戏并没有放松，一直到现在都是一样，每次腌完肉要端起碗把肉倒进保鲜袋的时候，脑袋里就会浮现出腌好的肉漏出来掉在厨房台上，弄得厨房台、保鲜袋、手上、衣服上到处是酱汁的狼狈样子——这个偶尔发生；端着做好的蛋糕想要放进冰箱的时候，会幻想出自己被绊倒，整个蛋糕拍在地面上的可怕场景——这个万幸从来没有发生过。

但有一次，我就是执着地想要给客人做极软的香蕉戚风奶油蛋糕，可鬼使神差地烤了两遍都失败了，而且因为是裸蛋糕，我想要尽可能缩短蛋糕体裸露在空气中的时间以保持蛋糕的湿润和松软，我是在晚餐的当天中午做的，烤一次需要一个多小时，我不死心又烤了一次，结果大概又是香蕉放太多一直烤不熟。再试就没有时间了，才只好改做了草莓裸蛋糕。

第一次正式的晚餐，心里紧张，反复地去想可能发生的惨剧也很正常。但这毛病现在也没全好，大概是留下了后遗症吧。如果按照墨菲定律"你担心某种情况发生，那么它就更有可能发生"，感觉我在厨房里的时候，那一天按照我狂野的幻想，应该会变成一个狂野的灾难现场，所以每次一天结束后，都会有种庆幸和劫后余生的感觉，这也是后遗症之一。所以与其说做完一桌饭会感受到成就感，不如说，每次做完饭我都会有重获新生的感觉，好像做饭之于我，带来的幸福和感恩更加汹涌强烈，可以兴奋好久。

嬛嬛来的时候，我正在以完全不同的理解，去感受和菜头在《饭醉记录》里说的"外面的世界白云苍狗，而在厨房的方寸之地，我是绝对的君王"。我就像一个大势已去的亡国之君，在厨房里最后一次般感怀着自己的万里山河。嬛嬛走进厨房和我打招呼的时候，我发现她没有戴眼镜，还画了个淡妆。我于是分了一下心，我忽然开始回想，当时在女生群里号召姑娘们来帮忙的时候，是不是表达有误，让嬛嬛对于女招待的意义有点误解。嬛嬛问我，有什么需要我做吗？我看着她明媚的脸，忽然间就从亡国的悲壮中醒了过来，嘿，这个小妖精，我都灰头土脸的，你竟然敢化妆？！我于是停下了折磨自己的思想，觉得不如折磨嬛嬛吧。我把煮熟的鸡肉递给她说，帮我撕成细丝吧。嬛嬛脸上不易觉察地流露出了一丝"啊，我只是随便问问，真的要我做啊"的表情，然后以一个金牌销售的觉悟瞬间端正了心态说，好，我先去洗个手！

嬛嬛那天是第一次来做女招待，因为前一晚睡不着的我在女生群里可怜巴巴地跪求陪伴，嬛嬛正好有空又一时心软就来了，大概万万没想到第二天看见我会是这样冷酷无情的嘴脸。我做饭的时候本来也不怎么讲话，平时大家也都不怎么敢进厨房，所以嬛嬛也几乎是第一次和我一起站在厨房里，在静默肃穆的氛围里，两个人都略有一点尴尬。好在小月很快也来了，熟练地系上围裙就来帮忙，很快她俩就家长里短地聊了起来，我看僵局得以缓和，就放心地继续面无表情地做自己的事。虽然我不参与她们的对话，但她俩絮絮叨叨的东一下西一下地胡扯，多少有些分散我的注意力，让我从钻牛角尖的状态中暂停下来。小月也注意到嬛嬛化了淡妆还没有戴眼镜，嬛嬛说到自己早上特地早起洗了头发吹了个美美的造型，换了隐形眼镜。小月说，哈哈哈，你在想什么，让你来是干粗活的好吗！我背对着她们默默地笑了。

五点半的时候，除了需要等客人来齐再操作的步骤，能预先准备好的都准备完成，我们终于都停了下来，三个人瘫在沙发上短暂地休息。过了约定的开饭时间六点整，一个人都没有来。我的神经忽然之间又绷了起来，加上忙了一整天我整个人也有点恍惚，我开始怀疑是不是自己记错日子了。我去厨房看了一眼食材和各种菜进行中的状况，然后自己翻完手机日历，又跑出来问她俩今天是几号，再三和小月确认，是今天吧？不是明天吧？这个也是我的后遗症之一，在很长一段时间里，过了开饭的点一个人都没有来也没有人跟我联系的话，我就会出现这样的症状。

小月说回龙观山长水远又是周末，可能是堵车了吧。确定了日子没错，我又稍稍放了心，转念间又开始担心，这帮孩子会迟到多久呢？烤箱里的菜万一烤焦了怎么办？那个时候能做的事情都做完了，精神上和身体上都紧张忙碌了一整天，忽然停下来在香香暖暖的厨房里，才突如其来地感觉到无比的困和饿。我又不能去睡一觉，还是要等，等的过程里又焦虑，反复地去看锅底有没有粘连，烤箱有没有焦味，我一边走来走去一边不停地喊好饿。小月说，厨房里那么多东西，你吃啊。可是我哪有心情和时间吃东西？客人迟到就是意外事件，我的脑袋里轮番地担忧着各种菜被延长烹饪时间可能引致的后果，口味的改变、形态的完整等等。而且在摆盘上桌之前，每一道菜里的每一种食材都可能有特殊的摆放方式，都有用啊！怎么能随便吃呢？万一吃错了，摆盘不好看或者不饱满，那怎么办？我很少很少会在客人吃饭之前，从中分出来一碗给自己，因为莫名地会有种自己的作品缺失了一部分、不完整的感觉。于是在我几次三番地不停喊饿之后，小月非常困惑和不耐烦地说，你真的是很奇怪，身为一个厨娘，身在一个厨房，却总是好像处在快要饿死的境地。

后来大家终于都来了，听说在路上堵了很久，心想，嗯，也不错，这样的话应该饿坏了吧，很饿的话，普通好吃的东西也会变得特别好吃吧。希望如此。一直到现在，每当客人终于到齐，我走进厨房开始准备上菜的时候，饿和困的感觉就会突然完全消失。大约还是因为紧张而精神再度开始高度集中所致，但担忧害怕的情绪却减缓了。那种感觉介乎于"终于走到了刑场前，无后路可退只能面对"的释然和"细枝末节的事情都准备得很充分，成败就在此一举"的凛

←

每次厨房里最紧张忙碌的一段时间，通常都是由摆满操作台开始，先是各种食材的清洗，一样一样处理，临近开饭前操作台上的食材一样一样减少，换上一碗碗调好的酱汁，再到挨个菜盛盘，在操作台上进行上桌前的装饰，最后的甜点，或者是切分或者是插上蜡烛，再或者用网筛筛糖粉，在操作台上留下一个糖粉围起来的圈。每天结束后，最后一次用抹布抹干净操作台的时候，都觉得"哇……呼！"

然之间。整个上菜的过程中，我都没有出去。一来是因为回龙观的别墅里，厨房和餐桌隔得比较远，二来我会严格控制上菜的速度，因为步骤写得紧凑严密，所以基本上我能控制每一桌菜在半小时内上完，尽可能不出现一道菜吃完所有人等着第二道菜这样的情况，除非是那一天准备的菜或是需要即时料理的菜比较多，又或者客人迟到而不得不延迟一些菜的事前准备，才会偶尔延长上菜的时间。我对那天的客人完全没有印象，也是因为整个上菜的过程中我一直待在厨房，不知道每一道菜端上去的时候，大家是什么反应。

我不想出去还有一个原因，也是害怕万一在中途撞上食客失望或者是不那么兴奋的脸，感觉不知道他们什么态度的话，还可以一鼓作气斗志满满地完成，如果中间受到打击，敏感脆弱的我可能就会泄气，再而衰，三而竭，都没有办法撑到最后，搞不好炖着炖着肉，晶莹的泪花就滴在了汤花里。所以想着不管怎么样，先保持激情地完成自己的表演，完成自己的作品，先轰轰烈烈地把自己的心意倾泻出来，最后会怎么样，最后再去想吧。

毕竟是正式的第一桌，上完菜之后，厨房里的残局也是空前的大阵仗。客人们在外面奋力地吃——因为准备的菜实在太多，我们就在里面收拾和刷碗。拾掇得差不多，也可以上甜点了，我让小月把他们领到烘焙区的长桌前坐下，心机如我，在确定一定会收获尖叫声的时候，当然亲自登场，给大家端出华丽的柠檬挞，切分完后，就在旁边继续准备给他们冲咖啡。之所以做柠檬挞，除了因为够美，够复杂，显得有仪式感，也是因为柠檬挞的酸，感觉比较能中和一顿大肉后的油腻感，再配合咖啡，组合服用清爽解腻、促进消化，说不定之后还能把一粒没动的有机大米饭吃光光呢！冲咖啡的时候离客人们太近，虽然是背对着他们但还是会紧张：哎呀，我的背影会不会很雄壮……

吃饱喝足的食客们看着甜点等着咖啡其乐融融，气氛很好。我习惯在倒咖啡之前用热水给咖啡杯温杯，这个步骤在咖啡馆的时候，一般就是我们自己在吧台把热水倒进杯子里，暖了杯子后把热水倒掉再倒咖啡端给客人，所以即使是经常去咖啡馆喝咖啡的人，可能也不一定知道有这个步骤，所以，我冲好咖啡之后，给大家分摆好杯子，拿着手冲的细嘴壶挨个在杯子里倒热水的时候，所有人都停下来看着水柱。这一刻我忽然感觉到神圣，也不由自主地屏住呼吸，并且收了收肚子，微微抬起自己的下巴，让自己看起来高冷又优雅。结果，忽然有一个男生说，这个是要喝下去的吗？大家就全都笑了起来，这是我记得的和第一桌客人有关的第二件事。

明明冲好了咖啡却给大家倒热水，还是用冲咖啡剩下的水，感觉大家注视着水柱的时候可能都有点困惑，但我不知道原来有人会问这样的问题，其他人可能是没想到真的有人会问出来，其实是正常的发问，但可能太正常的事情却被问出来，所以莫名地觉得好笑。咖啡也做完，也和客人们一起开心地笑了一场，回到厨房，我整个人才真的终于松弛了下来，觉得准备了那么多天，紧绷了那么多天，奋战了这一整天，最后的结尾大家也都吃得很饱很开心，除了成就感，觉得一切都值得了，还有"在不确定的时候一头栽进去最后发现爱对了人"的那种感动和幸福。觉得真好，一直做下去吧。真高兴啊，回到厨房，用剩下的鱼高汤和鸡高汤混合在一起，煮了福建的鱼面，盛出来两大碗，再煎了培根摆上去，撒上香菜，给辛苦了一天的女招待作员工晚餐。她们也饿坏了，正要端起碗干了，我说，这么美你们都不拍吗？嬛嬛说，你没拍吗？我说，我手机

105

在外面鱼缸上面。嬛嬛说，去拿呀！我说客人坐那儿挡住了。嬛嬛说，爬过去！我说，嗯，那得换套黑漆皮比基尼和长筒靴，像湖海一样爬过去！小月一听急了，说："别！咱每人只收了两百块！这段得加钱！"

这就是我记得的第三件事。

# 十一

## "扫荡"北京菜市场

文 /Jackie

▶▶▶

## 1. 回龙观早市

回龙观的早市五点多开市，中午十一点，外场散摊儿的大爷大妈们就散得七七八八了，下午外场区就变成了停车场，晚上的时候是宵夜大排档。这切换简直不要太酷炫。我与早市的初次相见，就深深为角落里的煎饼果子倾倒，我每天早上都去买，吃了一个多月，如果不是飙升的体重触目惊心，我觉得我还能再吃五百年。

一开始除了买早餐，我还喜欢买水果，早市的水果就跟开了挂一样，闭着眼睛买都好吃，靠近广场外缘的水果都是摞在小卡车屁股上卖，个个看起来都特水灵，真的是不能多看，一把持不住就能拾一大兜，买了煎饼果子还猴急地想趁热吃，就总是一手拿着煎饼果子啃一手提溜着三五斤的水果袋，一手带我上天堂一手拖我下地狱，每个煎饼果子简直都用了洪荒之力在吃。

加入了小伙伴的晚餐小队之后，我才终于敢去水灵灵的蔬菜摊、鱼档、猪牛羊肉摊上兴高采烈地买买买。以前不想去，因为觉得自己一定会看到什么买什么，可是买了也没地儿做，心里难受。起初我都是固定去熟悉的几家，买完路过别家，感觉品质要略优于我的习惯首选，几次之后，我开始有些动摇……可是卖猪肉的大妈那么亲切，我连着去了好多天买猪肉，有天她忽然问我，你是哪儿的？我说湖北。大妈说，哟！咱俩是老乡呢！我说您哪儿的啊？她说，我湖南的！……好吧，我们都有一个家，名字叫中国嘛。后来我终于还是背弃了我老乡的猪肉摊。我第一次鼓起勇气在她隔壁摊买猪肉的时候，那感觉简直如芒在背，我竟然为了口腹之欲，背弃了亲切的大妈！我太难过了，我良心受谴责了很久，美好的猪肉吃起来都没有味道了。猪肉好不好真的那么重要吗？人和人之间真挚的情谊才是最宝贵的啊！

但当我开始给大家做员工午餐的时候，这种愧疚感就逐渐减退了。毕竟在我心里小伙伴们是更亲的家人，我自己吃真情牌不那么好的猪肉没有关系，可是做给亲爱的家人们吃，那必须得买最好的！从那个时候起，我开启了菜市场薄情"碧池"模式，湖南湖北的老乡已经不能打动我，即使是住在我家对面的邻居，我也会以公正的态度对待他们的商品。我想既然做不到对每一种食材的摊主忠心不二，那么，不如做一个坦荡的"碧池"，接受"我是为了买最好的菜给最亲爱的人吃才来到这里"的最高原则，只能对不起那些拥有和善的面孔、亲切的眼神，欣慰地以为我会成为忠实回头客的摊主大人们，我可以做的，就是把被我挑胡萝卜挖出一个坑的大麻袋重新填埋好，不讨价还价。用我的实际行动，我的选择，表达我最真实最诚恳的认可。并且，我还会把商品和商户分得很清，不管这个商户有多么蛮横无理，只要他卖的东西好，我就可以忍受他无礼的态度，即使我们之间可能有过不悦，我也敢于抛弃尊严，死皮赖脸地一而再，再而三地去他家买菜。

开始正式做家宴之后，猪牛羊和禽肉我都去三源里菜市场买，在早市主要就是买海鲜和蔬菜。早市的海鲜卖得不贵，而且贝类的品种足够多，也很干净。我最喜欢去的就是卖香料的商店，店里的老板娘简直就是我的香料启蒙老师。每次买完菜我都要顺便去逛逛，然后拿起这个香料闻闻，拿起那个香料看看，问老板娘，这个是什么、怎么用。我本来也很喜欢香料，特别是肉桂，做猪肉、牛羊肉都会放一些，和老板娘说到的时候，她抓了一把丁香跟我说，我告诉你，煮牛羊肉的时候加一两颗丁香也特别美妙！但别多加，一两颗就够了！

那个时候老板娘应该就是我最早的"高山流水遇知音"，书上和网站的菜谱里写到的香料，想一次买齐，经常买到一半就觉得心累，又觉得也不知道自己是不是真的会做，可是去老板娘店里聊一聊，她随便拿一点东西给我，然后得意扬扬地说几个小撇步，我就会跃跃欲试。

去早市买菜是每天最开心的事情，因为可以买买买，买完了还可以满足好奇心去做做做，做完了还能吃吃吃。如果说做饭是一件可以从头到尾都美好有趣有滋味的事情，那么去买菜就是这件有趣事情的开始，就是清晨的阳光，就是"人生若只如初见"，就是每一个星期五的晚上。

而且回龙观早市最有意思的点是，在卖场的边缘，经常会有很多摆一两天就不见了的小摊，古玩玉器、珠宝首饰（你们懂的）、床单被罩、桌布椅垫、帽子

戴着面具
买菜的爷爷

围巾、葫芦做的水瓢、老花镜、绣花鞋……跟快闪集市一样。我反正每天买完菜，就拖着小车在边缘溜达一圈，有什么比天天新鲜、件件便宜、只要九块八更加令一个女孩雀跃呢！

我还在市场靠近煎饼果子摊的一个大妈的服装店里，买了足够穿一个月不重样的各种连衣小裙子，大妈其实不知道，在城里，这样的小裙子叫古着。除了四季日常卖菜，春天卖花，夏天卖裙子，冬天卖大衣，大叔大婶们还紧跟时事，情人节拎着水桶卖玫瑰花，我去问多少钱。大爷说十块钱一支，我随口说这么贵啊，那平时卖多少？大爷就爽朗地哈哈哈哈地笑，特别坦荡地跟我说，平时也就卖两块钱！平安夜的时候也会把苹果一个个地用花纸包得美美的，万圣节的时候香料店的老板娘竟然在店里放了一兜带羽毛的化装舞会面具，只要是去买东西就送一个。我不由得脑补了一下大爷大妈们戴着紫色羽毛镶亮片的面具在市场里穿梭的样子，那画面简直不要太 vintage。

回龙观的早市就是我的游乐场，还是一个能让我吃饱穿暖、有老乡有良师益友的游乐场，最难能可贵的是，它不只能带我玩带我飞，还是激励我搞菜谱创作的第一块灵感之地。只是在要搬到院子之前，我的心里其实被新欢三源里菜市场占去了大半，所以当时并没有特别不舍，只是在最后一次去早市买菜的时候发现，卖场边缘的神奇小摊居然有人在卖流星锤，然后觉得自己就这样失去了成为"流星花园的流星锤小仙女"的机会，有点怅惜。

## 2．三源里菜市场

大约是在我给大家做了一个多月午餐的时候，小月送了我一本书——《厨神的家常菜》。我还挺开心的，厚厚的硬皮书，一大本，全彩页，等我翻完，就给了她一张生无可恋脸。

对我来说这就是本画册。菜谱再好又怎样，里面的食材调料早市根本就找不到！

所以后来小月带我去三源里菜市场时，我的心情就跟玩游戏解锁了新的资料包一样。忽然间所有关卡的通关按钮都不再是灰色，都可以自由地点击了。这种反转哄得妹子我心花怒放，简直要弯。

在三源里菜市场，除了新鲜的香草、柠檬和牛油果，新鲜的树莓和无花果，我基本不买其他蔬菜和水果，因为早市的选择性已经十分丰富，而且蔬果这种东西，感觉土生土长的、质朴又符合时令的才最好吃。三源里的蔬菜水果摊，有种超越时空的齐全，毕竟是全球化国际性的菜市场，中国没有，不代表地球上其他地方没有，只要地球上有，三源里菜市场就能有——嗯，感觉这个圈圈画得有点大。

从回龙观去三源里菜市场，要坐一趟公交车从起点到终点，然后乘地铁13号线换10号线，出了地铁站，再步行十分钟。去一次大概四个小时，如果想买新鲜鱼虾蟹当天用，不太来得及，所以我每次去都是买肉类和一些进口调料、干果、茶叶，还有烘焙用的奶油、黄油等等。

三源里菜市场的每一个铺位看上去都特别美，井然有序，干净整洁，收纳控和整理癖进去简直走不动道。即使是好像没有什么可买的米铺，看见整齐码放的

↑

这组照片是 KK 有天陪我去买菜的时候给我拍的,
她说我背着大西芹的样子好像背着一把剑。

麻袋，米上插着手写的纸牌，我都会忍不住驻足流连，看看圆形的米、长形的米、黄色的印度手抓饭专用米，感觉就算是买回家煮了，码一排小碗挨个空口吃都是极其新奇美妙的人生体验，只是可惜家里没有十几二十个电饭锅，只好作罢。

都说兴趣是最好的老师，三源里菜市场简直让我兴致盎然到钵满盆满。我会为了买漂亮的蔬果来创作一道菜，为了买长得很可爱的鱼来创作一道菜，对我说做饭是能随心所欲、能完全按照自己的想法去做的事，是极少数可以成型的天马行空，能看到、闻到、听到、吃到，能得到最真实的幸福感受。

开始封测以后，我每周会在周末有客人来吃饭的前两天去一次三源里。给大家做午饭去早市买菜的时候，需要买的食材比较多，我就在菜市场门口的杂货铺买了一辆带帆布袋的手拖车，每天早上拖着去买菜，倍感得心应手。只是当时我已经戒掉了煎饼果子，不然一手拖着小车，一手拿着煎饼果子，满载而归地走在清晨空气清新鸟语花香的路上，感觉和《被嫌弃的松子的一生》里，在盛开二次元花朵的小路上去见爱人的松子一样雀跃。

去三源里是难得的一周一次，我总是会忍不住买很多东西。当时我做饭几乎不用水，全是用高汤，而且是不同的高汤。别墅里的家用冰箱，冷冻柜很小，还放了不少冻肉，没有空间再放高汤，我只能在要用的前一天现煮，所以每次都要额外买肉骨头土鸡回来煮汤。鸡高汤要一整只土鸡，猪高汤要两三斤猪棒骨和脊骨，牛高汤得用一大根牛骨头，再买些烘烤用的三黄鸡、整扇羊肋排，真空包装的冷冻牛腱子芯和牛筋，做蛋糕用的 kiri 芝士、淡奶油和黄油，台湾的红标米酒、大包装的沙茶酱和紫苏梅，常常是小车实实地塞满，还得再装鼓鼓一包环保袋。

后来我把冷冻柜里存的肉都拿出来一锅乱炖（因为不解冻根本也认不出来是什

么肉）给小伙伴们吃光，清理出空间，买了密封盒，煮高汤的时候才能一次多煮一些，留一些冷冻起来下次用。好在经过了小拖车加环保袋的时期，我的承受力起点比较高，从一开始就是超重负荷的选手，后来每次去，只要觉得自己还有气力移动，就会额外多买一些下次可以用到的肉类或高汤食材，放进冰箱冷冻起来，下次再来就能轻松一些。

在回龙观的时候，每天早上去买菜，从 T 恤、短裤、连衣裙穿到卫衣、毛衣、大棉袄，看着市场里的水果，从草莓、桃子、西瓜更新到柚子、大枣、石榴。那是我最早感受到的"四季更迭"。从前在家里，常常只是逛逛超市买零食牛奶，爸爸买菜回家做饭，做什么吃什么，妈妈提醒我天冷了要穿毛裤，对生活和时间仿佛没有什么感觉。

还有自己来北京后，每个月换洗一次床单被罩，有天忽然发现自己套被子技能满点，娴熟得不得了，唰唰地就套好了。和当时在三源里，买菜的时候知道为下一次着想一样，在厨房里，以前做饭的时候把用过的东西都扔进水槽里留着最后一起洗，现在只要在做饭的空当，就会立刻把水槽里的东西都洗掉，每次要用水槽的时候就会很方便；以前也最不喜欢把水槽里的碗筷杯盘放回原位，现在不论洗碗到几点，一定都会把水槽里的东西全部放回原位，把厨房台和灶台擦得干干净净，垃圾桶的垃圾都扔出去，这样第二天早上起来，走进厨房的时候，整个人都觉得清爽明亮，精神抖擞。

都是过去不会去想或者不喜欢做的事情，渐渐地可以不像叛逆的小孩为了反抗而反抗，心悦诚服地承认和接受，这些的确都是为了我自己好。都是细小的转变，但却能让我感觉到自己在好好地学会一个人生活，更加踏实笃定地在时间里向前走。

唯独一件事，我花了很长时间去适应，就是拖着买菜车坐地铁。

亮马桥地铁站靠近三源里的出口是一条特别长的楼梯，而且只有向上的扶梯，每次我买完菜要下楼，在楼梯上就会像短腿柯基一样一级一级地往下挪动，因为买完菜的小拖车足得有十几斤重。其实穿过马路，对面是有升降电梯的，但我的思维逻辑比较奇怪，当我提着很重的东西在公交站等车的时候，我宁可一直提着，都不想先暂时放在地上。不是因为我怕弄脏外包装，而是我觉得，放下和提起要弯腰两次，感觉比较麻烦，对我来说，麻烦就等同于累，所以代换过来就是说，弯腰放下和弯腰提起，比一直拿着重物还要累。同样的我也觉得，过马路比我这样一级一级地挪小车下楼更麻烦。更何况十字天桥下面的马路，过起来又比正常的马路麻烦十倍。反正后来我也习惯了，只是重一点慢一点而已，我也不赶时间，干吗要去改变习惯那么麻烦。

其实做饭、缝纫、画画的时候，我就一点也不怕麻烦，我的许多菜谱都极其烦琐，可能人处在创作的激情中，会比较精力充沛。在生活琐事上，我会特别怕麻烦。但"地铁站的楼梯很难下"并不是我要花很多时间去适应的主因。我虽然在文艺气息的独立咖啡馆待了两年，但从来不认为自己是文艺青年。可也肯定不会是拖着红米色相间的帆布买菜车、车兜里还戳出来两根大葱、穿着超长像毛毛虫一样的羽绒服、胡乱扎着头发的买菜大嫂。有人会说这是个人问题，即使是去买菜，也可以打扮得精致美好。

我是热爱生活的人，我很早就给服装间分区，一边是"工作区"，一边是"生活区"，中间是"今天有可能遇见真爱区"。但大部分时候我都穿着工作区的衣服，就是那些穿上之后可以无视一切凌乱的环境，洗完手直接往身上擦，买菜的时候蹭到带泥的土豆、走路的时候被大叔踩到脚，我连看都不会看一眼，穿脏了也不用洗，直接扔掉，不需要挺胸、收腹、撅屁股，挽上去的袖子不会一直掉下来，简单来说就是，可以让我完全不去把注意力放在自己身上、能全神贯注做饭的衣服。起初在回龙观早市混迹，觉得没什么大不了，还挺接地气，再说小伙伴们也都见过我美艳无方的样子了，他们嘴上不说，但心里都知道我是美的。地铁上虽然都是一面之缘的人，可越是初次相见，越是短暂的擦身而过，越是希望自己在人群中被无意看了一眼就再也无法忘掉我的容颜。

我忘了在哪里看到一句话，说"有些姿态，会令生活太过不便"。话是有道理的话，道理是我懂的道理，可我是个普通人，普通女生，我喜欢买菜做饭，喜欢和新鲜的食材一起搞创作，但我也希望自己在任何时候都能保持美美的样子。亮马桥那一带，都是些写字楼上班的白领，女孩子们穿着锃亮的小皮鞋，鲜艳的百褶裙，围着柔软的羊毛披肩，在楼下拿着精致的小手包，吃着便利店买的饭团三明治，叽叽喳喳地聊天。我有时会羡慕她们，我想每天打扮得美美的，坐在办公室里，敲敲电脑看看文件，不用被油烟熏，不用洗碗洗到手粗糙脱皮，不用做完饭顶着一头一脸油。我有次这样跟 Nic 讲，当时我们正好走在早上九点的 CBD 十字街口，马路上都是行色匆匆的上班族。Nic 说，你不知道她们有多羡慕你这样自由自在的生活，每天待在厨房里做做饭、烤烤面包，大部分时间只需要和蔬菜鱼肉打交道。我今年才好不容易从这样的生活里脱离，获得光辉的自由，你看看这些路上走的人，你看看他们的脸，你看你看你看……

我被他说得好笑。

也是，毕竟我可以磨刀霍霍向猪羊，她们总不能磨刀霍霍向甲方吧。

后来我渐渐地也不在这些虚无缥缈的事情上纠结了，就好像年轻的时候喜欢一个人，恨不得把自己所有会的事情都告诉他，让他知道我有多优秀，但其实谈恋爱又不是才艺大比拼，你会的事情再多，有的人还是会执着地选择可爱的、温柔的、胸大的。爱一个人需要十足的勇气，我们的朋友和我们相处了很久，花了很多年时间了解我们，他们喜爱我们不是因为我们会做饭会烤蛋糕，而是他们知道会做这些的我们，有一颗善良柔软的心。恋爱中的人大多数在一开始并没有很多的了解作为基础，而我们却往往对他们比对朋友寄予更高的期望。一段关系里没有足够的勇气去相信和包容，真的很难坚持下去。朋友是因为了解而喜爱，而爱一个人往往是先爱上他才想去了解。好像你完全搞不懂微波炉，只是一眼相中就买回家，拿出铁皮罐头就往里放，分分钟炸得稀烂。

所以某种意义上可以说，通过思考要以什么样的形象面对去三源里菜市场买菜的路上遇见的不相干的路人，教会了我要把时间和感情放在我珍惜的人身上，那些无关紧要的人，就不去想了吧，而且来日方长，如果我们的运气够好，也许有天会看到彼此更好的一面，为他们转瞬即逝的念头不开心的时间，我可以做更多更好的事情，去令我喜欢的人快乐。

搬到院子以后，我离三源里不算远也不算近，公交车能直达，往返一次三个小时左右，堵在朝阳门内和朝阳门外中间的话，就不好说了。

但院子附近的朝阳门南小街菜市场，相比回龙观早市略洋气，一些原本只能在三源里买的食材，可以就近在南小街菜市场买。现在去三源里就只需要背一个大号帆布袋，我每次会先去肉铺，挑好各种肉类，让老板帮忙收拾切块，然后去卖水果的地方买牛油果和百香果，有时还会买一些煲汤用的红枣，再折返回来拿处理好的肉。

我常买的肉类有煲汤和做高汤用的土鸡，做烤鸡用的三黄鸡，土猪的五花肉、猪软骨和排骨，澳洲的牛腱子芯和牛筋，羊肋排和羊蝎子我通常在网上买真空包装、切件整齐、大小比较均匀的草原有机羊肉。在三源里买肉，除了品质可

以选好一点的，这边肉铺的老板，处理起肉来也比较有经验，去皮去骨剁块斩件，手法相当老练。而且他们差不多都是北京绝大多数高级饭店的供货商，出货量很大，肉类也可以保证新鲜，不像有些客流波动大的菜市场，总觉得肉色看着暗沉，不知道摆了多久。

买完肉再去烘焙用品店买淡奶油、黄油、乳酪，在台湾和东南亚食材店里买红标料理米酒、日本进口的木鱼花和味淋、韩国的辣椒酱，一直往外走，在蔬菜摊上买一些新鲜香草和柠檬就可以回家了。柠檬和牛油果，在水果店和蔬菜摊都有，但我喜欢在水果店买牛油果，在蔬菜摊买柠檬。因为水果店的牛油果比较多，容易挑到熟得恰好的，蔬菜摊摆出来的柠檬比较少，招揽顾客用的门脸货，会比水果摊的精神和饱满，但蔬菜摊摆出来的精神的牛油果，多半比较生。

三源里菜市场的大叔大妈们，据说都在这里做了好多年。深厚的革命友谊，不是我们一个小小客源能够破坏的，在这里买东西，就不会像在早市里，害怕不在相熟的老板家里买就受到良心谴责这样的问题。有时候我在一家问到他们没有的东西，他们就会告诉我，几号铺位里有卖，如果是问到碰巧他们家断货的东西，他们会直接到同类铺位的别家拿来给我。

今年好几个公众号写过三源里菜市场之后，周末去会发现参观拍照询价走人的吃瓜群众明显增多。有时候去熟悉的老板娘家买东西，听着第一次来的客人不停地询问这个是什么、多少钱、为什么这么贵、有什么用、怎么做……平时最是不厌其烦的老板娘，看看客人，又看看我，一脸的哭笑不得。我就想到总是有新客人来问我，你们这里多少钱一位、有些什么菜、为什么不能点菜、为什么不能临时加人加菜。有更多的关注就会有更多的新状况要去面对，其实每次有人来谈合作借场地，说我们可以给你做宣传，我都觉得毫无吸引力兼头大。

我一早过了浮躁的劲儿，现在只觉得顺其自然就好，不想去刻意表现优点甚至夸大事实来引人关注，希望被喜欢和记住的是真实的我，因为这样的关系比较简单，否则要造幻境和圆谎，也是心力不足。

我不知道我这种态度算不算消极和自私，人们说好的东西应该分享给更多人，可我觉得，好的东西都有限，不如有点耐心，若万幸遇到懂得的人，能让得到的人兴奋到战栗，让被交托的好东西熠熠生辉。不然也该遇到懂珍惜的人，不是说得多么感恩，我也可以去牛嚼牡丹，但本牛嚼了牡丹总得高兴吧，如果糟蹋了一朵好牡丹还没让本牛高兴，那浪费的不只是牡丹，还有我的时间和胃容量啊。

时间和胃容量，是这个世界上最应该被好好珍惜、合理利用的东西。

## 3. 朝阳门南小街菜市场

可能是写这篇稿子的时候，我还在每天跑南小街菜市场买菜，人们容易对朝夕相对的人和事物感到厌倦和不满。我不知道是不是因为这样的原因，对南小街菜市场，略感寡情。南小街菜市场，应该是城市里最常见的那种菜市场，分割清晰、码放整齐的摊位，老板大多是精明中又有几分傲气，热情与否取决于他们当天的心情和不同的顾客。我在菜市场唯一招人疼的大概就是买菜从来不讨价还价，但除此之外，我飘忽不定的购买习惯和因起床气阴晴不定的面部表情，以及买菜时更甚于挑老公的专注苛刻，应该都是挺招人恨的。

南小街买菜的高峰点集中在早上九点到十点，还有下午的四点到五点，菜市场七点就关门，菜的品种介于早市的接地气和三源里的逆节气之间。他们中许多也给附近的饭馆供货，有时候对待新来的和小批量零售的客户就会有些怠慢和不耐烦。三源里给饭馆酒店供货的也不少，但态度上明显就要好许多，可能也是因为三源里的老板们都是七八年的常驻摊主，见过太多人来人往，直播的、录播的、我只看看不买菜的、我只拍照不买菜的，所以大家都或多或少有些云淡风轻的从容。南小街菜市场的摊主们，更换得比三源里频繁，但又不像早市，一年过去就跟刷了机一样。早市太大，有很多摊主好像一年到头也没打上照面，南小街菜市场每天去，进进出出的，虽然不是每个摊位都光顾到，但竟然也很快就熟悉了每个摊位老板的脸。南小街菜市场不大，所以各个摊位的老板朝夕相处，都比较熟络，有时候进去买菜，总有种误入了聊天室的感觉。且他们热爱玩换摊游戏，所以即便是熟悉了每个摊位老板的脸，但经常会和即时摊位匹配不上。

其实，南小街菜市场比三源里菜市场有趣得多。好吧，写到这里，我开始感觉到我还是有一丝良心，对与我相伴最久的菜市场，仍然心存爱意。

还有一点，虽然明明也不是那么要好甚至根本不熟的关系，但每次菜市场有新的摊主入驻，旧的摊主离开，我真的会有点生气。生气的原因在于旧摊主的不告而别，生气里还会有一点点难过，或许是对于整个大环境、整个集体物是人非的一丢丢伤感。

三源里的老板们多少还是有些距离感，毕竟我们见得最频繁的时候，也不过一周两次。南小街有时让我生气、哭笑不得，但毕竟真实可爱，他们在我每一次准备家宴的早晨的时光里，翻看过去每一天的菜单记录，我甚至可以大概记起当天的菜单变动是因为在菜市场里突然断货的紫叶生菜，又或者临时起意的加餐，是因为鱼摊的老板极力推荐了新上市的肥美皮皮虾。

说起来，鱼摊的老板里，有位短发的阿姨，真可称得上是洗脑级别的销售人才。每次如果不买鱼，经过鱼摊的时候我都不敢直视她的双眼，每次如果要买鱼，其他的老板或小妹说一斤多一点，就这样吧！我都能义正辞严地拒绝说，不！就要一斤！可如果遇上她，她说一斤45元，这些60元，刚好！我都会意志呈疲软状说，噢，好呀！然后她乘胜追击，说今天虾也不错呢，来点吧！我沦陷在她诚挚热情的眼神中，毫无招架之力，我说那就来点吧！有天我跑完步，精神原本就有些涣散，我去菜市场想要买一条青鱼，做一个没试过的新菜，菜谱当时是这样写的："新鲜的青鱼最适合来做这道菜。"青鱼的用量，写的是250g。我就寻思吧，这一次就只用半斤，还得是新鲜的，想必这鱼不大。我到了鱼摊前问，有青鱼吗？鱼摊里的阿姨叔叔妹妹们先是一愣，我还以为我不小心做作地说了鱼的学术名称，结果短发阿姨立刻双眼放光地对我说："那你今天找着了！刚好就一条！"我也没买过青鱼呀，我就问，多少钱一斤？阿姨说，21元！我想，这比鲈鱼便宜多啦！买！我就顺口又问了一句，大吗？阿姨说，大！我想应该就跟大的黑鱼差不多大吧？结果叔叔捞起那条鱼的时候，秒变年画——抱鱼小胖娃。阿姨完全无视我瞬间石化的笑靥，依然保持着高度的兴高采烈说，昨天好几个人来问都没有，今天就这一条！你看，活着呢！我说，能……切开卖吗……阿姨说不能啊，这切了不就死了吗？！说得好有道理……我只觉得一脑门汗……看见阿姨一脸"终于等到你还好鱼没放弃"的仿佛一个月老终于完成了年终指标给我找到了灵魂伴侣的喜悦，我说那称称看吧，只见大叔一刀背拍晕了那条大青鱼。过完秤阿姨说，十四斤多呢！293块！那鱼都拍晕了我还能不要吗……阿姨说我教你我们家都是怎么吃的！你就一次全给炖了，然后分几锅存着，隔天拿出来再蒸一蒸，越炖越好吃。我跟你说……其实后面我脑袋里就都是嗡嗡声了，我一边悲喜交加地付了钱，一边反反复复地在计算，这250g用量的菜谱，我得把配料翻多少倍才刚好可以用完这一条价值不菲的、命中注定与我相遇、为我而死的鱼……

在自己亲自逛菜市场买菜一两年之后，我才开始懂得顺应时节吃东西的美妙。在冬天的时候忽然想吃雪糕也会带来幸福和满足感，但是在正当时令的时候吃到那个时节里闭眼拿都好吃到泪目的食物，除了幸福和满足，还会有种令人起鸡皮疙瘩的感动。就像那种不用打扮，生来就美得让人无法移开视线的女人，360度无死角，每一个瞬间都美，令人格外要感叹造物者的慷慨。

比如冬笋和豌豆，我会从它们出现的第一天，一直买到它们彻底消失在市场。且水果正当时令的时候，本身样子就美得仿佛有光辉，洗洗或是剥了皮就能送进嘴里，是最轻易能得到的美味，都无需料理技巧。加上我从经验总结出，南小街的水果摊若是第一拨新上市的水果很好吃，就一定要尽可能把第一拨买完，运气不好的话，第二拨的同款水果可能会略逊几分。因为第一拨总归是门面，是甜美担当，就好像许多饭馆，新开的时候味道好、服务佳，三个月后再来，就不是那么回事儿了。所以我常常忽然把注意力转移，并且几乎不走回头路，也是为了把一个人一天所有吃水果的配额，都给到正当时令的第一拨，毕竟这全部优点在线的第一拨，是真的吃一拨少一拨。

卖菜这个行当，不论早市、三源里还是南小街，大多是家族事业。菜市场里的两口子，都十分恩爱，这种伴侣关系其实十分难得，因为既是爱人，又是工作伙伴，齐心合力起来，活脱脱的就是"爱情事业两得意"的真实写照。说起来，感觉卖菜也是个幸福感爆棚的职业啊。

以前我常买芝麻叶的洋气蔬菜摊位的摊主，也是两口子，男的脾气特别好，话也多，女的心情好的时候态度就挺好，有时候也冷冰冰的。我第一次去的时候是清早七点，菜市场里空无一人，我站在离她两米多远的地方拿起她家的菠菜小声自言自语了一句，好像有点蔫。她立刻看着我说，有刚到的我给你拿！耳朵也是灵得很，弄得我有点不好意思，后来再去市场，我就坚决都在心里碎碎念了。第二年不知道怎么了，过完年来他们的摊位就换了人，有一次我在鱼摊买鱼，碰上她家男人来买螃蟹，大哥看见我，挺高兴地说，来买菜啊，我说嗯。大哥也不管我接不接话，接着说，我来买螃蟹！今天家里有重要的客人，要有几个拿得出手的菜！然后挑了几只大螃蟹，高高兴兴地就走了。

又有一次我买完菜，在回家路上的超市门口遇见大哥了，我问他，你们还回不回菜市场卖菜了啊？大哥有些为难地说，哎呀，我也不知道，要看我媳妇心情好不好，她要是一直心情不好，我们可能就不回去了……我只是想随意唠个嗑，却被这猝不及防的狗粮砸了个劈头盖脸。原来看似无忧无虑还能兼顾相亲相爱的卖菜工作，也还是有人会心情不好，可见每个工种都有各自不为人知的辛酸。羡慕别人，或是想要同情别人的时候，想一想，其实我们都是一样的。

Nic 说，每个人最终都是独自一人。或者，人都是独自一人在生活，诸如此类的话。我想，如果这样，在漫长的独自一人的生活中，在柴米油盐的庸常里，总能和些有趣的人打个照面寒暄几句，也算是大好的运气。

4. 京深海鲜市场

我第一次一个人去京深买鱼，本着天道酬勤的精神意志，一大早八点不到，我就乘地铁来到了鱼市。不幸的是，我刚巧赶上了市场的批发高潮时段。小哥好不容易有空搭理我了，给我捞了条石斑鱼，砸晕了麻利地扔进袋子跟我说，你回家自己杀吧。

我被早上汹涌的人群擦身而过得有些心烦，又等了好一会儿，加上起床气，还有原本就是微微小的客户还给人家鱼档添乱的一丝羞愧，在这样百感交集的情况下，我一把接过晕过去的石斑鱼，心想，这有何难！就大跨步地向地铁站走去。

一路上我的心情仍然很复杂，就好像怀孕的少妇，又怕肚子没动静，又怕肚子动静太大。我一边默默祈祷鱼啊鱼，你千万不要死在地铁上这样就不新鲜了，一边又很紧张地握着袋子，在早高峰的地铁上，每当手中的袋子忽然触电般地动一下，都会引起众人虽然是没睡醒的面瘫脸但眼神中分明有起床气的大范围侧目。

好不容易回到家，要开展屠宰工作了。我当时虽说也做了快两年厨娘，知道处理尸体的方法何止区区七百种，但毕竟现在是一条鲜活的生命，要我来亲手结束它，我着实于心不忍。我和这条顽强刚烈的石斑鱼搏斗了近一个小时，始终下不去重手，只好一直拿刀背打它头，一边打一边说对不起对不起，以求能让它平静地接受被宰杀的命运，但显然没用。

执着地想做这道汤的原因，是因为在此数月前，我给小月做了一锅青菜鱼片粥，用的是鲫鱼。那锅粥她大概喝了一个多小时吧，一边喝一边认真地吐刺。杂鱼当时来串门，他一边和我聊天，一边看着小月喝粥，小月完全展现了金牛座不慌不忙的云淡风轻，以喝一口粥吐八根刺的节奏，艰难但执着地喝完了整锅粥。杂鱼聊着天后来都忘了说话了，最后忍不住鼓起了掌，摇摇头笑着出去了。

隔了几天杂鱼来问我，你有没有试过用石斑鱼做汤？我说没有。他说我下次去海鲜市场帮你带一条，然后教你做。我说，噢，好吧。

杂鱼那次帮我带回来的，是店里老板处理好、除去了内脏的石斑鱼，我只需要片分成鱼骨、鱼片就好。我按照他说的做法去做，鱼骨未煎过，直接入开水煮，大火翻滚里我隐隐闻到"海洋的气味"，某种意义上，就是我们内陆人民直观上感觉到的"腥"。我为这个味道感到不安但无可奈何。傍晚临到汤要调味，加完盐我尝了一口，却没想到喝到嘴里会眼前一亮，一瞬间就感觉整个闷闷的、疲劳的下午都被治愈了。有了这样柳暗花明拨云见日的感动，我便开始对京深朝思暮想。

杂鱼第一次带我去是下午，整个市场里都弥漫着在夏日炎炎里越发浓烈的不景气。京深进去左手边是一个卖场，杂鱼说那片区域是游客去的，货档干净一些，但有时会短秤；右边的才是批发市场，据说南小街和三源里的海鲜，都是在这里进货。一开始除了买石斑鱼，我还喜欢买鲍鱼和基围虾，基围虾只要不超过一百块钱一斤，我都敢一斤一斤地买回来给客人吃。我还买过一次河鳗，试做了一道菜，可是自己也觉得油腻且又是小食堂里最多见的甜口类，遂弃之。也买过一次冷冻的福建小牡蛎，用来做辣酱汁的炸牡蛎沙拉，可是如果不及时吃光，冷掉后会有腥气，于是也弃了。我喜爱的贝类，在京深是前所未有的多和齐全，但买过几次后，发现任凭我竭尽全力，往水里滴香油、滴白酒、撒盐或是抱着盆子死命摇晃，也没有办法确保每一颗蛤蜊都吐得干干净净、无沙无垢，就跟丫看不起我们内陆人民一样。就这样，在回龙观的时候大受欢迎的红咖喱烩海鲜，因贝类品质的无法保障，在搬到院子之后，就淡出了小食堂的招牌菜圈，实在令人扼腕叹息。几次之后，我去京深的目的就变得十分单一明确，就是买石斑鱼。且第二次开始，每次我去海鲜市场之前，都会用心装扮成可爱柔弱的少女样子，掐好时间九点之后才去，过完秤就跟小哥装可怜："拜托可以帮我杀一下鱼吗？"说真的，当时大概整个地球上也找不出来第二个能让我低头扮柔弱的男子。京深简直激发了我内心深处第二重人格的潜质。

再后来有次去买鱼，让小哥帮我挑一条，他捞起来我嫌大，他就从另一个水缸里捞了一条。我说，这是一样的吗？他说，你来了还能骗你吗？听到这窝心的话语，那一刻真的深深感慨，果然不枉我每次都极力压制那个呼风唤雨、秋风扫落叶一般的我，用尽全力召唤出柔婉的第二人格，这样令白羊座痛恨的、违背本性并甘心服软的第二人格，终于感受到扬眉吐气的值得。

对京深和各种海产并不了解，所以无从推荐和评价。从院子去京深，往返两个小时只为买一条鱼，也并不是一种噱头。可能我的水准，暂时没有办法把这世上所有的好食材转变为好的料理，但我有幸遇到的好味道，总想能做给来吃饭的人尝尝，这也是我做饭的很大一个动力和动机。就是会有"想给人吃我超级喜欢的好吃的，尝到我超级想尖叫的味道"的那种迫切的愿望，是一种希望别人能亲身感受到自己的感受、明白自己的感受的愿望。

→ 鲍鱼大叔
和大青鱼

# 十二

## 小食堂后厨的故事

文 /Jackie

▶▶◀

在大福家吃饭聊天，KK 说起她刚进公司，我们还在回龙观别墅的时候，有天早上上班，她走过客厅，走到一楼的楼梯口，看见厨房半掩着的门和背对着她在水槽洗着什么东西的我，她想要和我打招呼，又有些胆怯，她看见我戴着耳机，她说："我想要敲敲门，都走到门口了，结果我举起手放在离门两厘米的位置，停了很久。最后还是默默地放下来，然后上楼了。"

我笑她，我说，你不是不敢和我打招呼，是怕我假装听不到对不对？她说对啊。

我知道我常常带给周遭的人很冷漠的感觉，我很容易皱眉，做饭的时候其实经常在想别的奇奇怪怪的事情，好像看上去是专注地在做饭，但同时又沉浸在自己的臆想世界里，一种矛盾的动态——一边出神一边入神。公司的小伙伴们有时喜欢在厨房门口探头探脑，总会吓我一跳，有几次受惊过度，为了自己的身心健康和小伙伴的人身安全，我索性关起门来做饭，听见客厅有开门声，来不及关厨房门，就马上背对着门站着，或者躲在门后面装作在冰箱里找东西。我确实也会戴着耳机，低着头假装听不见有人进来。

但还是会有执着的小伙伴，一眼没瞧见我在厨房里，估计怕炉子上坐着锅，烧煳了吃不上午饭，热心地冲进来看一眼，然后抓获冰箱前面的我，乐呵呵地说，早！还有极个别勇猛无聊的人，我在厨房炸猪排，悄没声儿地靠在门口看着我，等我不经意间一回头，吓得浑身一哆嗦，他还堆一脸憨厚的笑说，是不是有触电的感觉……

这位同学你进来我保证不炸了你。

我大学读的是平面设计，每次科目结束交考核作业，都是在呈交自己的作品。应该说所有学科都是这样，但因为是艺术类目，格外会有"自己的作品"的感觉，如果是英文或者物理，可能更接近于"自己的智慧""真理或者逻辑"什么的，艺术是具有个人色彩的，当这种色彩足够地引人注意才成为风格。可惜我尚且不具备艺术家的才华，却攒足了艺术家的脾气，不论我是做甜点、做咖啡、做菜，我都会把自己所创造的东西，当作是自己的艺术作品，会希望是完完全全属于我自己一个人的，是最真实反映我个人所见所想所感的体现，这是喜欢"独自完成"的根因。

从工作效率出发，做饭的时候如果有不太熟悉的人进来跟我聊天，他说，需要帮忙吗？我笑笑说，不用啦！他或许会被我美好的笑容感染，久久不愿离开，坚持说，让我帮你吧！我能洗菜！然后他洗的时候我就会一直盯着他，看他有没有洗干净，是不是一片一片叶子洗的，洗的时候水有没有溅出来，溅到调好的酱汁碗里。洗完菜他也许还想四周看看，问我，哎！你现在在做什么呀？这个是干什么用的呀？最少我预计也得花上十五分钟跟他解释各种可能需要解释的事情，再花上十五分钟善后。并不是我觉得别的人都做不好需要我来善后，只是作为做饭的人，我认为从这个厨房端出去的所有的菜都是我的责任，我想要确认每一个细节，我要看到一切，这样一来，友善的帮助就意味着带来一个新的需要投入注意力的点，而对于为这一天制订了严格的执行计划并正在神经紧绷严格执行的我来说，"计划外"的事情，不是无法面对，但可以避免最好。比如我稍微淡淡漠漠地说不用，他大概就只好说一声，噢，然后悻悻离开。这就可以把"计划外"的事情，在一分钟内解决。

我不是不明白，良好的交流互动体验（一个亲和有爱的厨娘），能为一顿饭一个夜晚加分不少，我也是想要取悦别人的人，我希望身边的人开心，但我不善于取悦别人，我觉得任何人际交往都应该建立在真实的情感之上，我尊重每个人的天性，也尊重自己的喜好。我不了解你，我就不想为了让你觉得我喜欢你，而表现得好像我喜欢你。这样或许才算是真正在取悦别人，但真实的喜欢带来的快乐感觉是强烈的，不真实的喜欢带来的快乐，起初多快乐，最后就多尴尬。来自一个成熟朋友的建言，指出我对普通的人际交往太较真。可我觉得感情和真实，都是我最重视的东西，我并不要求和每个交往的人通过建立真实的喜欢来获得强烈的快乐，但我希望我能以真实的情感态度来对待遇见的每一个人，这是我对每一个和我一样的生命的尊重，对他们情感的尊重。不论这种真实的情感态度，他们喜欢或者不喜欢——假设每个人想要的和我一样，固执地给他们我认为最好的东西——这其实是一种霸权主义，再强调自己是一片好心，就越发像道德绑架。诚恳的交流也可以轻松简单，而我坚决要把真情实感演绎得惊天动地。没办法，人格缺陷吧。

另一方面，我也不希望别人是因为我人很好，喜欢我所以给予我作品额外的宽容，给我打友情分，我想要真实客观的评价，我不希望自己被人讨厌，但人讨厌做菜好吃竟然莫名是退一步可以接受的，比人很好但做菜一般般更能接受。会有一点点难过，但可以接受，毕竟许多好的艺术家都是有点神经病的。最好是我待在厨房里一直到客人们吃完，他们见不到我，那么我本人就不被计入他们评判我作品的影响因素，我也不必去冒险，去宁可被人讨厌了。

如果真的这样和客人阐述我奇特的价值观，长篇大论地为自己的不懂人情世故正名，感觉不仅会毁了客人当下的胃口和夜晚，搞不好还会对未来的人生造成阴影，经常晚上做噩梦，梦见那些繁杂的词汇和拧巴的句子在身后追杀自己吧。所以我觉得我还是乖乖待在厨房，简简单单地只是做饭，于人于己都更有裨益。

在别墅里开始封测的时候，来的客人大多是小月或者 Tony 的朋友，Tony 和小月都会以东道主的身份来作陪。小月偶尔会进厨房帮忙，Tony 不太敢进厨房。如果有客人想要进厨房，也会被 Tony 拦截，说："你最好不要进去，她会生气的。"客人就笑，说，其实你们是叫了外卖在装盘对不对？！好可惜Tony是我的老板，工作实在太忙，不然真的好想每次做家宴的时候都把他拴在门口，忒有觉悟。

毕竟家宴当天，厨房里所有的事情，都是我计划内的事情，我需要的最大的帮助，就是阻止陌生人踏足我的厨房，带给我任何计划外的状况。准备要做第一次正式家宴的时候，我在女生群满地打滚求女招待，我的目的就是，让她们做我的全能门神，为我挡住好奇如猫、热情如火的客人。

当初有客人强烈要求男招待，于是我让组织捐献了一个程序员，晚上我要出去拿蒸锅上的肉，我对程序员说，你过来！帮我翻着锅里的核桃！程序员颤抖着接过锅铲，无比惊恐地说，啊，压力好大，我还是回去写代码吧！但我觉得我那天对他还挺友善的，为了缓和他的情绪，我还热烈地和他讨论了《名侦探柯南》，我说看过七百多集，柯南弱爆了，作为一个厨子，我知道处理尸体的方法何止千万种。其实私下里我和银银最亲密，小月不是经常坐班，总是在外面跑来跑去，嬛嬛在我之后两个月才入职。我和银银认识得早，又属于同一个公司的同一个社团晚餐小队！我们两个都不是那种凑上来就抹一脸蜜糖的人，但日久生情的关系更加深刻，我们之间有很多美好的记忆。有天下午她心情不好一个人跑出去，我问她在哪儿，她告诉我一个地点，我在别墅区里一个很偏僻的地方找到她，她说这里是她偶然发现的秘密基地，有一些曾经色彩缤纷的老旧的秋千、滑梯等一系列幼儿游乐设施。我安慰了她几句，就兴奋地跑去荡秋千并自拍了，嗯，主要是希望用我的欢乐感染她。

有时为了增进感情促进了解，她和男朋友也会吵个小架，吵完就直接给我打电话，问我在哪儿，说来找我。鉴于通常都发生在下班之后，所以几乎她每次来找我，我都碰巧在遛弯，银银于是被我拉着强行遛弯七八公里，好不容易回到自己家小区门口，筋疲力尽，看见男朋友在门口等她，飞快地就跑过去了，也不生气了。所以我觉得，我也为这夫妻二人的和睦相处提供了不少帮助，对的，现在是夫妻了，好幸福。

当然，出于我本人对如妹妹般亲密的银银的了解做出的合理推测，我也很担心银银如果来做女招待，可能在我做好菜之前，食材就被她吃光了。但后来因为两个女招待的档期出现问题，我让银银来客串了一次，妹妹原来挺乖巧懂事的，不过确实如我预期，她总是在厨房里，待在我身边，我说你出去看看客人，她就真的出去看一眼，然后又跑回厨房里，真是娇羞可爱。那天的客人因为临时加班，有一位缺席，本以为会剩很多菜，结果来的小伙伴把所有没吃完的菜全部打包得干干净净说要给没能来的小伙伴送去，感人。晚上我们收拾完客厅，银银刷碗刷到十点多，一言不发，我靠在厨房搁架上幽幽地看着她，特别忧伤地问，你以后再也不会来了吧？她想了想说，嗯……也许会吧，如果客人不打包的话……

嬛嬛从第一次来做女招待就在各种肆无忌惮地偷吃，现在想想，也许她当时精心打扮，是为了在偷吃的时候我能出于怜香惜玉之情不殴打她吧——怎么可能？打扮得比我还美，我一定会殴至用尽洪荒之力的好吗！

嬛嬛一边切腊肉一边往嘴里塞的时候，仰天感叹说这才是当女招待的意义！我什么话都没有说试图以眼神杀死她，但她沉浸在肉欲之中完全无视我的存在。嬛嬛还是个败家玩意儿，平时在早市，是有剥好了的菜心卖的，有天下了大雨，很多菜摊儿都没出来，我就买了整棵的小油菜，晚上我让嬛嬛帮我把菜心剥出来，嬛嬛问，怎么弄？小月作为前辈在一旁教她，说，大叶子全扒掉，只留心儿！我说对，怎么奢华怎么弄！最后当我看到菜叶和菜心以5：1的体积出现在厨房台上，我忽然觉得，嬛嬛的出现也许正是上天给予我的一次考验，让我通过一次次克制住自己打死她的冲动，来战胜自己的暴躁，成为一个谦和有礼、温润如玉的人，一个更好的人。

但因为我的克制，嬛嬛开始越来越放肆。我在超市看到一瓶叫作"米之清酒"的米酒，觉得名字很好听，买回来喝了一口就和洗洁精摆在了一起，以此来表达我对它口感的嫌弃。嬛嬛发现之后，如获至宝，那一天是中午的客人，客人走后我们三个瘫在沙发上，嬛嬛抱着我的米酒，喝了两杯就开始喃喃自语，说我晕了我晕了，然后忽然站起来，去冰箱里拿我给她们额外准备的蛋糕，一边吃一边说，我好饿啊……接着又给自己倒酒，说，嗯，再来一杯吧……这自言自语的逻辑我也是叹为观止。我说，嬛嬛，一会儿你自己回得去吗？小月也关切地说，对啊！你去厨房拿一片柠檬……嬛嬛忽然特别激动地打断她说，我知道我知道！挤在眼睛里！！……从那天起，我就决定，不论嬛嬛做了什么事情，我都一定要以一颗温柔的心包容她，体谅她。毕竟，她能活到现在也挺不容易。

而且，我还有小月呀！

我那天使一般的小月儿。嬛嬛偷吃腊肉的时候我想姑娘们忙活了大半天可能也是该饿了，我就说要不给你们做个员工餐吧！小月瞪圆了眼睛义正辞严地说，想什么呢！待会儿肯定会有很多剩菜的好吃！噢！一个坚决不薅社会主义羊毛的月儿！有一天给客人准备午餐，炖肘子的时候我用力过猛，把花生给抄出来了，花生撞到厨房墙壁然后弹落在灶台上，一切发生在电光火石之间，三个人都愣住了，小月立刻反应过来，冲过去捡起来吃了，嬛嬛慌忙放下手中的百洁擦，说你给我留一颗！客人走的时候希望打包但没有带便当盒，我们就拿进厨房，准备装在保鲜袋里给她，用筷子夹排骨时不小心手抖，一块排骨掉进了柜子里，我也不能捡起来装进袋子里，就没管，想着待会儿客人走了收拾的时候再找。后来找到了，小月又把它吃掉了……那天小月扎了两条辫子，说是总扎一边怕负重不均衡会集中掉头发。我从外面收了剩菜的碗盘回来，进厨房看见小月在疯狂地铲炖牛筋的锅的锅底，两条辫子都在激烈地抖动。我就不懂一个女孩子为什么总喜欢使用蛮力？我说粘住了你别铲了，泡一泡再洗。她没回头也没停下，说泡什么呀！我要铲下来吃掉！

……

有一次我想要做北海道面包，让小月给我带一盒淡奶油，她拿过来我打开一看冻坏了，奶油一坨一坨的，我一言不发，给她一张嫌弃脸。小月愤愤地用保鲜膜把开口包起来，说，哼！我带回去做冰淇淋！后来，她不只做了冰淇淋，好像还有面包和司康，每次做好就要拍照给我看，再三跟我强调，她是用那盒油水分离的淡奶油做的并且"可好吃了！"

食堂要搬到小院的时候，我要带走小月，Tony已经非常痛心疾首，本来只是暂时借给你用用，你还就据为己有了！嬛嬛坚决不能给你了！

毕竟嬛嬛当时是我司唯一的商务，堪称金牌第一商务，赚钱小能手！我还记得我和嬛嬛去吃烤肉，吃完饭结完账，嬛嬛忽然发现每张桌子上都附了一张10元的优惠券，但是服务员已经找过钱给我了，嬛嬛还是兴奋地举着优惠券抓回服务员，让她退了十块钱给我……这个在败家和抓钱之间无预警切换的迷之少女，留在身边我也是不太放心，偷吃了客人的菜或食材，倒也没什么，反正我做饭的量再供三个偷吃犯也是够的。但要是偷吃我的口粮和零食，那我就不能忍了。为了避免自己走上违法犯罪的道路，我只好舍弃了曾经并肩刷碗的嬛嬛。

这下，我就能一个人偷吃小月的零食了。

在别墅接客的时候，小月通常都是四五点来，我忙我的，她和嬛嬛一边聊天一边帮忙做些零碎的事情，到我准备得差不多，也会加入她们的对话中。到院子之后，头两个月小月给我安排了满满当当的家宴，基本是做五天休一天。再之前找院子，在外面吃饭逗留得太晚，我就在小月家和她同床共枕过。搬来院子的当天，为了四点起来避开早高峰，小月就在别墅和我一起睡的，所以在院子刷碗刷到半夜的时候，小月就和我一起住在院子里。

因为一天到晚都在一起，小月发现，我不仅仅是在下午四五点那会儿会面瘫失语，我几乎从早上起床到下午四五点都是皱着眉一言不发地在做自己的事情。我离开别墅后，接替我担任煮饭阿姨的男勾勾（他叫 Jacky，为了区分我们，大家叫男勾勾）曾向我表示，每天他一早就在厨房做饭，伙伴们进来的时候都无视他的存在，迎面走来，转身上楼，连一个温暖人心的眼神接触都没有，他感到很难过。有天他路过院子，我和小月都在，我们聊起这件事，我问他，你以前在后厨（男勾勾来下厨房之前，在香格里拉的后厨工作过），工作的时候很喜欢聊天吗？他说，没有到很喜欢，但肯定会聊天啊，你们不会吗？我说，我们两个虽然有家宴的时候一整天都待在这里，但在下午五点之前，我们几乎不会说一句话。

小月补充道："就像一对婚姻已经走到了尽头的老夫老妻。"我说："对，纯粹是为了孩子——宅急送（在四合院养的一只猫）。"我说可能我们两个都不喜欢聊天吧。小月说不是啊，我是不确定你想不想说话，所以我都是等你主动跟我说话。

我才忽然想起来，在别墅里的时候，她和嬛嬛还挺能聊的，有一次我让她俩剥蒜，然后她们就蹲在垃圾桶旁边一边聊天一边剥，跟上了发条一样，瞬间就剥出了一座小山，我一回头都傻眼了，赶忙说多了多了多了……当我在别墅里看似独自完成一切，独自生活的时候，我以为我习惯并且喜欢一个人生活。我一个人做饭，一个人在房间里整理菜单，闲下来无事，就到阳台拿着水壶给植物浇水，花瓣和叶子沾满水雾的味道真是好闻，我就蹲下来，一个人在阳台发呆。我没有意识到，我所喜欢的一个人生活，并不是我的世界里空无一人我才真的放松，当我瘫着一张脸做菜，听着小月和嬛嬛在旁边絮絮叨叨地说着琐事，像两个历尽沧桑的小嫂子，彼此之间，没有戒备，不必谨言慎行，松弛而真实，我待在这样的时光里，觉得很好。她们说柴米油盐，说鸡毛蒜皮，当我钻进牛角尖的时候她们能拽我出来，当我飘在半空中她们能抓住我让我落地，只有感觉到自己被信任、被包容、被喜欢，在一个人生活的时候，才能放肆地说自己一个人生活得很好，很踏实。因为当我需要其他人的时候，她们就在我触手可及的温柔世界里。

我才忽然想到，搬到小院后，触手可及的世界里只有我的小月儿，我却忘记了也要对她温柔以待。她总是拿着 iPad 沉迷看剧，也是因为我的冷漠吧！

早上我去买菜的时候，都只是草草地说一句"我去买菜了"，我怎么能这么不懂得生活情趣？我决心要改变，在最好的年华里，选择了厨房，我就已经失去了成为妖艳贱货的机会，我不可以这么快就变成一个乏味无趣的煮饭阿姨！于是之后每当我出门去买菜，我走过厨房窗外，看见在里面给自己做早餐的小月，都会给她一个英勇无比的笑容说，我去打猎了！买完菜回来，还会站在门口喊，他大姨妈（ただいま）！被我的热情感染的小月，也会兴高采烈地回应我，当我处理好一道菜让她端出去的时候，我都亲切地对她说，去吧！皮卡丘！她就笑眯眯地说，好的大王！没问题大王！为了庆祝我们之间情感的升华，我还特地请邻居杂鱼用红纸为我们写了一张喜庆的大字：去吧皮卡丘！然后贴在厨房最显眼的位置。

在小月离开"山川与湖海"之后，为了纪念她，我还为她写了一首诗：

有时候我觉得和小月有种 说不清

又道不明的关系


比如

早上我去买菜的时候

跟她告别 我说

我出去打猎了


回来的时候 我说

他大姨妈（ただいま）

她会说 我勾引你（お帰りに）


上菜的时候 我说

去吧皮卡丘

她会说 好的大王

渐渐地 我也迷失了

不知道自己 是后羿

是野原广志

还是蛇精


不知道她 是嫦娥

是美伢

是皮卡丘

还是穿山甲

↑

搬到院子才几个月，厨房的水龙头忽然开始有些松动，如果只是顺时针转就没有问题，逆时针往回转，底部就会溢水出来。找人来看，说只能整个水槽换掉，我们觉得其实也不影响使用，只要不逆时针转就好了。后来每次有人来小院的厨房，看到我们从左边的水槽一个 360 度转到右边水槽，都瘪瘪嘴说我们孩子气、幼稚，我们心照不宣地笑笑，这是我们两个人的秘密，只要说到"不如再招一个人来帮忙吧"，两个人就都会担忧地说，还是不要了，他会不知道怎么用水龙头的。

后来小月决定开始创业的时候，我们约在南锣那边的咖啡馆见面，她说了很多话，控制不住地流眼泪，我只是听着，一边拿了张小卡片随手涂鸦。我相信她经历了她应该经历的一切，我相信她为自己做了对的选择，我相信创业是她更想做的事情。她说，其实有很多很多话，她一直没有办法对别人讲。我点头说，嗯，说出来就好了。

然后我拿起小卡片给她看，我画了她和我在镜子里反射出来站在吧台旁边的样子，我说你看看我的发型，你看看我的黑毛衣，你看看我的白珍珠手串，是不是很像张曼玉！她立刻就停下了抽噎，中气十足地说：你听听你自己说的话！

这一首催人泪下的诗，足以想见我们当时的感情多么深厚与真挚。我在厨房一个人忙碌的时候，小月就在院子里打扫，浇花逗猫，偶尔拿着小本子一个人喃喃自语，每当我停下来抬头看她，都能感受到平淡生活里的温馨惬意，可以在紧凑的工作节奏里，长长地舒一口气。

三四点钟，她忙完了外面的事情，就会进厨房帮忙，摆碗筷、煮米饭这些事，都是她做。收快递、拆纸箱，这些我不喜欢做的事情，都是她做。我知道她默默地为我做了很多我不想做的事情，我只能通过做些好吃的来表达我的感谢，而她也总是端起盆来，不吃到见底不停歇，以此回报我的盛情。

渐渐地，我们也可以在厨房里无话不谈，我告诉她我夜里做梦梦见自己在餐厅点了紫薯薯条，可是一直在烤，早上闹钟八点响的时候，我按掉了闹钟想继续等，结果一觉睡到十点半，还是没有拿到我的薯条，真是懊恼。小月安慰了我几句就到客厅去写账簿，我在厨房做磅蛋糕打坏了一个蛋抽，我拿着蛋抽发愣，小月忽然进来，非常认真地跟我说，她发现她手机上所有的计算器都减不出 132-66，她演示给我看，132，按 -，66，再按 =，显示没有动！仍然是 66，我惊呼：好神奇！我立刻放下蛋抽拿出手机兴奋地说，我来试试！……最后我们发现，132-66，本来就等于 66。

同样的反射弧让我们的心越来越近，我们可以互相迁就，互相体谅，有时我也会抢着刷碗，小月的 iPad 就再也不是一个人寂寞孤单消磨时光的工具了，她会捧着 iPad 陪着刷碗的我，跟我说，好！那你洗着，我给你讲个段子让你开心开心……当我拼量子积木玩偶拼到最后一个，我倍感忧伤地说，怎么办？这个拼完我就没有东西玩了。小月扫着地，抬头温柔地对我笑笑，说没关系呀，我可以帮你全部拆掉。

我们一起去看电影，到了电影院门口才想起来忘了带水，我在取票，我说你去买水，她拿了两瓶矿泉水回来说，20元一瓶。我说，20元一瓶你也买？！她一时语塞，然后怒道：那怎么办？！都到电影院门口了，妹子说要喝水，100元一瓶也得买啊！我被她震慑得哑口无言，她得意扬扬地说，怎么样，是不是男友力MAX！

小月是遇到头疼的问题就会立刻想办法解决的人，但我是个喜欢逃避问题的拖延症患者，所以每次院子下水道堵了地漏噜噜地往外冒水的时候，只要看到小月着急的样子，我就备感安心。因为下一秒她就会拿出电话呼叫海尔兄弟——我们的专用管道工二人组了！不知道是因为有一天，小月刷碗的时候，我在客厅铺开瑜伽垫想要做一组HIIT，心想哎呀，万一她一回头看见客厅空无一人会不会吓到，非常担心她的我站起来看了她一眼，发现她一只手在往水槽放待洗的碗盘，一只手拿着iPad在那儿目不转睛地傻乐，丝毫不关心我在哪里。还是因为有天小月在厨房吃客人的边角料，边吃边说觉得自己肯定要瘦了，每天都只吃这么一点点。我心想我每天晚上还不吃呢，我就想教育她知足，我说这是一点点么，这怎么能是一点点呢？！小月愤愤不平地说，这怎么不是一点点，你看看里面的人吃的啥？！或者只是单纯像电影书籍里那样，这世上绝大部分曾经恩爱的老夫老妻，在某个时候都会有想杀死对方的冲动。

渐渐地，我们的对话更加富有攻击性，置身其中的人，虽然眼前并没有刀光剑影，但仿佛在我们的对话中，能听见各种神兵利器碰撞的声音。有时我只是诚恳地跟小月说，我发现我这几天每天都在想我要穿哪条裙子当伴娘，却从来没有关心过伴郎是谁。小月就开始放声高歌："我想我会一直孤单，这一辈子都这么孤单……"

后来有个视频团队想在我们的厨房里装一个摄像头做半直播节目（就是一会儿

直播一会儿录播），我问小月，这玩意儿会收音吗？小月说他们后台应该会处理了再播的。我说，如果要收音的话，那咱俩就别说话了，不然播的时候应该全部都是哔哔哔的消音声吧！

生活中若是没有那些意料之外的悲欢离合，大概也不懂得理解和体谅，不懂得在一起的快乐时光都应该好好铭谢。

小月离开小食堂之后，有一天忽然给我发消息，小月说，今天是晚上的客人？我现在要去趟院子，拿快递——其实是去看你。我说，来都来了，把卫生做了再走——其实我是舍不得你。

这默契的对仗，难道不是我们曾经爱过的证明？！

# Chap_ter4

———————— 第四章

山川与湖海

# 十三

## 搬家——四合院时代

文 /Pan 小月

▶▶◀

"山川与湖海"在下厨房大本营里蜗居了六个月。从 2014 年 2 月到 8 月，我们一直在下厨房公司所在的大别墅里招待客人，保持每周更新一篇微信公众号，用以总结上一桌的家宴，并且协调接下来的预订排期，按部就班。5 月，我们就决定是时候将"山川与湖海"独立出去了。找院子花了一个半月，装修又花了一个半月，8 月正式自立门户。

为什么要搬出去呢？套用政治课本里的话来说，就是日益增长的"山川与湖海"家宴需求同下厨房办公室的工作环境之间有了矛盾。在"山川与湖海"这个平台上，我们有不少有趣的点子想要尝试，比如邀请朋友成为"特邀主厨"，而不再局限于一直都是 Jackie 来做菜；又比如开展各种各样的主题活动，令这间小食堂成为一个公共空间。然而这些计划的实现，难免与大别墅里下厨房团队的日常工作有了冲突，越来越多的人想要来一窥这个神秘的私房菜小馆子，只在周末接待客人，眼睁睁看着预订名单越排越长，我和 Jackie 都有些于心不忍。最后憋不住说话了的还是老大 Tony，他提议咱们去城里寻个院子吧，把"山川与湖海"独立出去运营，还可以作为一个环境幽静的工作室，接待一些重要访客，或者举办一些小型活动，当成北京的下厨房用户们一个小小的据点。

我们都被这个主意打动了，能坐拥一间小院落，每天和食物打交道，想想都觉得美好。满脑子浪漫念头的我立刻就开始找院子，至于实际上一点都不浪漫的现实本身，就是后话了。

想要在北京租个院子，尤其是找到称心如意又合乎预算的，实在不容易。我一方面向朋友打听，一方面找中介公司。我有好几位朋友曾经租过院子，通过与他们的交流让原本什么都不懂的我有了一些基本的概念，比如哪里院子多哪里院子少，均价大概是多少，每年的涨幅有多少。去中介公司登记时，我们心中

←

每次客人说好喜欢我们的厨房，小月和我都会得意地说这个厨房是我们自己加盖的。但其实，我们的厨房三面都是窗，没有办法装壁柜，储物空间不够，我们就在宜家买了各种抽屉式的储物篮和架子；唯一的一面墙对着炉灶，小月问我贴什么样的瓷砖的时候，我说就水泥墙面挺好看的，后来发现炒菜的时候油溅在水泥墙面上很难清洗，只好又另买了金属板固定在水泥墙上；走完电源线，我们发现厨房里只有水槽一侧有电源插孔，于是我们的烤箱线只能沿着炉灶前的金属板上缘，插在炉灶另一边的插孔上，冰箱和水槽间好不容易能牵出来一个接线板，但那个地方特别容易滴水，我就在上面盖了一个方形的塑料食品盒。起初天天跑建材市场的时候，我总说我俩像刚刚结婚装修新房的小夫妻，后来对着厨房里各种 bug 哭笑不得，小月连连摇头说，还是一婚没经验啊！

有了一个简单的理想院落蓝本：要在城里、要交通便利、可以隐藏在胡同深处、最好是独门独院、月租金一万元左右。从 5 月到 6 月中旬，我都在满北京城看院子，中介公司推荐给我大概十几处符合要求的。我印象最深的有四个，三个在东边，一个在西边。

第一个是在胡同深处，其实它没有院子，但是有个大天台，一楼有两三间房，一个幽暗的天井，二楼就是那个阳光普照的露台，露台整个是间大玻璃房子，特别美好。我和 Jackie 站在狭窄的一楼天井，抬头望着玻璃房子，觉得有点感动，畅想了一下晚上在那围坐着吃饭、白天在那里拍照片、录视频的样子，十分感动，然后拒绝了。再美好的天台玻璃房子，也弥补不了一楼的阴暗压抑。我俩坚信，我们一定无法在一楼厨房做完菜，端着满满的盘子爬上陡峭的楼梯，安全把菜送到天台……而且客人里有不少小孩子，在楼梯上摔跤了可怎么办？

第二个是真正意义上的"独门独院"，其实我真的蛮喜欢。它面朝宽阔的大马路，离地铁站不算远，开车过来停车也方便。院子很小巧，推开门进去是一间门房和两间厢房，房东还说可以在房顶上再弄个平台出来喝茶。更理想的是，房租还低于我们的预算。我差点就心动了。最后思前想后，觉得这个院子在西边一个冷门的地段，周围哪儿哪儿都不靠，实在太冷清，不像东边城里那些院子，挨着锣鼓巷、后海，挨着张自忠路、北沙滩，挨着前门、杨梅竹，整体氛围好，也有的逛，不至于为了来吃顿饭专程跑一趟，吃饭前吃饭后周围连个看电影的地方都没有。更重要的是，院子空间太紧张，吃饭需要一个大屋，Jackie 再住一个屋，适合改建成厨房的屋子太小，不够厨娘施展，只好忍痛割爱。

第三个院子让我受到了不小的冲击。中介大叔先是夸了一番地段，在著名的史家胡同，接着小心翼翼地提醒我说这个院子哪儿都好，就是装修成本会比较高。能高成啥样儿呢，我还不信了。大叔骑着电动小绵羊载着我，一路风驰电掣，拐进了胡同，往深处走，最后在一扇饱经风霜的木门前停下。大叔掏出钥匙来开锁时，木门吱呀吱呀直响。打开门，豁然开朗，真的是一个十分宽敞的大院子，围着一圈好几间房，一间比一间破败，房顶都是残缺的，地上堆满了碎砖破瓦，进屋子时得像电视剧里演的那样，用手拨开蜘蛛网，每走一步都得很小心，指不定哪块地面就会突然陷下去。也不知道这院子是因为什么被废弃了多久，夜里都可以直接拍恐怖片了。我当下就打了退堂鼓，要把这院子拾掇出来可真是个大工程，说是装修不太合适，恨不得需要原址重建，成本控制不住啊。

第四个，就是"山川与湖海"如今的小院儿了。它在东单和金宝街之间，和蔡元培故居位于同一条胡同内，步行可达王府井，闹中取静，站在院子里抬头就能看见奢华的励骏酒店和恢宏的 1949 会馆。这是一座正经的四合院，是个两进的院子，第一进院子里有片巨大的葡萄藤，很美。东西各有一间大房，住的也是开工作室的年轻人，其中一家非常巧的也是私厨，主人是一个叫杂鱼的厦门男孩子，我们后来一共做了三年邻居，前院后院连成一片每天饭菜飘香。我和 Jackie 见证了他从单身到接了女朋友佩如来同住，也彼此见证了各自的身材越来越圆滚滚。另一个邻居是个酷酷的女孩，会自己做丝网印，画有趣的插图。要出租的是后院，连带着两间屋子，后院和前院基本完全独立、互不影响，穿过偏门和一条窄窄的过道，就是第二进院子，十分敞亮。可以作为客厅使用的大北房很有年代感，据说已有百年历史。还有一间卧室可以给 Jackie 住，卧室和院子之间还有一个区域，单独隔离出来也能作为一个公共空间。作为胡同里的平房，这座四合院竟然有集中供暖，房东还自己挖了化粪池，可以不用像其他没厕所的平房那样去胡同里上公共厕所，简直加分。唯一美中不足的是，后院本身没有厨房，这是硬伤。我在院子里来回走了几圈，又和大家商量了几轮，最后决定，没有厨房我们就盖一间厨房！

即便超出了一些预算，我们还是将这个后院租下来了，合同签了三年，房租按每年 6% 递增。又和房东夫妇反复沟通了装修细节，比如我们准备打掉一堵墙，再隔出一间房，再比如我们要在院子里凭空盖一间厨房出来。房东夫妇挺好说话，这些都依我们，只有一点千叮咛万嘱咐，绝对不能动大北房的结构，尤其是那些上了年岁的屋檐和木头窗框。

至此，我们终于找到了一个还算中意的院子。"山川与湖海"即将进入四合院时代，而我和 Jackie 也就此离开了下厨房大本营，开始全职运营这里。从那之后我就对各色院子大感兴趣，无论在哪儿只要看见有院子出租，就爱冲进去观摩观摩询询价。

从 2011 年 6 月到 2014 年 8 月，我一直以"主编"的身份在下厨房工作，算是一路陪伴下厨房共同成长。有了"山川与湖海"后，我和广告部的嬛嬛自愿当起了义务服务的女招待，每个周末轮流来公司无偿加班，为客人端茶倒水刷盘子，我还要拍照、写微信公众号。嬛嬛是个漂亮姑娘，会熬非常香的宁夏风味辣椒油，来当义工的最大动力据说是可以吃边角料。有了四合院后，嬛嬛不可能弃下厨房刚起步的广告业务于不顾，于是无法跟随我们，就此终止了她的女招待生涯，但还是会时不时熬一罐辣椒油给 Jackie 送去。而我，则开始认真思考自己的去向。

在下厨房的三年，我将美食从业余爱好变成了职业和事业，出了几本食谱书，在美食领域取得了一丢丢小小的成绩，也帮助下厨房将内容运营从无到有直到形成鲜明的风格，一同工作的小伙伴越来越多，也都非常优秀，可以放心地将事情都交出去。我觉得自己的历史使命已经阶段性完成了，也该考虑些更深远的命题了，比如以美食为事业的人的终极目标是啥？

开店？创立品牌？成为专业厨师？在"山川与湖海"出现之前，我曾差一点就离开下厨房投身连锁餐饮行业，最后还是没舍得走，不光因为对这个团队爱得深沉，更因为和追求翻台率、利润最大化的传统餐饮行业相比，下厨房与单纯的美食本身更贴近。因此，主编大人决定转职，尝试将"山川与湖海"当成工作室运营看看。

我常常觉得老大 Tony 对我是近乎宠溺的，从某种意义上来说，四合院里的"山川与湖海"是下厨房给我和 Jackie 建造的世外桃源。我说我想去做些全新的事，比如开店，Tony 就给了一个工作室让我折腾，公司掏房租、付薪水，没有盈利的压力，甚至允许我们不计成本地使用好食材去玩料理。如果没有下厨房这个坚实的后盾，我都不知道自己何时才能真的开一间工作室。

后来又发生许多事，当然不全是开心，也有很多困境与争执。但这份信任和支持，无论何时回想起来我的心里都是感动。

# 十四

## 装修技能初 Get

文 /Pan 小月

▶▶▶

↑

大别墅里的周末家宴做了三个多月的时候，忽然就张罗着要找院子搬家。我一早就知道有这一步的计划，只是没想到会这么快。我一周五六天都在埋头做饭，厨房之外的事情原本不怎么长心，小月和大总管东奔西走了大半个月，竟然很快就把这件事定了下来。

小月带我去看了院子，我只觉得一砖一石都美，装修师傅问院里的外墙要怎么修补覆盖，我说都不用，就这样就特别好看。后来和小月去了建材市场、旧货市场、花鸟市场，大约因为彼此气味相投，都是猪一样的队友，时不时地找错到已经拆掉成

为一片废墟的地方，所以在外面待着的时间长，外食的次数也变得多了，于是又去了许多居酒屋、咖啡馆。从前我自己家里装修，为了不影响家庭成员间的感情，我什么都没过问，包括我的卧室，都是到了住进去的那天我才知道是什么鬼样子。院子里的桌椅板凳、书架橱柜、草木餐盘，都是我和小月一样样挑选，一点点归置。7月末的一天，我们从花鸟市场回来，摆放好植物，挂上定做好的砖红色帘幔，我站在院子里忽然想，坏了，像我这样一个浪子，竟然花了这么多心思在这个地方，以后不是要被牵绊住了吗？着实有一丝愁郁。

像我这样的文艺女青年，以前从没想过有一天需要自己盯装修，"有关装修的知识"这个技能包在我的系统配置中是不存在的。我不懂得一切和装修有关的术语，无法分辨建筑材料和零件，更要命的是不清楚市场行情，每样东西应该花多少钱才是合理的，毫无概念。所幸下厨房派出了我们的"大总管"作为后援，大总管帮忙找了两个装修队，一个是高大上的装修设计公司，另一个是他曾合作过的小包工头。两边在实地考察并且仔细听取了我的设想后，分别给出了报价。我们穷，选择了价格便宜得多的小包工头……

正规装修设计公司会根据你的设想进行最优化的设计方案，帮你考虑到许多你想不到或懒得去想的细节，还会出详细的图纸，事无巨细的价格清单，实际施工的过程想来也是很专业的。而我们最后合作的那个包工头，则仅仅是在纸片上用铅笔随手列了几项开支，笼统地算出一个总价来。他是大总管合作过不止一次的人，特别实诚还有些腼腆，大总管很信得过他，似乎也很信得过我，接下来就让我们去具体沟通了。

缺乏装修知识的我，于是被赶鸭子上架。

这座小院子的装修改造，算下来涉及这么几个方面：一是要在院子里凭空盖出一间通水通电的厨房来；二是通过隔断来改变卧室的格局；三是拆掉大北房的天花板，露出老房子原本的房梁；四是用青石板铺满院子；五是粉刷门口的玄关和走廊；最后则是一些修修补补的小细节，加上安装隔板吧台、热水器、空调、浴霸等家电。盖厨房是整个工程中最主要的部分，包工头给我们的报价是八万元，其中的大头也就在这间厨房上。如果有装修的概念尤其是装修一个店面的概念，那么就会知道八万块钱实在很便宜，可对我们来说这并不是一家店，比起后来有不少人直接就在自己家的客厅里开私厨那样轻便，我们可真算得上投入巨大了。

动工的时候正是最炎热的夏天，院子里毫无遮蔽一片明晃晃白花花。我和Jackie几乎天天撑着伞过去报到，来回巡视工地，其实也并不太看得懂……只好站在刚砌了个地基的"厨房"里，一边汗如雨下，一边反复推敲灶台和水槽的位置到底应该定在哪里才最合理。

具体的施工过程繁复得很，尽管早早就决定了厨房的样式下半部分是砖，整个上半部分全是玻璃窗，我们依然需要解决最大的难点，那就是厨房屋顶与大北房的衔接问题，如果处理不好，既有可能破坏老房子的原本结构，还有可能导致厨房以后会漏雨。当然了，这些都是包工头分析给我听的，也提出了他的施工建议。

我总觉得自己和Jackie都是一看就不懂装修的人，但包工头还是无论什么都"汇报"给我们听，给出他的建议，咨询我们的意见。最后盖好的厨房，一面和卫生间共用一堵墙，一面没有墙而是与大北房直接相接，一面临着走廊，还有一面朝向院子，是开门的地方。厨房里的细节太多了，都是些我不太搞得懂的东西，比如我只知道我要站在这里、面朝那里洗碗，水槽在这个位置，至于地下的水管应该从哪里走如何接，我完全没概念。我还知道哪里需要有一盏灯，灯的开关装在哪里我会比较顺手，至于电线到底该怎么接，我并不知道。但好歹知道了一点，电线走明线会很丑，一定要提前规划好，让工人可以在地上或墙上挖槽把电线嵌进去，再把槽补起来。

整个装修过程中，我做的最多的事情其实是做决定。我说厨房的外墙想要石头质感的砖；院子的地上想铺青石板；厨房的窗户想做木头的，就像大北房那种老旧的窗框……最后一条被包工头否了，他说露天搭的屋子，而且有一面还不接地，仅仅是和大北房在房顶处衔接，要是用木结构的窗框，下暴雨刮大风时搞不好会塌，还是用断桥铝吧，经济实惠又结实。其实那是我第一次听到"断

桥铝"这个名词……最后果然还是用了断桥铝，选来选去用了白色，后来有些后悔，一直在想如果用黑色或者灰色或者棕色会不会更好。

包工头呢，就满建筑市场地给我找砖头和青石板，把他挑中的都排成一排，拍了照片发给我让我选，我觉得自己很有一点指点江山的味道，大手一挥，干脆利落地下令：第二种！第三块！

后来我也看了一些别人的装修心得，有一条是最为深深认可的：一定要提前规划好每一个房间里要用的大家电，预留好插座数量和位置，还得考虑是否有超大功率的电器。

在这个问题上我们栽了三个跟头，一个是之前提到过的卧室里竟然没留插座，另两个都发生在厨房。等到做橱柜时我们才发现，有一个重要位置的插座会被橱柜遮住，最后我们只得在橱柜里钻了一个孔，把接线板的线伸出来。还有一件事也很乌龙，等到我们装抽油烟机时，发现油烟机的电线够不到预留的插座，只差一点点……只好又让师傅拆下来重新打孔固定油烟机。

装修当然不可能一帆风顺，实际上出了大大小小不少状况呢。其中好多次返工，都是房东要求的，比如卫生间的门不能开在院子里，而应当开在大北房里；比如空调室外机的悬挂位置也反复改了好多次……

这是一个不大不小的教训，装修前只和房东沟通了改造方向，比如我们想把卧室隔成两间，房东同意了，但实际的施工方案并没有提前告知，房东过来视察，看见卧室里正砌墙呢，赶紧喊停，和我商量说不希望砌墙当隔断，最好是用透光的玻璃推拉门。工人们只好把砌了一半的墙又推倒，重新去订推拉门，而由于卧室挑高非常高，要单独定做两扇尺寸巨大的门，还延误了好多天工期。

还有一次返工是包工头的粗心大意造成的，坦白讲小伙子和他的装修队并不是很细心，但他的优点实在太明显，这些粗心就可以忽略不计了。然而这个问题还是有些匪夷所思。厨房的基本结构已经搭好，接下来就要去订断桥铝的窗框了，我们正在确定哪一块玻璃是固定的不能推开，哪一块是要打开的窗户，在

← ↑

房东留下的旧家具里，我最喜欢的就是客厅里的暗红色单人沙发。虽然底下应该是弹簧垫，坐起来硬邦邦硌得慌，但造型、颜色和乍一看红丝绒般的质感，都特别 vintage。

为了让整个客厅能保持这种 vintage 的气质，我们在挑选家具、装饰植物、定做布幔上都煞费苦心，结果搬进去没两个月，我就在我们 vintage 的主视觉——红丝绒沙发上放了一个仿真的荷包蛋餐垫。然后这个餐垫从来也没真的用作餐垫，它最主要的功能是给在沙发上睡觉的宅急送当被子……

厨房里走来走去，忽然觉得有点不对劲，一量，整个厨房的墙体比我给的尺寸高了十厘米，这就意味着到时候我的灶台会高十厘米，做菜时会很吃力。包工头一回忆，找到问题所在了：为了遮住地上一个凸起的管子，厨房的地面被垫高了十厘米，水涨船高墙体于是也高了。最终工人们只得又拆掉几块砖……

厨房搞定后，工人们开始对付大北房。原本为了保温，大北房是做了天花板的，但我们想要看到老房子原本的房梁，就执意要将天花板拆掉。拆倒是容易，结果一拆，发现原本的老房梁确实好看，但毕竟历史悠久，表面那一层篾子似的东西全都破破烂烂了，稍有些大一点的震动就会引得房顶上窸窸窣窣往下掉渣。

于是可苦了工人们，他们想出这么一个办法：把薄木片裁切成刚好的大小，一片一片地贴到房梁上做修补。包工头在整个施工过程中，无论多累无论怎么返工都没抱怨过，唯独对这个耿耿于怀，说这可真是个细活儿。我猜对工人们来说，这大概都算不上装修，而是一种针线活吧……

待装修进入尾声，我们开始采购各种家用电器。

卫生间的空间实在太局限，最合适用来放洗衣机的那个位置极其狭小，我眼睛都快看瞎了，终于挑中一台将将好能放进去的迷你洗衣机，简直完美匹配。洗衣机送来时我们都被它的小震惊了，以为只能洗几件夏天薄薄的衣衫吧，但是后来 Jackie 对它很是服气，因为它竟然能洗冬天的厚外套，真是小瞧了它呢。

除了洗衣机，我们还买了空调、热水器和浴霸，能让包工头装的就都请他帮忙安装了。装热水器时，小伙子掏出附赠的那个花洒喷头，看了一眼给扔了，说实在太次，他要自己给我们买一套好点儿的装上，真可爱。

家电里最大件的就是冰箱了。我们没买普通的家用冰箱，而是买了两台商用的不锈钢冷柜，可以当操作台用的那种，一台冷藏的，一台冷冻的。想了想，这似乎是 Jackie 唯一自己提出坚持要买的。送冷柜的师傅一开始听说我们是平房，不用爬楼梯时是狂喜的，但送到门口一看，通往后院的路竟是如此蜿蜒曲折，仿佛没有尽头，脸上的表情也是很精彩……

装修院子这件事，让我的人生体验了许多第一次，比如第一次自己定做橱柜。我和 Jackie 先是去了"居然之家"之类的商城，被价格惊到了。插播一句，到了 2016 年的春天，我为了另一个新项目筹备工作室时，已经知道去网上找定做橱柜的了，而在当时，我们的选择是"十里河"，便宜多了。在十里河挨家挨户逛，选了一家看着顺眼的就进去了，把我们的需求一说，就开始选样式和材质了。其实我们的厨房算是省钱的，因为四周都是玻璃，所以只需要下柜，不需要上柜，在报价的基础上还能再砍掉不少。

我坚持要白色的柜门，又选了带一点古典欧式风格的拉环，也不知道当时怎么想的，现在看来好小公举啊。等到选台面时，Jackie 被一块翠绿色夹杂白色的石英石深深吸引了，她说："你看你看，像不像葱花！多好玩啊！葱花台面！"于是她强烈要求就要那块。一般人家的台面大多是米色之类的浅色系，我们倒好，用的是翠绿，实在美妙。

Jackie 爱这块石英石爱到什么程度呢？来装橱柜时台面上切下来的边角料，她都要师傅留下了，也没有什么用途，就是好看。我于是在心里翻了十万个白眼。

漫长的装修过程在我们东想起来一点、西想起来一点的查漏补缺中，终于也算是落下帷幕了。在后续的使用中，有一些省钱的弊端就体现出来了，比如我们买的很便宜的卫生间洗手台，没用多久就站不直了，必须在底下垫砖头……

↑

如果用餐的人数少，或准备的菜比较简单，在一些需要长时间炖烤的菜处理好之后，和临近客人要来时做最后的准备之前，会有一个小时左右的空闲。每次在这个当口忽然停下来时，站在厨房里观望，这会儿厨房里的天光已经有点暗，我才忙完一阵也没有来得及开灯，炉灶上已经有锅子在噗噗地冒着热气，操作台上还有没料理的食材安静地等在那里，周遭的空气热热的、香香的，就好像这个厨房里所有的一切，都在睡觉，睡得很沉。

不论在多么焦虑的时候，当我专注地料理食物时，都可以暂时地逃避当下的焦虑，而间隙里的这一个小时，总是像深度睡眠一样，没有烦扰、格外安宁。

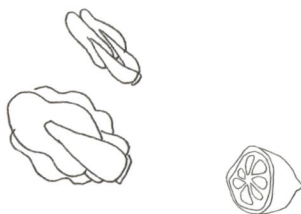

这些倒还好，可以忍，没有大影响。最要命的，是四合院年久失修的下水管道，从此以后成为噩梦般的存在，Jackie真应该单独写一篇讲讲她"大禹治水"的心路历程。而我呢，大概会永远记得，刚竣工没多久院子里开始漏水的事。后来其实漏水时有发生，不是这儿漏就是那儿漏，但那是我们遭遇的第一次，几乎令我崩溃。

发现青石板的缝隙中有水流出来后，我们找了师傅来看，师傅挖到深深的地下，终于找到水管破裂的地方，需要换一个新的零件。麻烦的是这管道太老，现在已经不用这种材质了，所需的零件很难买到。于是，那个最终导致我崩溃的下午，我跑遍了周围所有的五金店也买不到那个要命的小玩意儿。而压垮我的最后一根稻草，是有一家店的老板娘恶劣的态度。我几乎是泪崩着骂了回去，Jackie从没见过我这样，吓傻了。最后是水管工师傅带我打车去了一个遥远的大市场，一路堵车，来回花了一百多块钱的车费，天都要黑了，终于买到了那一个小小的东西，只要几块钱。人生啊，就是这么哭笑不得。

回想起当时的绝望，我只觉得好笑。而且我念叨了整整一个下午的那个零件的名字，现在竟完全想不起来了。什么都没留下，只有那下水管道还在孜孜不倦地闹着情绪，时而堵住，时而漏，绵绵无绝期。房东留下的家具里，有一个上了年纪的置物柜，充满历史的沧桑，还有一个很美的木头大箱子和一个酒红色的古董沙发。我们将置物柜放在走廊的尽头当案桌，又将木头箱子直接当作茶几用，红沙发就放在了饭厅，后来被宅总霸占了去。

其实我们添的家具不多，先是从某宝淘了一个小沙发来，又从旧货市场花五十块钱买入一个书架，一百块钱买入一把躺椅。我最得意的还得数那个二手货架了，就是超市里卖蔬菜的那种货架，被我们放在院子里摆满了香草植物。最关键的家具是饭桌，它将成为整个"山川与湖海"的重点，不能小于一米八，不能低于八人座，为了配合四合院的中式风格，实木大方桌是第一选择。宜家显然没有符合我们要求的桌子，于是我们在旧货市场寻寻又觅觅。

北京有好几个旧货市场，基本东南西北的五环外都各自有一个。最后我们是在"东五环旧货市场"找到了梦寐以求的饭桌。那些桌子其实不是旧货，而是厂家全新生产的，我们挑中了一张榆木大桌子，真正的实木，桌板和桌腿儿是分开的，光是那张桌板就超过十厘米厚，两个人高马大的搬运工得使出吃奶的劲儿才能搬动。桌子被我们砍到两千四百元，对这样一张桌子来说是很划算的价格，但因为很远，桌子搬运又太吃力，运费又额外花了六百。当这张桌子历经千难万险，终于被一路扛进了院子深处的饭厅安置停当，我高冷外表下的内心里是非常激动的，有一种"'山川与湖海'这下才算是真的装修好了"的感觉。所以当后来 Jackie 在熨烫布料时不小心弄坏了桌板，她都没敢第一时间告诉我，生怕被我扫地出门还是怎么的……

有了饭桌之后，其他的一切就容易多了。我们又从宜家买了一些柜子架子，将厨房里的空间规划得井井有条，不浪费一丝一毫。椅子则是东一把西一把收来的，Jackie 不喜欢成套的椅子，每一把都不相同才好。她从网上定做了大大小小各种布帘子，延续了部分别墅时期的"窑子范儿"，跟四合院的风格倒也是很搭。她对蜡笔小新、Hello Kitty、大黄鸭或者熊本部长的爱，我是无法理解的，她也不能理解我喜欢的那些文艺小清新的日式小碎花，但我俩对花红柳绿的"窑子范儿"却是出奇的品位一致，我们的友谊就是建立在数不尽的黄段子和互相嫌弃上的。当最后那些从别墅搬来的锅碗瓢盆也就位了之后，当 Jackie 把她自己的卧室也收拾好之后，当我把 Wi-Fi 宽带也装上了之后，我们坐在夏末的四合院里，一边昏昏欲睡一边满心雀跃。

# 十五

## 天灾人祸和灵异事件

文 /Jackie

▶▶▶

整个 7 月我都在对外宣称，我下周一就要搬走，离开大别墅离开我的小伙伴们了。当时有个实习生小孩儿，每天晚上跟我一起跑步，我第一个星期这么说的时候，他说，你不在了谁来喂蚊子啊？从话里话外我能感受到他的不舍。后来

时间一晃四个星期过去了，我还在说，我应该下周一就不住这儿了……人和人之间最基本的信任就这样荡然无存。

终于时光飞逝，到了搬家的前一晚，那天有客人来吃饭，三个人在客厅里觥筹交错，聊得特别开心，我和小月还有嬛嬛就在楼上楼下地搜刮抢掠，看着喜欢的全部打包装箱，刺啦刺啦地撕着塑料胶带封盒，真是没礼貌，不过客人们完全不介意，沉浸在欢乐的晚餐里，我们和他们，各自热火朝天。

因为小月是要跟我一起走的人，所以我们让嬛嬛回家了，两个人打包到凌晨两点上楼睡觉，三点半搬家公司的人来，满满当当装了一车，我种了小半年刚刚长出青果的小橙子树也被我硬塞进了货车厢的角落里，回头望了一眼萧条空荡的大别墅，我们便迎着雨后清晨的曙光，向城里进发了。

到了小院儿放下所有的物什，我俩锁好大门跑进卧室，给床上草草地铺了一张席子，立刻昏睡过去。

醒过来的时候是正午，阳光强烈得刺眼，在北五环混迹了一年，这一日照射在皇城根下的大太阳里，心中感慨万千。想起当年刚到北京不久，武汉的瑜伽馆给我打电话邀请我去体验新课程，我说我现在在北京工作，那人一听可高兴了，说您在北京哪儿啊，我们总店就在北京呢！我说我在北五环……然后电话那边不无嫌弃地说，那么远啊……如今怀着扬眉吐气的心情，我和小月毫不犹豫地决定先出去吃一顿好的，然后再回来干活儿。

头两日清闲。我们在院子里支着架子晒衣服，坐在石榴树下吃晚饭，似模似样地过着四合院里平安喜乐的市井生活。

虽然起风的时候地基本等于白扫，下大雨的时候被困在北房要等小月举着伞来接我回偏殿，放闲置餐具的架子上方的屋顶时不时会掉下灰土来，后来我们去看了《星际穿越》才知道遇到这种情况应该把餐具都倒扣着摆放。

虽然前院的邻居杂鱼君说这样居住了几辈人的老房子有自己的气场，我和小月的气场压不住它，反过来就会受到房子的气场影响。

具体表现为，打开冰箱两手抱了肉想着去厨房放下再回来关冰箱门，进了厨房看见碗没刷就跑去刷碗，刷着碗洗衣机哗哗哗叫了，就拿着洗好的桌布餐垫去院子里晒，晒着衣服忽然觉得院子里花花草草不齐整，就去找花剪，翻着柜子正巧看见猫粮，就去喂猫了。

两个人每天像有做不完的事，忙个不停，实则浑浑噩噩，在芝麻西瓜间来回辗转。有时候饭局结束收拾到深更半夜，我洗完澡回房间睡觉，一顺手就把小月锁在外面了。后来她为了锻炼我的胆量提升我的品质，也为了让我长点记性，决定让我自己一个人在这敝篷小院里度几晚良宵。说起来当初相熟的闺蜜们知道我要搬进古色古香的四合院，都纷纷流露出看热闹不嫌事大的羡慕神情，说一个人住别墅已经很可怕了，竟然还要搬去住这样的深宅老屋。

起先因为从前也来了院子无数次，不算陌生，加上前院也住了邻居，临近的周边也都是酒店饭馆还算热闹，我本来也是不害怕的。

万万没想到啊。我们租下的是后院，但不是完整的后院，在大北房旁边，还有两间小黑屋，终日门窗紧闭，与历史遗留的家族问题相关，总之是属于另外一个房东，并且不对外出租。于是竟然就笼上了一层神秘色彩。

大北房要装空调的时候，曾想要把外机箱的电路接进北房旁边的小黑屋里，因为联系不上那个房东，又不能贸然撬开别人家的门，只好作罢。所以，我们也一直不知道这两间小屋里到底装了什么。

原本女人就是感性的动物，胡思乱想起来脑洞简直叹为观止。当时北房在后，我的卧室在前，密室在左，走廊和厨房在右，最心惊胆战的莫过于洗完澡取了隐形眼镜，眼前蒙眬一片，去走廊锁了大门，不得已要面对着小黑屋的玻璃门玻璃窗步步走近才能回偏殿寝宫，在院子里的斑驳树影间不敢抬头不敢直视，我长得白白胖胖、一头乌黑长发及腰，万一一抬头看见自己的脸会把自己吓死，万一一抬头看不见自己的脸……

除此之外，走廊一侧我们平地而起的违章建筑大厨房，我原本是十分喜爱的，特别是厨房台，是我精心挑选的白底绿色不规则斑点大理石，有如撒了整片整片碧绿葱花，当时我们在白底熟褐色斑点的红枣桂花糊台面和这块葱花台面中取舍不下，原本定下要了小红枣，回了院子又即刻打电话改了小葱花，后来组装好后果然美艳无比，一进厨房我就忍不住要盯着厨房台爱意绵绵地注视个三五七十分钟才依依不舍地离开。加上厨房三面都是窗户，采光极好，白日里阳光照在台面上，蔬菜水果菜刀都是金光闪闪的。

然而当夜幕降临……

你能想象一个人在漆黑深夜里的老宅院中，在一间昏黄灯光下三面都是玻璃的厨房里，开着窗时要面对着沉谧幽寂的小黑屋，时有凉风阵阵，窸窸窣窣的不明声响不绝于耳，关着窗时猛地一抬头发现每一面玻璃上都反射出自己庞大身影的那种惊悚感觉吗？但时间可以冲淡一切，忙碌足以令心结纾解。刚搬来院子不习惯厨房只能用煤气罐，整个屋子里都是煤气味道，脑袋里总是想着做着

饭忽然电话响然后整个厨房带院子一起炸掉的画面。后来有天下午做着饭忽然觉得煤气味好像淡了许多，不知道是习惯了还是起了风，空气对流得到改善，心里可高兴了，终于我们发现只是煤气单纯地用完了。好在院子有四台电磁炉，一字码开，气势恢宏，继续做饭。

后来有天晚上做着饭，厨房忽然停电了。好在那天煤气罐满满的，黑暗里火焰并不见颓势，而且厨房的电线是单走的，并不会影响到客厅，所以客人在客厅全然不觉地愉快地用着晚餐，我在厨房里就着一盏白光的应急灯炸着虾。那个时候我们上菜前还会拍个照用来发公众号，这一晚的菜画风突变，我想当天来吃的小伙伴过后看见公众号一定会忍不住惊呼，天了噜，那天我们真的是在这里吃饭的么！然后他们搜索了谷歌、雅虎、搜狗、百度，发现这个小食堂，根本不存在……但乌龙事件只是四合院生活的调剂，真正的挑战就在不远的前方。

住进来两三天不到，小月偶然发现厨房靠院子那一面的墙根下，有一小片墙砖区域总是湿湿的，地面不时有清泉潺潺流出。白羊座的我觉得，这也是院子自然生态的一景，大可善加利用，种荷造亭，以后从走廊到客厅，还可以安装几个石墩子，等水位渐涨，养点锦鲤啥的，院子泥厚，搞不好还能培育小龙虾，前景堪为可观。然而金牛座的小月说，糟了，这一定是地下水管破裂了。当时想到以后要和一个如此不浪漫的人四季朝晚，我的内心几乎是崩溃的。

小月请来了装修师傅掘地三尺，果然找到了水管的裂口，大叔跟我们说让我们去五金店里买五金店里肯定不会有只有建材市场才能找到的衔接短管，听着不知道哪里怪怪的，但我们还是乖乖地跑遍了东四到建国门间所有的五金店，最后果然也没有找到，还捡回来一只拖油瓶猫。机智的大叔最后随手捡了一个塑料袋就给水管包上然后麻利地盖上了土。我忽然心里有一种唐僧西天取经，几番出生入死站在了佛祖面前，佛祖说："你回去吧，我刚刚用邮箱给你发过去了"的凌乱。虽然我的农家乐混搭水上庭院的美梦最终宣告破灭，但乐观地想，能及早发现问题解决问题，也是好事。

小伙伴们知道后纷纷致意宽慰，说遇水则发是好兆头，我们想中旬星象正时值水星逆行，爆个水管就当应景应劫，以后想必就不会再有了。

Too young too simple.

# 十六

## 8月重装上阵，请多多关照

文/Pan 小月

▶▶▶

## 8月重装上阵，请多多关照

"山川与湖海"是下厨房位于北京的美食体验工作室，也是私房菜小食堂。我们于 2014 年 2 月底开始运营，在下厨房办公室所在地的别墅内默默生长。半年以来，只通过朋友圈低调传播，是因为觉得她还不够好。8 月，她搬出了北五环的别墅，入驻了东二环一座老北京四合院。现在，请容许我们正式将她介绍给大家。

这里有两位厨娘，进行天马行空的食物创作，通过真实试吃评测，为大家推荐优质食材与厨具，同时烹制诚意满满的无国界家庭料理。家宴、特邀主厨餐会、食材评测定食、厨友聚会活动……令她成为一个接地气的有趣空间，也成为下厨房的厨友用户们在北京的据点。工作室并不对外营业，完全预约制，关注微信公众号"山川与湖海"（shanchuanyuhuhai）了解详情。

2014 年 8 月 27 日，下厨房官方微博面带娇羞地将"山川与湖海"正式介绍给了大家。用户们纷纷转发，最多的评论是"好酷""看起来真棒"和"有亲切感"。

其实早在下厨房上线第一年，就有人建议我们做烹饪教室，因为不少同类型的网站都在那样做。当时的考虑，一来是时机不成熟，觉得平台积累还不够；另一方面也觉得，"烹饪教室"在做的人已经很多，似乎也没那么酷，能想到的大概就是在商场或超市里占据一个厨房样板间，一溜儿的电磁炉和不锈钢厨具闪着冰冷的光，一个老师在前面教学，厨艺爱好者们扎堆跟着做……并不是很

←

喜欢随手乱放东西，又喜欢根据自己不停转变的逻辑乾坤大挪移
式地重新收纳和整理。小月在的时候，总是会在不同的地方找到
不该出现的东西，或者找不到本该出现的东西，她为我的人格分
裂而抓狂，我看见她抓狂的样子就像看着一只特容易炸毛又没有
攻击力的猫，然后面无表情地在心里像个"抖 S"一样沾沾自喜。

想在那个时候就草率地也加入进去。因此，在大部分人以为下厨房势必会开一
间线下烹饪教室时，我们却在胡同深处打造了一间私房菜工作室，像"姥姥家"
那样充满烟火气。

这是下厨房第一次公开承认"山川与湖海"和自身的关系，后来就鲜少再提及。
我曾设想让下厨房官微每隔一阵子就转发一下小院子的饭局，结果发现完全没
这个必要，"山川与湖海"的受关注度与预订的数量，远远超过了我和 Jackie
所能负担的极限。从此我们明白，不能让官微转发，一转我们的留言必爆，根
本接待不过来。从那之后的 9 月、10 月和 11 月，是"山川与湖海"最忙碌
的一段日子。

我们的最大改变，是可接待的人更多了。在别墅时，只能每个周末接待一桌，
搬来四合院拥有了自己的独立空间，对食客们的预订不再有严格的时间限制，
基本上是食客想订哪天，只要那天还没被订出去，就都可以。我们准备了一个
大日程本，在上面写满了预订名单，"9 月 10 日，午餐，6 人，无忌口，爱吃鱼"，
像是这样。

最开始做私房菜时，Jackie 需要整整四天来准备一顿饭，第一天反复推敲菜
单甚至试做，第二天熬高汤，第三天做蛋糕，第四天也就是当天铆足了劲儿在
厨房烧烧烧、烤烤烤、洗洗洗。后来越来越顺手，也总结出了一套自己的工作

↑

刚来北京的一段时间我对自己很苛刻，觉得当一个人频繁地怀念过去时，
是因为对现状不满，或是因为自己太软弱。可能那会儿刚离开家，也是第
一次离开家这么远，一个人跑出来晃荡，总希望自己能特别特别坚强。

但能任由思想在时间里来回往返其实也是一种坚强。

有一年春天傍晚，厨房里我准备得差不多了，时间还早，客人也还没有来，
我走到院子里望天，心情很好。我想以后如果有一天，我也开始怀念在院
子里做家宴的情景时，应该会牢记当下这一刻：站在温暖有风的院子里，
晚风是烤鸡的味道。

流程，时间大约能被压缩到两天。Jackie 在做很多事上都很随性，又丢三落四，不做菜的时候有一半的人生都是在寻找耳机、钱包或钥匙，但作为一个厨娘，她真的很有条理。在设计完菜单，采购完食材，该腌的先腌上、该炖的先炖上后，她会写一份非常详细的"接客当天流程表"，几点需要把蛤蜊泡上，几点要择香菜，几点要调这个酱汁，几点要调那个酱汁，鸡肉需要在几点时放入烤箱……在做线下活动时，我们把这个流程叫作"rundown"，Jackie 并不知道市场部整天说的 rundown 究竟是什么意思，但其实她已经有了出色的 rundown 制定与执行能力。这样的 rundown 是她每一桌都会做的，真的是每一桌哦！每当第二天客人要来时，前一个晚上的深夜她都在写这个，反复推敲确保不会有遗漏，这样才能保证第二天的厨房里一切都井井有条，每一道菜都能在计划的时间被端上桌。Jackie 喜欢这样一切尽在掌握的感觉，因此，你很难去给她帮忙，所有未经磨合地伸出援手，其实都会打乱她的步调。总有很多客人说想来给我们当志愿者，我和 Jackie 都是既感动又为难，毕竟连我都是因为相处了很久好不容易才培养出默契，才能给她打打下手的。Jackie 的每一桌 rundown 已足够完美，我觉得她除了一个刷碗工，其实什么帮手都不缺。然而院子的下水道是如此脆弱，刷碗有着诸多诀窍与禁忌，Jackie 又不放心交给别人。

所以，从 9 月预订激增开始，厨娘就累坏了。一开始还能坚持不连续接待，留出买菜和休息的时间，但我和 Jackie 其实都是软心肠，拒绝不了"那天是我生日啊""结婚纪念日""好朋友下周就要出国了"诸如此类的理由，硬生生将大日程本写得满满当当，最高纪录是一周七天接待了六桌客人。连轴转了三个月，到了 12 月实在受不了了，决定停下来好好休息一阵儿，也要开始准备圣诞节了。紧接着的那个元旦，是下厨房第一届"山川湖海厨房与爱"大趴的日子，小院子将在其中承担重要角色，正好趁此机会休养生息一番，于是硬着心肠拒绝掉许多预订，安安静静迎接圣诞季。

# 十七

## 为元旦装饰院子

文 /Pan 小月

▶▶▶

丁姨在我的人际关系网络中是一个交通枢纽般的存在，因为她，我结识了许多志同道合的伙伴，而无意间遇到一个有趣的人，聊一聊也总会发现彼此都认识丁姨。丁姨是一名资深的广告文案，擅长品牌推广，一年四季脚蹬匡威鞋，肩挎帆布包，扎着马尾露出光洁的额头，甚少化妆，素面朝天青春逼人，是个十足的"老少女"，一般人很难相信她比我整整大了十岁。

丁姨私底下十分热爱植物和干花艺术，虽然年复一年都在忙于为各种品牌的创立与推广出谋划策，但她心底其实埋藏了一个婚庆公司的梦想，一手打造出清新自然的活动场地或是餐桌布置，是她的兴趣所在。

2015 年的元旦，下厨房举办了第一届线下用户聚会，自掏腰包邀请了近两百名活跃用户从祖国各地来到北京，我们叫它"山川湖海厨房与爱"大趴。不同于有些平台热衷于搞"颁奖典礼"或"××盛典"，下厨房的大趴不为公关不为炒作也不找媒体发通稿，仅仅是想让真实的用户们玩在一起。在此之前，"山川与湖海"已被不少厨友所熟知，甚至有下厨房的真爱粉预订了家宴特意从外地过来吃。这次大趴，院子成为重要的一站，连续三天开放参观，为参加大趴的下厨房用户们提供蛋糕茶点。一接到这一伟大使命，我和 Jackie 就盘算着请丁姨出马帮忙装饰院子。北方的院子在冬天完全是一幅凄凉的凋敝景象，寸草不生，光秃秃、灰蒙蒙、冷冰冰，希望这里能在元旦迎客时充满温馨又盎然的氛围，我们全要仰仗丁姨化腐朽为神奇了。

丁姨非常够意思，二话不说答应下来。丁姨，你简直就是我亲姨！

我们一同去了东风花卉市场，肩扛、手提、怀里搂，运回来了许多植物花材。冬天里鲜切花的种类有限，我们主要买了花期较长的郁金香，其余基本都是绿叶植物，比如松针、槲寄生、尤加利，还有许多我叫不上名来的好看叶子，当然也少不了文艺青年最爱的棉花。我们甚至搬了两枝一人多高的松树树枝，丁姨像捡到了宝，开心地说可以用这个绑成大花环吊在房梁上。绿色植物堆满了我们的榆木大饭桌，仿佛置身大自然。丁姨挽起袖子开始干活，先从最大件的松枝花环开始。我暗自揣测，就跟化妆或戴首饰时脑袋上只能有一个重点那样，装饰屋子时也应该先定下一个重点，其余都是配角，不能喧宾夺主真把院子弄成树林，悬挂在高处的大花环显然就是主角。话虽这么说，我其实不怎么懂化妆，

←↑

丁姨来和小月一起装饰院子的时候我刚学会包饺子，每天都摩拳擦掌跃跃欲试。那天要装饰院子也就没有安排家宴，我问小月需要我帮忙扛扛花吗？小月想了想说，你还是当你的煮饭阿姨吧。我说好嘞！然后麻溜儿就去菜市场买了肉馅儿和饺子皮。本来觉得她俩都在干活儿我一个人在包饺子玩挺过意不去，结果身为东北美少女的丁姨看见我在包饺子可感动坏了，说哎嘛，太有诚意了。

那天晚上吃完饺子，天黑下来，终于到了激动人心的时刻，小月打开满院子挂好的暖光小灯，像星星一样，站

在装饰了各种植物的院子里，就如同置身游乐场，我说快给我一座旋转木马，不！不够！这效果必须得求婚啊！给我个吴彦祖／冯德伦／郑元畅谢谢！

一次拼桌后，和客人站在院子里闪烁的灯串下聊天，她们说真的好喜欢这里，好喜欢你做的菜，好喜欢这个晚上。她们跟我说，你一定要继续做下去。我当时的感觉，就好像我暗恋的人站在我面前说，我也喜欢你。那心情远不只是被暗恋的人告白，而是真切地感受到自己暗恋的人，像你喜欢他那么多地喜欢你——That makes everything worth。

也不戴首饰……丁姨摆弄植物时特别专注，看得出来爱之深沉。她将两枝松枝拢成环状，又从众多绿植中选出体态最合宜的，用麻绳一根根绑上去，最后用棉花点缀。然后站上桌子，用晾衣竿将花环吊上了房梁，失败了好多次，费了九牛二虎之力。Jackie就在厨房里包饺子，用以答谢丁姨。做花环剩下的植物，被丁姨加工成了各种大小花篮、大小花束，有的铺在院子里，有的挂在窗框上，有的插在花瓶中，花瓶不够酒瓶凑。我们还买了一大枝茶花和一捆捆的腊梅，插在水里等待它们绽放。丁姨热情高涨，最后还用剩下的边角料扎了好几个棉花小花束，精致可爱。

从白天忙到夜里，整座小院儿被绿植环绕了，勃勃生机不亚于盛夏。傍晚的时候，我拿出事先奉命买来的户外串灯，和丁姨一起挂在院子里，纵横交错着布满了整个院子上空。串灯一共七十米，缀满LED小灯泡，一打开就闪烁出暖黄色

的光。夜幕降临，院子里一片闪烁，星星点点浪漫至极。Jackie 说这时的院子好像一座儿童乐园，她简直想买个旋转木马摆上。

第一届大趴前前后后共三天，除了"山川与湖海"开放参观，还包含其他项目，比如去明星用户"小白素食记录"的餐厅"HaveFun 有饭"聚餐，比如大趴的主体环节"颁奖典礼"——两百名用户欢聚一堂，由下厨房根据一年来的种种社区数据，在用户们之间评选出诸多奖项。我和 Jackie 几乎都在院子里驻守。

1 月 1 日开始，我们迎来了忙碌的三天，Jackie 在厨房不停地做甜点，我在饭厅迎来送往。从各地纷至沓来的厨友用户们陆陆续续不停歇地走进院子，他们彼此寒暄，疯狂拍照，很多人是第一次见面，但报出下厨房昵称后就纷纷开心地彼此相认，仿佛已是认识了许久的老朋友。这种感觉太美好，过年般喜气洋洋，每个人脸上都笑开颜。2016 年的第二届大趴是在上海举行的，来到现场的用户更是超过了五百名，时间、空间和形式改变了，但那种热闹喜庆的气氛还是一如往年。

送走最后一批厨友，我们瘫坐在饭厅里，院子上方那一片暖黄色的灯光在我们眼底跳动。这些串灯被保留了一年多，数不清有多少客人对着它们拍下过如梦似幻的照片。每当夜色开始弥漫，客人到来之前，Jackie 就会颇有仪式感地拖着嗓子喊一句"点灯……"然后插上电源，没有木马的深夜乐园就此开门营业。

# 十八

## 不辜负好心意——小食堂客人的故事

文 /Jackie

▶▶▶

肉桂苹果烤鸡是小食堂的大众情人菜，没有人不爱。

如果你在 2015 年 10 月以前吃过这道菜并且觉得"哪有"，那么请收下我诚挚的谢意，正是因为包括你在内的许多客人们的吐槽，这道菜才得以改进，最终逆袭成为"山川与湖海"的头牌之一。

我作为一个苛刻的人，原则上，如果客人吐槽超过两次或者只是多次反映普通，

这道菜可能就再也不会出现在小食堂的餐桌上，但我对肉桂苹果和烤全鸡都有着一种迷之情结。

除了秋天，一年里在其他的任何时候我对苹果都是寡情薄义的。我很少会买苹果当水果直接吃，苹果对我来说是一种烘焙或料理用食材，并且这种食材本身乏味无趣，但倘若与肉桂相融合，其色泽、香气和意韵都极富诱惑力。当秋天落叶和食欲逐渐增长，在炉火或烤箱中加热肉桂苹果的香气弥漫在微凉的空气中，就像某种暖昧的情愫，令人面红耳热，但它又不是那种不得善终的爱情，这种臆想随着秋天一起渐浓渐深，一直到平安夜下着雪的晚上，当坐在摇椅里，壁炉发出噼啪的声响，火光在盖着毛毯的双腿上跳动，它变化为一块冒着热气的苹果肉桂蛋糕在你手中，它始于意乱情迷，最后也能许诺你甜美、温暖和安宁。

由肉桂苹果引发的荒唐臆想令我迷恋，整整一个秋天直到圣诞节，我都在想尽各种方法虐杀苹果，我把苹果切块、切片、切丝、切丁，煎炒烤煮，做成肉桂苹果面包、肉桂苹果塔、肉桂苹果蛋糕、肉桂苹果泡芙。肉桂苹果烤鸡就是同时期的衍生品。最初开始尝试的时候，我把煮好的肉桂苹果丁打成泥，一部分抹在鸡身上，一部分塞进鸡肚子里，烤好后很香，金黄紧绷的鸡皮也很迷人，但鸡胸鸡腿这些肉厚的地方，切开来洁白一片，尝起来淡然无味。

于是肉桂苹果烤鸡被收入我的"小食堂鸡肋菜合辑（又名'我觉得这些菜还可以抢救一下'）"中，继"有的人爱吃，有的人不爱吃"和"有时候好吃，有时候不好吃"两大类别之后，成为一个全新的分支——"有的部位好吃，有的部位不好吃"。在"有的人爱吃，有的人不爱吃"分类下有两个比较极端的案例——雪莉酒醋烹羊排和青咖喱鸡。青咖喱鸡是我自己非常喜欢的一道菜，但我印象里只有两桌客人是整锅咖喱鸡带汤吃得一滴不剩，有好几次家宴结束后，我去收拾桌子，发现咖喱鸡锅里的水位只下降了一丝。可能也有客人食量大小或者对辣味接受程度的因素在其中，并非单单只是不爱吃，但青咖喱鸡是别墅时期的研发菜，那个时候我还是一个脆弱自闭的厨娘，和后来跟客人纵情互怼

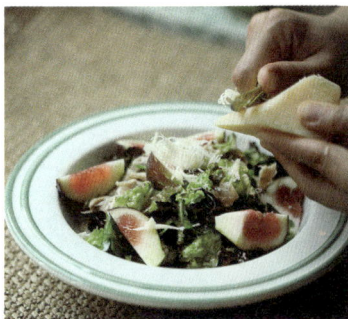

的我形成鲜明对比。当时小月主要负责客服工作，向我转达客人的忌口和偏好，反馈方面，大多是客人说哪道菜特别好吃和谢谢招待，那些比较不被提起的菜比如青咖喱鸡，我们就只能通过客人的食用量来直观地判断它是否足够好到继续存活在小食堂的固定菜单里。青咖喱鸡的极端在于大部分客人对其无感，但喜欢的客人会非常喜欢，我很喜欢青咖喱鸡，喜欢到这曾经一度是我不愿意透露菜谱的一道菜。

而雪莉酒醋烹羊排的极端，是只要它出现在餐桌上，客人就一定会注意到它，并且会明确提到这道菜自己喜欢还是不喜欢。就好像青咖喱鸡是暖男，永远像备胎一样容易被忽略；雪莉酒醋烹羊排是浪子，有的人渴望安定，便痛斥它是渣男，有人为之狂热倾倒，因其飓风过境一般的浪漫。喜欢雪莉酒醋烹羊排的客人，觉得"羊排这么做特别好吃"，不喜欢的客人都是说"吃不惯"。这道菜的确是出自一本比较正式的西餐书食谱，经过程序员试菜后，许多原本"只要是肉都行"的程序员也觉得"怪怪的"，但银银觉得还不错。银银是我心中，我司吃届的顶尖人才，出于对银银口味的信任，又鉴于这道菜美貌且高级，我重新调整了配方，使得其仍能留存于小食堂菜单之内。我很少会让客人试菜，除非是来过非常多次，已经成为好朋友的客人。试菜的形式一般是加菜，加的菜就是那些很多人吃过、褒贬不一，我觉得还可以抢救一下，希望客人们"帮我再尝尝"的菜。这些菜我也还是会写在菜单上，因为希望他们不要觉得这是我送的菜所以态度更宽容，评价有偏颇。

有一次我接到一桌预订，是之前来过的中国太太要带自己的新西兰老公和公公婆婆以及两个混血小女孩一起来小院吃饭。这位中国太太上次是带着自己的父母和老公小孩一起来的，有意思的是中国太太的中国爸爸超爱那天用来配沙拉的起司面包，问我能不能续盘，反而两个混血小宝宝却连喝了两三碗竹荪菌菇老母鸡汤。这次再做准备的时候，我用新买的胡椒风味黄波芝士做了面包，切出配沙拉的份后，其他的都包好，想着可以给太太带回家。四个大人两个小朋友，按五个人算，我一般会准备七道菜，但那天我多做了雪莉酒醋烹羊排，希望远道而来的外国友人能给我一个明白，它是真的不符合大部分中国人的口味，还是说，连外国人也不懂，两面不是菜。

因为是试菜，我也不想提前占用客人们宝贵的胃和味蕾，雪莉酒醋烹羊排是那天最后上桌的菜，希望他们前面已经吃饱吃开心了，羊排就当作餐边小食，尝尝就好，觉得不好吃，撂下也没事。后来我上完菜在厨房洗碗，新西兰老爷爷端着吃完的餐具进来了，我愣了一秒，反应过来他是在帮我收桌子，赶忙接过来说"Thank you"，然后老爷爷就开启了热情轰炸主厨模式，老爷爷说他和他太太都超爱那天的香蒜黄油烤鸡，结果雪莉酒醋烹羊排上来后，他才发现原来他最爱的是羊排！但那个时候他已经吃了太多太多烤鸡，实在吃不下羊排了。爷爷描述羊排时情绪十分激动，我只听懂了一句"I love you"和"You can go to America, you can go to Europe, you can go to anywhere！"为了表达感谢，爷爷来来回回在厨房和客厅十几遍，每次拿两三个碗和盘子，帮我把外面桌子的餐具全都收了进来，中途我想跟爷爷说不用了我自己来就好，但是我死活想不起来用英语怎么说。我觉得爷爷这两头来回折腾也不是事儿，我想给爷爷一个托盘，又觉得这样不是代表我在鼓励他帮我收盘子么？那好像也不对。我就只能一直说"Thank you"，为了显得自己不是只会说"Thank you"，我还交错地说了几次"Thanks"。爷爷一直很关心他们吃剩的两块羊排会怎么处置，特别恳切地希望我留着明天吃，一定不要扔掉。在二次元的世界，羊排要是能感知到爷爷的一番心意，想必也会化为金刚羊排娃，报答爷爷的厚爱与珍惜。

在爷爷心中还要次于羊排的香蒜黄油烤鸡，其实才是那会儿小食堂风头正劲的菜，在肉桂苹果烤鸡升级逆袭之前，香蒜黄油烤鸡也是人见人爱的。当年我暂时搁置了肉桂苹果烤鸡的菜谱研发，只觉得是暂时找不到将肉桂苹果的风味和烤全鸡完美融合的方法。但我没有放弃要做出好吃的烤全鸡这一想法，烤全鸡是我觉得圣诞节里一定要有的菜，圣诞节又是一年里我最喜欢的节日——因为圣诞节可以庆祝亲情兼友情兼爱情，可以收礼物，它足够盛大到整个城市都充满节日氛围，对中国人来说，又不至于盛大到亲戚朋友都必须要来礼貌性地串门，问一些自己也没有很想知道别人也没有很想回答，但不问又不知道说什么的问题。圣诞节是一个漂亮的、和谐的、吃胖了也暂时看不出来的节日，为了我人生里余下的几十个圣诞节，我孜孜不倦地尝试着各种烤全鸡的方法。其中，香蒜黄油烤鸡就是脱颖而出的佼佼者，曾经有个中餐大厨客人来小院吃过后惊艳不已问我做法，我讲了一遍完整的步骤，但因为听起来太简短，大厨又就每一个步骤和我确认了一次所有细节，因为大厨无法相信这么草草几步就能做出这么好吃的鸡。

那么问题来了，同样是做鸡，为什么肉桂苹果烤鸡和香蒜黄油烤鸡的区别就这么大呢？很明显这是由于后者入味了，而前者是"有的部位好吃，有的部位不好吃"的创始者。所以在给肉桂苹果烤鸡做革新的时候，我借鉴了香蒜黄油烤鸡的基本步骤——在整鸡表面用牙签戳满小孔，抹上盐按摩吸收，再用保鲜膜密实地包好，静置一夜。后来，我又在下厨房 APP 里看到一个 ID 名为"南半球小猫"的"鼠尾草香蒜烤鸡"菜谱，她把做好的黄油香草泥塞进鸡皮和鸡身之间，烤出来的鸡充分吸收了黄油和鼠尾草的香气，参考这一创意，我把熬好的肉桂苹果丁打成泥后，加一勺黄芥末酱（因为在书上看到一道菜的名字叫苹果芥末猪排而得来的灵感），塞进腌好的鸡的鸡皮和鸡身之间，以及鸡的肚子里，送进烤箱，等开始有客人来，再揭开包盖着烤盘的锡纸，让鸡表面充分上色……

对香蒜黄油烤鸡来说，这是一个悲伤的故事。经过改良的肉桂苹果烤鸡获得了暴风骤雨般的好评，这一场翻身仗打得漂亮，但不可避免的，有鸡欢喜有鸡愁，为其提供关键灵感，带来质的飞跃的香蒜黄油烤鸡，从此便没落了。许多吃过肉桂苹果烤鸡的客人，心都被这个小妖精套牢，不论来第几次，他们都"虽然也很期待厨娘的新菜，但真的好想好想吃肉桂苹果烤鸡噢！"

就这么让其他的鸡无路可走。

在别墅里的时候，一位从日本旅行回来的客人给我带了一小罐盐渍樱花，我在下厨房翻了翻樱花相关的甜点，找到一款樱花乳酪蛋糕，泡开的樱花被固定在透明的果冻层里非常漂亮，我想做给客人吃，可是看厨友作品里的描述，很多人都表示透明果冻层看起来很美，但吃上去没有味道。我改用西柚汁做了果冻层，颜色像小时候过年吃的水果硬糖，特别冶艳。临上桌前，我问小月，这颜色会不会很俗气？小月说不会啦不会啦，我想了想说，还是你端出去吧，我觉得丑。小月翻了个白眼端着蛋糕出去了，我在厨房屏气凝神，竖起耳朵等着外面的反应，结果听见外面忽然哄地一下笑开了，小月和嬛嬛是笑得眼泛泪光回来的，我紧张地问怎么了？小月说："你的蛋糕，有个客人吃不了。"我问为什么，小月说："我刚端上去，然后客人们都看着一个男生说，哈哈哈哈，他

吃不了这个！我也问为什么，我说是不是不吃奶制品？结果你知道他们说什么吗，哈哈哈哈哈哈……"——"说完再笑！"——"他们说，他不吃'抖动的食物'！哈哈哈哈哈……"我有点蒙，我说比如呢？小月说："果冻、布丁、豆腐、木耳，哈哈哈哈哈哈……"这忌口的理由真是猝不及防萌得我一脸，我也笑，我说讨厌，果冻、布丁，这些食物抖动的时候，是最诱人的时候好吗？第二天我就去超市买了两大包果冻。

别墅里的厨房和客厅隔了一段距离，封测的时候我做完饭有时会出去坐下，和小月或Tony邀请来的朋友聊聊天，但正式开始做家宴以后，我几乎除了自己十分得意的餐后甜点作品会亲自端出去，感受一下群众潮水般的欢呼尖叫声外，其他的时间，包括从客人来预订、预订后沟通时间和忌口、吃饭当天的迎宾和服务工作，都是小月在做，我和客人可以说完全没有接触。

我想不被打扰地完成一件事。我不擅长和与我金钱关系的陌生人相处，我不喜欢陌生人逢场作戏的亲昵，我又不知道怎么面对客人的不亲昵，我不喜欢人颐指气使，我不希望客人觉得我殷勤或是冷淡或是高傲，我不想因为客人有道理的批评令自己丧失信心，也不想因为客人无道理的指责去生气、去怀疑自己的付出不值得。这些都是我"只想待在厨房"的原因，总结一下就是，心灵太脆弱，思想太复杂。

有一次小月跟我说："这周有个客人不吃肉，但沾肉的蔬菜可以吃。"我说，我能让他们自己涮火锅吗？小食堂在筹备正式对外开放的时候，Tony为了缓和我的紧张情绪，跟我说过，Jackie你不要有压力，我们就是要做一个有个性的私房菜馆，你要是不高兴了，就给客人每人发一桶老坛酸菜牛肉面！当时我看着他天真稚气的脸，心想是啊，反正揍的不是你。远的不说就说小月，有天在厨房里她说饿了想吃肉，我说吃个无花果干吧，嚼着跟肉挺像的，她都想抽我，这可是跟我一张床上睡了一年的交情！我的客人们大老远地来五环，出钱、出力、出胃、出时间吃一顿我做的未知的饭菜，我不码出满满一桌肉来焉能表达我的诚意？单是码满一桌肉还不够，我必须要对这些肉施以诸多酷刑，经过那些一般人在家里没有时间，也下不去手的复杂工序，悉心料理上桌，这才是我们义气儿女的待客之道。

肉菜多，肉量大，这是小食堂最标志性的特点，没有之一。在别墅里刚开始给小伙伴们做午餐练手的时候，程序员们看见大盆肉就很开心，尝一尝放了盐就更开心。当时仅有的三个女生，嬛嬛只要接完客户电话下楼还有一口饭吃就很开心，银银是能吃的都敢吃、好吃的都爱吃，小月总在外面蹦跶，参加各种活动，没什么机会吃到我做的菜。

但求一口剩菜的嬛嬛心里只有感恩，能提出建设性意见的小月和银银——小月没有足够多的实吃体验，银银虽然天赋异禀，但寡不敌众，毕竟主受众程序员对肉有明显偏爱，一定程度上影响了我的世界观，认为地球上大部分人都是爱吃肉的。Tony曾经跟我说，我应该像饭岛奈美一样把食物做到极致。我翻了翻饭岛奈美的书，发现她的每一个菜谱步骤都巨繁多。经过一番感悟，我毅然决然地走上了一条万花筒式烧大锅肉的烹饪之路。用小月的话说就是，我一直本着"200块你买不了吃亏，200块你买不了上当"的原则在做菜，生怕肉搁少了客人觉得不划算。

不论七道菜还是十道菜，素菜超过两道我就很惶恐不安了，如果一道素菜里没有四五六七种蔬菜或调料，我都能忐忑得睡不着觉，可是搭配在大荤里的素菜就该清爽呀，清爽的素菜就该简单呀，简单的素菜就不该用复杂的调料掩盖了其本来的味道呀，可如果一道素菜里没有四五六七种蔬菜或调料，我就会忐忑得睡不着觉呀！！！那一次安排完菜单，小月看了一眼，抱怨蔬菜还是太少。

1  2
3  4

↑

1. 绿绿白白一盆的是松子韭菜鲍鱼沙拉，觉得这个组合颜色很好看，但酱汁不是太甜就是太咸，我就想反复多尝试几遍来校准酱汁的味道。那会儿买鲍鱼跟着玩儿一样，最后是因为韭菜处理起来太麻烦，所以放弃了。

2. 做沙拉最后总会喜欢撒一些煮好的豆子、烤过或炒过的坚果，还有擦丝或切片的各种芝士，我最喜欢的是红腰豆、松子和烟熏芝士。倒不是一定会把这三个组合在一起，有时候沙拉的酱汁调得很清淡，放些红腰豆，煮熟的豆子用舌头和上颚压碎成泥，有种把清淡酱汁稠化的效果。喜欢松子是因为松子小小的，混在沙拉里可能吃五口才能吃到一颗，吃的时候没啥感

觉，嚼着嚼着就越嚼越香，回味无穷。芝士也差不多是这种存在，但为不同的沙拉搭配不同的芝士，又是一件特别令我着迷的事情，我可是能说上好久的。

3. 桂花梅子酸奶慕斯。最上层的透明果冻层，是用自己熬的酸梅汤做的，最后撒上桂花点缀。我的设计构思是清新雅致的，可是做出来怎么看怎么像小时候家里的水晶麻将。

4. 香蒜黄油烤鸡对我来说就是烤鸡版的基础戚风蛋糕。我做过的所有烤鸡几乎都是基于这款烤鸡的原理而来，最受欢迎的衍生品就是苹果肉桂烤鸡。

我说你睁大你的双眼好好看看——除了沙拉和什锦蔬菜天妇罗，牛腩里有茶树菇，羊排里有胡萝卜和节瓜，红烧肉里还埋了菠菜，排骨汤里还有好多片冬瓜呢！少吗？！我说得太有道理，她竟无言以对。然后她又给我接了更多携素食者出席的家宴。让小月帮我接预订，有一个明显的好处，就是她基本不给我拒

绝的机会。按照 Tony 的"牛肉面言论",明明应该是我想做什么你们就吃什么,最不济也该是我只需要做我自己擅长的。而在小月的带领下,我开始突破自身的局限,不论客人爸爸想吃什么,我学。后来来的素食客人,都是不能接受"肉里的蔬菜"的,他们有的是肉蛋奶五辛全忌口,有的是蛋奶素忌口,也吃鱼和海鲜,有的不吃鸡蛋,但牛奶和奶酪可以接受。

小食堂接第一桌家宴客人的时候,我给程序员们做菜也才不过四个月,每周三次,每次五六个菜,合计下来我测试过的菜不到三百道,每天吃饭的大概八九个人,只有所有人都觉得好吃的菜(或者一半人加一个银银也行),才会放进小食堂对外的菜单里,所以当时我的菜单库里只有不到三十道菜——这也是我一直想再等等,晚一点让"山川与湖海"正式上线的原因。

让程序员试菜真的蛮痛苦的,这群钢铁般的直男,其实不论我做什么他们都能吃完,只要不是特别难吃,他们都说还可以,好在我是一个过度敏感的少女,能犀利地分辨出"你们虽然嘴上这么说,可你们心里不是这样想的"!只有当程序员脸上流露出发自内心的喜悦和兴奋时,我才能确定他们真的"觉得这道菜好吃",所以在别墅里测试菜谱的时候,有着相当高的淘汰率,而且因为程序员普遍对肉的偏爱,我的菜谱库里,除了几个沙拉,几乎没有素菜。于是每次有吃素的客人来,我就要四处搜罗新的素食菜谱,测试它的味道,味道过关的再增加它的食材种类,测试搭配度,提高它的丰富性。最后反复确认素菜的量,能不能吃饱,希望这些素食宝宝们,虽然在一群肉食者中,明显地感觉到自己是少数人,但也能同样明显地感觉到,自己一样被用心对待,没有被忽视。可是,难道有吃素的客人来,测试的素菜就会比较容易成功吗?你以为到了适婚的年龄,桃花运就会突然变好吗?

当然不是。

测试素菜一旦成为一个紧急需求，就会令我非常头疼。经常是三天一晃而过，十八个配额一半拿来做素菜都一无所获，逼程序员吃草不过是累人累己，我只好晚上再自己开小灶做给自己吃。有一次我想做什锦蔬菜天妇罗，第一次做的时候，面糊不是我吃过好吃的天妇罗的口感，下午我就又在书上网上到处看菜谱，晚上大家下班离开，我就一个人在厨房换各种面糊配方，深更半夜炸天妇罗给自己吃。我在午夜里把裹好面糊的藕片放进炸锅，听见油花接触藕片时发出的酥骨的声响，看见油花耸起向四周欢腾地散开，等待着莲藕天妇罗渐渐硬挺成型，用筷子小心地夹起来，在夜晚灶台的昏黄灯光中，天妇罗的轮廓仿佛镶上了耀眼的金边，然后我张大嘴，慢慢地，慢慢地咬下去……你觉得这听起来是惹人羡慕的吗？

不。

对我来说，我除了是个厨娘，也是一个女人，我十岁的时候，也曾经是"体重不过百"的。每次深夜里开小灶测试菜谱，我的内心都是绝望的，每一口我都是含着泪咽下去的！

每当听到客人"我们特别爱吃肉！""我们忌素！求多肉！"的呼声，我就好像感觉到自己心中的狂野被唤醒，想象自己是个头上有犄角、身后有尾巴的大魔鬼，和一群嗜肉的生灵达成罪恶的协议，对视的瞳孔里燃起熊熊烈火，仿佛我们置身于邪恶的山洞，一切都笼罩着通红的狂喜。努力给客人做我不太擅长的菜就像是我旷了一半课的科目突然要小考，遇到爱吃肉和吃很多的客人，就是像逃课去玩碰见老师，老师说，带我一起玩呗，亲！

除了素菜和海鲜，还有一个我不太擅长的大分类——孕妇忌口。孕妇忌口对我来说，两眼冒星星程度堪称得上是数学科目里的函数，并且在我是个文科生的前提下。素食和海鲜，我还是分得清的，可孕妇忌口，真的是每个人的说法都不一样。小食堂的第三桌和第四桌是紧挨着的周六日，是我第一次一周连续做两桌家宴，也是我第一次做有孕妇并且连着两桌都有孕妇的家宴。

第一次准备有孕妇的家宴，在安排菜单的时候，我每写一道菜，就要上网查里面每一种食材孕妇能不能吃，本着宁可错删三千，不可放过一个的原则，除了孕妇肯定不能吃的东西，我一并排除了那些孕妇"最好少吃，尽量不吃"的东西，最后经我一番恶补，集百家之所长，融百家之所思，我发现，我会做的菜，孕妇一个都不能吃。然后我就开始各种翻菜谱，看有没有什么孕妇能吃的菜是"我能会的"……难道有孕妇来，测试适合孕妇的菜就比较容易成功么？你以为当你终于绝望要改变性取向的时候，身边的 Les 宝宝们就会纷纷爱上你么？

再次不是。

于是我决定改变策略，在所有我会做的菜里，找出那些只包含孕妇"最好少吃，尽量不吃"的食材的菜谱，然后在不过分影响整体口味的前提下，减少这些东西的用量或用别的什么来替代，或者干脆删除。反过来，再找一些适合孕妇吃的食材，跟我现有的菜谱相结合，看能不能套用我现有的做法，用适宜孕妇的食材替换掉主要的食材——有时候真的觉得自己的料理创作风格，跟电器改装一样一样的……最后我终于折腾出两份菜单——对，两份，因为尽管两桌都孕妇可以用一样的菜单，可是连着两天做一样的菜，我会觉得很无聊，连着安排五天的菜单也是，即便五桌都没有忌口，我也不会安排一样的菜单，明明可供挑选的菜谱只有六七十个，也好在只有六七十个，我都可以花样组合上四五个小时，就是这样一个操心的厨娘，一个用生命在作死的我——作死的我深吸了一口气然后仰天长笑，对小月和嬛嬛说，你们以后怀孕了，我给你们做孕妇餐！我是颇有学以致用的热情，只恨没有让身边妹子全部怀孕的能力。

其实我对自己太自信了，我毕竟已经不是学龄儿童，我以为我这么刻骨铭心地恶补了一次，以后对孕妇忌口便了如指掌，谁知再有新的孕妇来，再坐下来安排菜单，我发现我大半都忘记了，尽管每一次的菜单我都有存档，我可以去找之前做过给孕妇吃的菜，但有时候我就是不想做那个菜，就是无法抗拒内心作死的欲望。而且客人如果在怀孕后面加两个字，我就又崩塌了，比如，怀孕早期、怀孕中期、怀孕晚期……

那我怎么知道，我当年做给孕妇吃的菜，是适合孕妇哪个时期吃的呢？怀孕每个时期真的有不一样吗？如果都一样，为什么别人要强调早期还是晚期呢？那客人强调了，肯定就是有区别的吧，我当然就要再去做功课啦，然后我就去上网查，然后翻菜谱……有的准妈妈会主动提出哪些东西不能吃，也有准妈妈霸气地说，我什么都能吃！还有一些，在订餐的时候根本就没提到有孕妇，有一次是到了吃饭当天，忽然两个肚子圆滚滚的妹子欢天喜地地跑进来，我慌张地看了一眼小月，小月也慌张地看了一眼我，我们都知道那不是胖，因为我们朝夕相对，都知道胖是什么样子。我脑子里忽然一下就炸开了，我让自己镇定下来，然后飞快地回想在今天的菜单和准备过程中，有没有哪道菜、哪些食材是孕妇疑似不能吃的。后来上菜的时候有一道清炖猪脚汤，小月端出去后一会儿，我在厨房听见一个妹子说，呀！这个汤里有花椒！我心里咯噔一下，以为她要说，这个我喝不了。结果她说，汤里放花椒好香啊！

除了孕妇，还有哺乳期妈妈，我对哺乳期女性的其中一项营养需求启蒙，源于一位男客人，因为他撇下刚生完孩子的太太自己跑出来跟朋友吃饭引起媳妇不满，被勒令要打包好吃的回家孝敬老婆大人。后来每上一道菜，他都要问，这个菜下奶么？那天我也做了清炖猪脚，端上桌的时候，我在厨房都能听见，整桌人争先恐后地告诉他，这个菜下奶！

小食堂的甜口菜特别多，但其实我小时候特别不喜欢甜口菜，我讨厌糖醋排骨、糖醋鱼、糖醋的一切，菜这个东西在我心里就不该是甜的，我也不吃南瓜、不吃茄子、不吃西葫芦，大三之前从来没有吃过番茄炒鸡蛋，因为我单纯从字面上就认定那是黑暗料理。后来有天我情绪低落想不开，去大学食堂点了一份番茄炒鸡蛋盖饭，结果意外地发现很好吃！于是整个大四，我几乎每天都在吃番茄炒鸡蛋盖饭。没有多少人会觉得大学食堂里的菜好吃，可对我来说，大四这一年，因为有番茄炒鸡蛋盖饭的陪伴，我每天都很满足、很开心。换言之就是，如果你十八岁之前没见过什么世面，那么在多数洋气的青少年开始感到生活无趣的时候，你的新世界、新冒险才刚刚开始。

后来每当我看到或听到一种我"平时不吃"的食物，我会更多地对它感到好奇而不是抗拒，好像小时候听到一句听不懂的话，有一天你忽然懂了，让你"忽然懂了"的原因，可能是一次深刻的经历，也可能只是某个转念之间，但却有可能完全改变你——并不能确定这种改变是好是坏，可是被吸引。我也没想到我作为一个白羊座，有一天会被两个金牛座嫌我慢；我从小就不喜欢甜口菜，却在成为主厨的一开始，就被客人吐槽"甜口菜太多"。

搬到院子后，就有一桌曾经来别墅吃过一次，抱怨"甜口菜太多"的客人，决定再给我一次机会，预订了一桌家宴并特别要求"不要甜口菜"，有趣的是紧挨着他们的一桌客人，特别要求里标注的是"喜欢甜口菜"。给他们那一轮家宴集中安排菜单的时候，写完我反复确认了几遍记事本标题，好怕错手对调了两桌的菜单，又好奇如果真的对调了，两拨人会有怎样不可描述的反应。

我和小月总是开玩笑说，我们千里迢迢从旧货市场搬回来一张超厚实的榆木桌，就是为了让想掀桌子的客人，掀不动。果然为了物有所值，搬到院子后做的第一桌家宴，我就发挥失常了——坦白讲这是我第一次也是唯一的一次，觉得是自己"发挥失常"。那一天的发挥失常，原因是对院子里新厨房的使用欠熟练。这个失常就好像，平时考试，我确定我做了所有我会做的题，但我不知道我能拿 A 还是 B，而这一次，我因为原本习惯的试卷答题忽然改成了答题卡，我填错了大半我本来会做的题，我肯定我会挂。

我是意难平，和小月商量之后，我们向预订的客人提出这一桌免单，想再重新为她做一次——老师这次不算，让我补考好不好？好在妹子欣然答应，我的厨娘生涯才算没有缺憾。这是唯一一次我们为客人免单，但并不是唯一一次客人对我做的菜不满意。有一次我信心满满做了一桌偏西式的晚餐，牛油果芥末沙拉、苹果肉桂烤鸡，都是广大食客赞不绝口的菜，因为觉得预订的妹子活泼又有趣，根据我的经验，一般活泼的妹子都比较喜欢有仪式感且貌美的餐食。

之前一次四个女生的预订，没有忌口也没有要求，那段时间菜市场的樱桃和树莓都特别好，我忽然很想做浮夸华美的夏洛特蛋糕，看见我在厨房为了做一个夏洛特，烤了一遍戚风蛋糕，又烤了一遍手指饼干，然后再做慕斯，每做完一个部分，就要把所有的器具洗好擦干一次，小月心疼地说，你知道你用掉了多少水和厨房纸吗？那一桌的妹子绝对是史上最捧场、最狂热的妹子，从第一道沙拉配爱心面包开始，每道菜上桌都伴随着手机咔咔的快门声和妹子们的欢呼尖叫声，所有菜上完之前，她们根本就没有坐下来，在桌子旁雀跃地找各种角度拍照。最后要上甜点，我在厨房里，蹲在冷柜前用红丝带给夏洛特系蝴蝶结的时候，小月在一旁颇为感慨地说，我觉得这个夏洛特端出去，她们一定会兴奋地嗷嗷叫的！

但这一次客人的反应让我非常尴尬，预订的妹子倒是还好，但她带来的朋友，一对夫妻，丈夫始终沉着脸，我感觉他吃得也不多，大概实在不合心意，我上完菜，他忽然说，没有了吗？能加菜吗？我说因为每一桌菜都是按照当天的人数和菜单安排来买的，所以没有多余的食材了。他说，有葱吗？做个大葱炒鸡蛋或者大葱炒饭都行，多放葱。我才忽然反应过来，我这是彻彻底底地猜错题了。我说大葱小葱都没有，洋葱可以吗？……嗯，不得不说，这是我做私厨以来，见过的最不高兴的一张脸。我不知道他有没有试图掀桌子，如果试过发现掀不动应该会更不高兴吧。后来我在厨房收拾，预订的妹子进来厨房找我，想多要一个碗，我跟她道歉，我说今天不好意思，感觉你们没有吃好。她笑起来，跟我说没事，他俩是我的朋友，平时吃得比较多比较挑嘴，我反正吃得挺开心的，蛮合我的口味！你别放在心上！

还有一种最恐怖的客人，就是四川客人。上面说的那位大葱爱好者，我觉得我要是换成中式的大肘子、糖醋排骨、拍黄瓜、拌木耳，他应该就能高兴了，四川客人的恐怖在于，我根本不知道自己哪里做得不好，可能就是哪里都做得不够好，真的很难让他们满意。我想四川客人可能实在是吃过太多好吃的东西了，我的雕虫小技，在他们面前简直都不值得一试。有种孤独，叫作旁人说的超好吃于我只是浮云，觉得说的就是四川吃货。

如果我的食物不能满足客人，比起对话的时候永远不看我，进来的时候厨房里的一切对他来说都是空气，走的时候对着天、对着墙、对着地面说谢谢，还要让我尴尬。不论客人不喜欢我做的菜还是不喜欢我这个人，都是他真实的态度，别人的无礼并不会刺激和激怒我，我更受不了我周密的准备，却做出了别人不想要的东西。客人没礼貌，那也许是客人的问题，可是客人给了我机会我没做好，那就是我的能力有问题啊！再者说，人家即便是无礼，那也是人家的真情实感，人家给你钱还给你真感情真态度，你不做到最好说得过去吗？！

第二年小月离开得很突然，要不是走之前她已经把后面两个月的家宴为我安排得很充实，我可能会先找个海岛散散心然后白挂东南枝吧。当我颤抖着接过客服微信，终于要和仿佛是我游戏副本里的 NPC 一般的客人对话时，我感到很紧张，起初我试图想模仿小月的语气，但很快，我自己失衡了，我觉得自己很虚假——那肯定假了，因为我不是小月，我可以模仿她的语气，但我不可能变成她，变成一个对客人亲切、友好、有耐心的小姐姐，我就觉得自己客服工作没做好，连做人都跑偏了。算了吧，我想，做不了一个假小月，至少我可以做一个最真最好的自己呀。我可以做一个条理清晰、率性坦荡的小姐姐呀！

有一次吃饭的前一天客人问我，对了，我儿子两岁多，明天有他咬得动的不？我说，理论上，应该是有的咬得动，有的咬不动。有一次客人付完钱问我，你会做拔丝地瓜吗？我说不会；客人问你会做胡萝卜蛋糕吗？我说不会；客人说，没关系，别的好吃就行。我说，这我也不能保证啊，我感觉你爱吃的我都不会做，要不你再考虑考虑，我给你退款吧……

五年前我在咖啡馆工作，客人问我，有重芝士吗？我说卖完了没有做。客人问，有蛋挞吗？我说太难了我做不好。客人问有手工饼干吗？我说今天太懒不想做。都说北漂令人成长，岁月令人改变，我好像成长的只有体重，改变的只有表皮和横截面。

有一次客人来预订，说有件事想跟我商量一下，"就是，你们家不是不能点菜吗？但我希望食材是比较高规格的，比较昂贵的可以吗？"我说："11 月啊……不知道那个时候收成好不好。"客人说也是，那你就看着准备吧，如果有高标准的食材出现，钱不够我们再算好不好？我说要不这样吧，我家前院有个私厨叫杂鱼治，他经常做高级海鲜，象拔蚌、老虎斑什么的，要不你去他们家吃？客人说不行！我在大众点评上看见你们店说关了，我还以为不营业了，我们今天因为不能去你家吃饭还集体开了一个小会呢（难道是追悼会……），我必须要在你们家吃一顿！再说了，你也可以做象拔蚌啊！我们可以加钱啊！我说，关键是我不会……

我以为她们会生气，嫌弃并放弃我，结果她给我发了一串"哈哈哈哈"和一个同时演绎出嘲笑与幸灾乐祸的表情，说那好吧，你随便吧，反正我必须在你们家吃一次，做你最拿手的吧！

有一次客人说希望少点猪肉，有些小海鲜什么的。我说如果你们不喜欢猪肉我可以不做猪肉，"小海鲜"是指贝壳类吗？我做得比较少，因为不能保证完全没有沙子，一般我就是做鱼和虾，我比较擅长做肉菜，或者你们喜欢吃小海鲜的话，我可以推荐你们去另一家私厨，叫杂鱼治，他主要做福建菜，海鲜为主的！客人说，鱼和虾可以，猪肉也可以，做你擅长的吧！

要么一言不合就退款，要么一言不合就甩锅，如果不是客人的宽容和执着，小月走后，我可能就从私厨变成私厨中介了。我不想让钱成为一种障碍，我不想为了钱去承诺我可能达不到的预期，也不想别人因为不好意思开口要求取消或退款而勉为其难——"勉为其难"对付出的人和接受的人来说都是在浪费宝贵的时间。生活里有那么多的天灾人祸，我们的人生是很短暂的，尽可能地把所有的时间都花在得到自己真正想要的东西上吧。以前听小月说客人忌口，有的人不吃猪肉，因为自己是回民；有的人不吃牛肉，因为自己属牛；有的人不吃海鲜因为会过敏。这些忌口的原因让我沮丧，就好像一些被永远关上的门和窗。但有的人不吃香油、羊肉，只是因为不喜欢它们特殊的气味；有的人不喜欢洋葱、胡萝卜、花椰菜，听起来像是童年的餐桌阴影；有的客人说他不吃丸子、茄子和肘子，我觉得他应该是在发脾气。

听到这些忌口的时候我总是想，如果客人可以给我一个机会，给胡萝卜、洋葱、花椰菜一个机会，也许我能通过手中的菜刀和锅铲，向他展现他从未了解的美好，那是整整一个物种的美好啊！

我做饭给别人吃的初衷，就是很想让别人吃到我觉得好吃的东西。如果我能做得出来，我就做给你吃，如果我吃过觉得还不错，可我做不出来的我也希望你能吃到，如果你吃到我喜欢吃的东西，并且和我一样喜欢，可以 get 到我喜欢它的点，可以和我一样感到喜悦、好吃到哭、好吃到转圈圈，那也就是说，这个世界上多了一个人和我有相同的感受，就好像当我说一句话，多一个人能感同身受，你能明白那种天涯处处是知己、处处是各种红颜知己、蓝颜知己的激动心情吗？如果大家都有共同的想法，那么冲突就会越来越少，这背后蕴含的意义，就是世界和平啊！

我的妈，我也是一个致力于世界和平的厨娘了，有点害羞。我也以为小月走后，我终于可以自己做主，不擅长和不想做的，我都可以婉言拒绝了。但原来与客人交流，我会更容易投入感情。在"山川与湖海"这三年多里，起初我只是想对客人付出我的好心意，给他们一些好食物和好时光。一些第一次来的客人可能只会来这一次，我想把最好的都给他们，第二次、第三次来的客人，是因为喜欢才会再来，我给他们做过一次，我知道他们偏爱的口味，就想这一次能做得更好，让他们更开心。有时候我想要尝试做"这群或这个客人"可能会很喜欢的新料理，又拿不准时，就会在客人来的前两天反复试做和试吃，来确定需要提前多久准备，怎样是恰好的调味等等。

不吃葱姜蒜是小食堂最常见的忌口，有个客人很有趣，他说他不吃看得见的葱姜蒜——意思就是你放了，但我不知道，这可以接受，这种态度我非常欣赏，各退一步嘛。泰式冷虾也是小食堂里回头客点名要求二刷最多的菜之一，快速焯熟过凉水冷却后的虾子，浸泡在布满香菜末、青红辣椒碎和蒜末的腌汁里放进冰箱冷藏腌制两个小时以上，翻拌均匀后直接上桌，虾肉 Q 弹，微酸辣，冰凉爽口，是小食堂夏季菜单里的标配。那天我就做了泰式冷虾，在上桌前，我把虾的腌汁过滤进窄口小碗里，再把每只虾用腌汁涮洗后摆盘，最后把腌汁均匀淋在虾身上。后来我发现这样不仅吃起来更方便，而且涮洗后的虾乍一看像是白灼虾，以为寡淡，放进嘴里却原来滋味丰富，颇有反转的惊喜。这个方法就一直沿用至今。

小月离开院子后，有个妹子来问我能不能做全素，我从来没有试过做一桌全素的家宴——我觉得原因应该是从前小月在的时候为了防止我切腹自尽，所以难得地帮我推掉了——妹子说只是忽然想吃素，并不要求清淡，这个副本虽然触及我的软肋，却又刚好撩拨到我作死的欲念，我鬼使神差地答应了。原本我做一道素菜就要用到好几种蔬菜，我怕全素吃不饱，又额外多加了几道菜。结果那天二三十种蔬菜光是买菜就买到狼狈得不行，四个妹子大概也是生平第一次吃顿全素宴吃得中场休息了三次。我在厨房看着，很想过去跟她们说吃不完就不要玩命了，可是又觉得她们趴在桌子上给彼此打气，努力要吃光的样子真是好可爱。

小月走后我"被迫"与客人接触，每一次接受预订，我都能感受到客人们对自己关心和喜爱的人的心意，感受到他们内心的柔软。我开始觉得自己做的事情是很美好的，我在为了这些好心意、好情感而料理。有个叫嘟嘟桑的女生，我们在回龙观的时候她就来过，她是我在别墅时期记得的为数不多的几桌客人之一。他们总是两对情侣一起来，说一直是很好的朋友，因为工作忙总也约不上，每次吃完饭他们就会预交下一次的订金，说就好像这次聚完就约好了下一次，感觉特别开心。除了固定的忌口，他们每次临走前都会特别兴奋雀跃地告诉我，希望下一次是什么风格。第一次来的时候，嘟嘟桑的男朋友说希望下一次可以做一些偏西式的菜，因为之前在美国留学。我们都以为他是怀念美国的食物，小月问他，那你在国外的时候最喜欢吃什么呢？他说，我最喜欢吃超市的速冻水饺……

两年后的一天，嘟嘟桑第一次是和另一拨人一起来的，那天她到厨房里面，兴奋地告诉我今天吃完晚饭后同行的一个男生要向另一个女生求婚！然后她老公也过来了——是的，现在是老公了——他跟我讲嘟嘟桑之前喝醉酒，他好不容易把她扶到床上躺下，她忽然坐起来说要去卸妆，他就扶她去镜子那里看她卸妆，他说：她竟然一个步骤都没有错！我当时只是笑，后来我把这件事讲给别人听，那个别人感叹道，这个老公真好，竟然知道老婆卸妆的步骤！我才惊觉我当时果然单身太久，连被虐狗了都浑然不知……还有脸笑……

虽然小月走后，没有人在每次我做凉拌木耳时，夹起一朵木耳在我面前抖两下，说你看你看，"duang"，从蒸锅端干贝蒸蛋出来，捧到我面前晃来晃去说你看你看，"duai……duai……"；有一次我洗完澡，发现自己忘了拿毛巾，也没有小月可以叫，只好就近到厨房拿了厨房纸把自己擦干，觉得自己像一只凄凉的熄了毛待腌的三黄鸡。但直面客人，让我懂得了很多事情，就好像是以前"听不懂的话，有一天忽然懂了"。让我"忽然懂了"的原因，是一次深刻的经历——被小月抛弃。如果说我一个人直面客人的时候状态更好，也是因为我曾经在小月的庇护下试图回避，我了解那种回避的不好，才能更深刻地明白现在的好。就好像大落衬托大起，肥臀衬托纤腰。

在我不出厨房的时期，有段时间我负面情绪很严重，我觉得我的世界好像被困在这个厨房里，客人不进来，我也不出去。后来我走出厨房和客人相处，我发现我的世界不过是多了一张餐桌，但这世界上各种各样的美好和有趣，都尽在这张餐桌之上。

一次有个女生带儿子来，小朋友特别好动，满院子跑，我去上菜的时候回身不小心撞到他，他倒退了几步，我赶忙弯下腰跟他说对不起，结果他也跟我说了一句对不起。后来我和他妈妈在厨房聊天，小男生忽然噗通一下摔倒在厨房门口，我听见声音赶忙要去扶他起来，他妈妈拉住我压低声音说，别去！让他自己起来！然后我们两个就待在厨房不说话，假装自己不在附近，听见小朋友咬字特别清晰地用逐渐增强的音量"哎哟"了两声，我和他妈妈在厨房用消音的方式笑得不行，后来小朋友看没人理他，自己爬起来继续疯跑去了。

我莫名地受到小朋友的喜爱，一次有个小妹妹来，就一直在厨房跟我聊天，说她学校的饭菜有多难吃，妹妹问我是不是在家给自己也是这么做着吃——之前 Nic 带着一个白羊座的插画师妹子来吃饭，她也这么问我，我说你去看看厨房都乱成什么鬼样子了，我有病啊！一般我会觉得我在小朋友面前很容易为老不尊，所以比较希望带小孩的大人让小朋友和我保持适当距离，但有时候小朋友也能哄得我特别高兴。一次一个小男生问我，不做饭的时候是不是得上学。我说，我看着像学生吗？小男生一定是看见了我眼里的凶光，点头如捣蒜说，像像像。小月还在的时候，有一次预订，来的是四个穿着中学校服的小孩，说是看见老师的朋友圈所以想来，没有监护人的晚餐，搞得我和小月都好紧张。

以前做饭，每次都会神经紧绷到最后一刻，怕客人觉得不合口味、不合心意，怕客人觉得菜不够多、食材不够高级，怕准备的过程中出什么岔子；我经常在家宴当天凌晨梦见自己睡过头，骑自行车去买菜的时候，脑袋里总是幻想自己万一被车撞了，客人晚上来发现房子里没人，微信联系不上，以为自己被骗了，会有多生气；到了临近开饭，终于好像无惊无险，只等所有的菜上桌，又会一会儿幻想自己从烤箱拿烤鸡出来时失手摔在地上，一会儿幻想自己过滤鸡蛋液的时候手滑，整碗黏腻的鸡蛋液打翻在台面上——这个真的发生过一次，是在我一个人而且那一天有九位客人的情况下，在我打翻鸡蛋液的时候，客人正好进来找我要筷子，被撞到狼狈不堪的现场，我也没有真的多么惊慌，反而自己笑了，幻想了那么多次，现在真的发生了，不知道是不是自己念力太强。当时我也没管，我马上重新做了一份蛋羹放进蒸锅，接着上完所有的菜，才回头来细细地清理台面。以前不知道怎么面对客人，说两句话就冷场，后来有时候和妈妈们聊天，聊得小朋友进来催了几遍蛋糕，我和他妈妈都说你先出去，让我们再聊一会儿。

一次一位妈妈带女儿来参加同学聚会，临走的时候跟我说，我们家姑娘可喜欢今天的烤鸡了，一个人吃了半只。她的语气很高兴，我又忽然想到了我妈妈，阿姨那句"我们家姑娘"和我妈妈的语气好像，我妈妈去参加同学聚会的时候也常带我去吃，我挺喜欢跟她出去参加同学聚会的，反正开宝马的同学也不是我同学，在大家推杯换盏的时候，我只要低着头使劲吃就好了。

一次有对情侣带着双方家长来，喝了一中午白酒。有很多全家老少一起来的，我做饭的时候，小朋友在院子里跑，爸爸妈妈们聚在一起聊工作，老人们就坐在沙发上，等着玩累的孙子跑过来，抓住，摸摸后背看有没有出汗。一般带着长辈一起来的家宴，每次吃不完的菜，妈妈们就会拿出大大小小的乐扣盒子开始打包，我觉得很有意思，我总是想，这些妈妈们，可能曾经也是我这里来过的那些欢脱的妹子们，又或者看到一群欢脱的妹子，会想到将来，她们也会是带着打包盒出来吃饭的贤惠的妈妈们。如果真的一直做下去，我和我的料理，都和客人一同经历人生的不同阶段，也是很美妙的感觉吧。

每次胡思乱想发呆的时候，长辈们小胡小胡地叫我，搞得我恍然惊醒，总忍不住想回答："好的这位太太，需要什么保险？！"

# 十九

# 拼桌

▶▶◀

Pan 小月：最古老也最有效的社交

在"山川与湖海"接待预订时，常常有客人说他们只有一两个人，能不能安排和别人拼桌？最开始我们将这些留言都婉拒了，因为别的客人都是家人朋友或同事一桌一桌预订的，谁都不会愿意熟人小聚的场合出现陌生人吧。可是这样询问的人多了，我们不免又心软起来。于是商量说，干脆组织陌生人拼桌吧，就算只有自己一个人想来吃，也可以预订座位，还附带了联谊属性，认识一些

新朋友，私密小厨房也能成为一个小小的社交场合。做出这个决定之前，其实我们有过两次"陌生人拼桌"的体验，一次是 2014 年 7 月时邀请好友肥肥鱼过来当特邀主厨，另一次是 2014 年 12 月时，默默经营了大半年的我们积攒了不少新菜，还没贸然端上餐桌过，打算召集几位回头客来免费试吃，提提意见。

征集令发出后，很快便有许多人报名，我们要求报名时写上自己的职业，筛选时刻意挑了行业跨度很大的八个人，期待餐桌上大家能对彼此心怀好奇，制造话题。天下吃货毕竟是一家，当天的氛围很不错，聊得开心吃得也尽兴。再一次正式接受拼桌预订，是 2015 年的情人节。那一年的情人节之后没多久就是春节，仿佛全世界都在虐狗，我和 Jackie 便想召集一些单身的朋友提前吃顿年夜饭。拼桌的预订模式和家宴就很不同了，我们用上了"微店"，直接将 ×月 × 日 × 人拼桌做成一个商品链接，每人最多拍两个座位。拍下后我们通过微信或短信一对一沟通。饭局当天，一张大桌子围坐着一圈陌生人，最开始还需要由我们起个话头，请大家逐一自我介绍，但随着一道道菜被端上桌，人与人之间的距离也仿佛一下子变小了，很快就能聊起来。

顺利组织过一次拼桌后，这就成了我们的"固定节目"，每个月总会有那么几场。后来更是将"拼桌"与"特邀主厨"结合在一起，策划了不少有特色的主题饭局，像是由上海姑娘 Yimi 来做一桌本帮菜，或是台湾厨娘大福做一桌闽南料理；也有的时候，一整桌菜还是 Jackie 操刀，但特别邀请一位朋友来贡献其中一两道。

下厨房有一个线下活动组织叫作"厨友社"，每个月都会组织全国各地的用户聚会，倡导"以食会友"的周末度过方式。"山川与湖海"当时做的事，与这个概念一脉相承。作为一个"第三类空间"，小院儿以拼桌聚餐的形式，由私密的封闭厨房成为了社交场所。每一次拼桌都是一场小小的联谊，很多时候大家还会主动建一个微信群，也真有人在这里相识进而成为了生活中的朋友。大家都是愿意摸黑找进一个小胡同里来吃顿饭的人啊，一定有着某种程度的惺惺相惜。陌生的人们就这样相遇了，好像两条直线，忽然在我们的小院儿里相交了一下，即便随后又会分开，在各自的轨道上独自前行，但至少也曾擦出过光亮的小火花。每当我在餐桌上空看见了这样的小火花时，就由衷感到开心。

从我们的祖先狩猎分食开始，"聚餐"就是一种社交方式，最古老也最有效。说到底，我就是喜欢看到大家好好吃饭啊。经营"山川与湖海"的时候是招待大家来小院儿吃；后来创立了"三刻321cooking"半成品食材包，则是希望大家自己下厨吃。如果说"EatWith"是美食领域的"Airbnb"，打造了一个私人厨房平台，那么"山川与湖海"其实也是一个微型平台，无论最终她会到哪里去，会变成什么样，都将是一个用食物联结人与人的地方吧。

## Jackie：拼桌新挑战

————————————Part 1————————————

2014 年 7 月的时候，小月的朋友肥肥鱼刚好来北京，是个吉他老师，成都人，会做饭，还特别能聊。小月说，不如让他来做一次特邀主厨，做一两道拿手菜，也能尝试做一次许多客人一直期待的陌生人拼桌，吃完饭肥肥鱼可以和客人们聊天，讲他自己的经历，或是拿上吉他弹唱一曲，"一定会很有意思的！"说这句话的时候，小月简直两眼放光。

十个拼桌名额，很快就全部订出去了。听小月说都是两两相熟的朋友结伴前来，没有人落单，挺好挺好。正式吃饭那天之前我和肥肥鱼没有见过面没有说过话，我只是通过小月问了一下他当天打算做什么菜，有没有什么需要我去早市帮忙代买的食材。作为一个对待厨房工作严肃谨慎的 A 型血宝宝，因为不清楚肥肥鱼的操作流程，我在前一晚把我的时间表里能预先完成的任务提前，留出了一个小时的空当，可以把厨房完全交给他，这样能尽可能减少意外发生带来的影响。

肥肥鱼到的时候嬛嬛和小月还没有来，厨房里只有我一个人，我正处在自己时间表的高密度区间里，一脸漠然地走过去给他开了门，面对背着吉他笑容满面热情洋溢地开始做自我介绍的肥肥鱼，我平静而简短地说："你好，嗯，我知道，进来吧。"然后一扭脸迅速地回到厨房继续做自己的事情。这个时候厨房里的我内心 OS 是这样的：啊！他怎么来这么早！啊！他是不是马上就要用厨房！啊啊！我还没有弄完我的东西！啊！水槽里还有用过的刀盘碗碟没有洗！啊啊啊！垃圾桶满了还没有倒！啊！小月为什么还不来！啊！我要跟他聊天吗？！啊！！我要跟他说什么？！啊！我接下来到底要干什么来着！！……肥肥鱼走进客厅放下吉他，然后根据我的推测，他应该首先会通过友好的交谈打破沉默的氛围。眼看他从客厅一步步走近，我的内心在咆哮，不！不要进我的厨房！我决定先发制人，我说，你要是没有什么需要提前准备的话，可以先在沙发上坐着休息。他停了一下，然后走进了厨房。走进了厨房！！他看了看厨房台面上，密密麻麻摆开的小碗，问这些都是晚上要用的吗？我说对，一些是沙拉汁，一些是待会儿炖肉需要的酱料和配菜。我又重复了一遍，要不你先去外面坐一会儿吧。肥肥鱼挽起袖子说，没事儿，那我也提前准备一下吧。肥肥鱼真的是一个十分善于交谈的人，他说话的内容非常具有开放性，也就是说，你可以选择搭话或者不搭话，如果你想搭话，任何语句的间隙都是合适的时机，如果你不想搭话，他自己一个人也可以滔滔不绝，而且情绪表情收放自如，一点都不尴尬。我想他应该不尴尬吧，反正我一句也没搭话。我忽然想到外国电影里经常会有出现问题的夫妻，一起去见心理医生，妻子抱怨丈夫对自己说的话置若罔闻，丈夫抱怨妻子一天到晚喋喋不休，然后画面转为丈夫脑海里出现的场景，好像用了四倍速慢放，场景中妻子站在那儿，特写里是她一刻也不停歇的嘴，但整个背景音却都是模糊低沉的轰鸣。我觉得我就好像是那个被妻子的喋喋不休折磨得脑子里卡带了的丈夫，这样想的时候我背对着肥肥鱼自己偷偷觉得好笑，但其实任何人在厨房里、在我工作状态下试图和我聊天，我都是这样的状态——专注在自己的时间表上，然后在执行的过程中沉浸于一个人的臆想世界里，一种致幻式的专注。好在肥肥鱼是个大大咧咧的直男，对我的痴呆漠然脸并不介怀。后来小月和嬡嬡终于姗姗来迟，他们于是就好像幼儿园的小朋友们一样愉快地玩在了一起。我竟然松了一口气，虽然我全程都坚决地不搭理他，但心里还是隐隐感到自己怠慢了来义务助阵的特邀主厨，有一丝过意不去，现在好了，总算是有人陪他说话了……

肥肥鱼那天准备了两道菜，川式棒棒鸡丝和鲜椒小煎鸡。我帮他煮好一块鸡胸肉，问他接下来需要什么，他说要把鸡胸肉撕成鸡丝。我就随口说，那要不要让小月和嬡嬡帮你一下。他就毫不客气地俘获了我的两个女招待，拿起鸡胸肉开始演示，并说："来，像这样，一定要撕成极细的丝……"不知为何我脑海中出现了唐僧的脸……然后他们三个人站在那里，撕了半个小时的鸡。中间我洗完小油菜想让嬡嬡帮我剥一下菜心，一回头一张嘴看见全神贯注撕鸡的三个人和他们身上变换的光影流动的时间，默默地闭了嘴转过身去。

第一次做拼桌我们也有些紧张，下厨房当时已经开始在做电商项目的测试，大别墅里有不少商家寄来试吃的样品，我们挑了一些好吃的小零食摆在桌上，想着如果有客人早来，等待的时间里能磨个牙。那天大家都很准时，气氛也很融洽，没有出现争抢打斗事件，我很欣慰。在厨房切最后的蛋糕的时候我跟小月说，上完甜点我就去跑步啦！小月恨铁不成钢地说，你都不去跟客人打个招呼么！我不说话，她看了看我，又看了看我手中的刀，说好吧好吧你去吧！

小月带着肥肥鱼出去给大家做了个自我介绍，肥肥鱼还没有摘围裙，就拿起吉他坐在高脚凳上，开始和大家聊天，小月关掉了客厅的大灯，只留了一盏落地灯，又点了一些蜡烛，我在厨房洗着蛋糕模具和刀，听他唱了两首歌，听见他们谈笑，嬛嬛端完所有甜点，也一副小迷妹的样子搬着板凳凑过去了。正常人应该都会乐于加入这一场愉快的小小音乐会，然而我脱掉围裙，上楼换了衣服和鞋子，趁着客厅光线晦暗，大家又正聊得入迷，低着头和公司的一个实习生一起默默地穿过客厅，就好像是两个刚刚在楼上工作的员工下班回家一样，厨娘就这样神不知鬼不觉地消失了。据说后来肥肥鱼对我的评价是，一点都不暴躁，但是好冷。

你看，我就说我一点都不暴躁。

但当时没有好好地跟来参加拼桌，为了吃我做的食物不介意和陌生人一起吃饭的客人们说一声谢谢，确实有些抱歉和遗憾，站出来打个招呼有多难呢，啊，我这个没礼貌的坏家伙。

## Part 2

那一次拼桌之后，小院子的装修已经差不多完工，8 月下旬我们搬到院子，没有了程序员上班的时间和场地限制，整个 8 月和 9 月，小月给我安排得几乎是滴水不漏。我几乎就像被关在厨房一样，五天五天地连着做饭，中间能休息一天两天，也是在安排菜单或者去三源里采购，一次要采购五天的用量，我拖着十几二十斤重的小推车，坐两个小时公交车往返，大部分时候是站着。小月每每看在眼里，心生怜惜，总是说，要不给你配辆小三轮？

忙家宴已经是天昏地暗，拼桌就暂时被搁置了，被一同搁置的还有新菜的研创工作，没有了别墅里那群活泼可爱的小白鼠，我和小月又经常抨击对方的口味，也不能拿客人来试菜。整个 8 到 10 月份，虽然我不厌其烦地把每一桌的菜单都安排得不一样，以至于我每晚写第二天的菜单和时间表都要到两点，但其实翻来覆去还是重复现有的菜单，重新排列组合而已。那个时候，我忽然感到我的心灵，和我的身体一样虚得慌。

于是 12 月初，我们谋划了一次新菜试吃活动。只限下厨房用户，免费试吃，并给出反馈，相信大部分会做、会吃的下厨房用户们，一定能说出比上一代小白鼠们更细致微妙的感受，提出更见微知著的建议，并且民主公正，相对我和小月两个互相嫌弃对方饮食习惯的人更加全面，这个活动怎么想怎么觉得"很棒超棒特别棒"，我们决定要每个月做一次！结果，研创产品意外阵亡事件，在那天忽然有些高发。腌了一晚上的咸水鸭腿没有味道，风干了六个小时的脆皮烤鸡外面炸得焦黑了，里面还是生的，整个菜单里几乎都没有一道让我自己觉得"还凑合"的菜。

前几天小月在进行最后一轮筛选的时候各种抓耳挠腮，我就让她念用户的 ID 给我听，听到一个叫"Leti 有刘海儿"的时候我说，有刘海的不要。为此同样有刘海的小月拍案而起和我理论一番留下了她，现在想想，明明我差点就让这个"Leti"躲过了一劫，实在是有点过意不去。虽然大部分都是能吃的，但对于来"山川与湖海"吃饭颇有期待的人们来说，已经足够糟糕了。后来我就在一边做一边懊恼，怎么就能这么坦然地真的完全拿他们试菜了？当初在公司虽说也是拿小伙伴们试菜，但他们和我来日方长，还有机会让我反转，可是今天这个样子，恐怕客人们都不会再想来第二次了吧。即便我们一开始就说了是试菜，是免费提供，但就算是我，特地去吃的东西不好吃也会生气吧。他们来吃饭并不是什么都没有付出，他们付出了时间，付出了期待，付出了一顿饭的机会，他们人生里的这一晚本来可以吃到更好的东西，却被我给毁了，人的一生那么短暂，能吃几顿饭？！我曾经有一天和 KK 约好要出去吃一整天，结果出门的时候已经是中午了，我简直难过到不行，我说我本来可以吃早餐、早午餐和午餐，现在只能吃午餐了！

人的一生那么短暂，而我一次毁掉了十二个人的期待和夜晚，包括我和小月。这个时候，我不禁扪心自问，不切腹自尽你说得过去吗？最终，我做了决定，我要去向他们真诚地道歉。

因为都是下厨房的活跃用户，虽然是第一次见面，但报上 ID 后就会大呼"噢！原来是你！"虽然食物大概是令人失望，但餐桌上气氛十分活跃，肥肥鱼也是那一次试吃的客人之一，话痨暖男功不可没。小月进厨房看我脸色难看安慰我说，没事，试菜嘛！大家都挺开心的。我想了想还是出去了，我表达了歉意之后大家有一两秒的迟疑，然后纷纷开始在满桌失败的作品中寻找闪光点："这个！牛腩里的，那个胡萝卜好吃！""对对对，这个烤鸡，你看它这一块儿没糊！我都吃了！挺好吃的！"我被大家的卖力硬夸也惹得笑了出来，离我最近的肥肥鱼站了起来说，你坐下吧，一起聊天。

我坐下来，大家便向我做自我介绍。原来 Leti 并没有刘海，她听说了我和小月关于她名字引发的争执后大笑，然后给我们讲了她取这个名字的原因；一个叫烫手山芋，和我一样白羊座的姑娘，给我们讲了她被困在美国山林里等待救援的故事；一个明明娇小可爱、长得颇有些像鲍蕾的漂亮软妹，却叫自己老辰儿；有一个有趣的兽医妹子，后来在下厨房的年度大趴上我们竟然在一百多个人中抽中了对方交换新年礼物；有一个画插画很棒的少女，我才知道原来下厨房里很多看起来像是同一个动画片里的人物的那些用户头像都是她画的……说真的，来北京之前我觉得下厨房这个网站是一种二次元的存在，即便是我成为下厨房的员工一年多，我都一直还是觉得，下厨房里的用户也是一种二次元的存在……

可能因为整个网站仿佛弥漫着"我们整天都在各种想方设法做好吃的别的什么都不管"的梦幻氛围，所以觉得这样的地方和这样的人不存在于现实中吧。但原来走进这样真实的美好里，遇见了这么多真实的美好的人，有种脚踏踏实实地踩在地上，手真真切切地抚摸着娇嫩花瓣的感动。好在那天我没有失心疯到连甜点也拿来大冒险，所以，这顿晚餐还算是有个不错的收尾。但担心这么大起大落我早晚有天要切腹自尽，就不敢再贸贸然搞什么新菜试吃活动了。

如果不是意外弄砸了一次晚餐，我是从来不会出来和客人聊天的。有时候活泼的客人觉得特别好吃、特别开心，会跑到厨房里来告诉我，临走的时候会跟我说谢谢。我不会特意出现，因为不想打扰朋友间的饭局，和朋友的相聚是最重要的，食物好吃应该是理所当然，希望他们轻松愉快地用餐，吃光光就最好，不需要特地向我道谢。我知道即便不是特别害羞的人，陌生人的出现或是道谢对他们来说还是会有些不自在，我希望他们在这里的这个夜晚是完美的，所以会希望，他们连一点不自在都不要有。

我第二次向所有客人道歉，也是因为这个原因。

————————Part 3————————

好像是在小月离开院子回下厨房大本营之后，我自己接的第一次拼桌，怕一个人顾不过来，我叫了 KK 来义务劳动。那天来的有两个老客人，但其实我是第一次见到她们——第一次走出厨房搞起了接待工作。

一个叫婷婷，是个年纪很小的姑娘，后来我发现她几乎每次拼桌都能抢到，婷婷每次来都会给我带礼物，要么是自己做的慕斯或果酱，要么是在外面吃到的很好吃的巧克力和乳酪。另一个是位文身师，是小食堂的第三桌客人，那时候并没有打上照面，她提起当时带越南的朋友来吃过，我才知道原来那桌有她。我不太记得来过的客人，但我总能记得每一桌提过的与食物有关的特殊偏好和要求。

她们两个最先到，占好座儿就开始聊天，我进去到食材柜拿东西，听见小姑娘问文身师，姐姐，你上次什么时候来的？文身师说，去年3月。小姑娘不可置信一脸认真地惊呼道，姐姐，你怎么能那么久都不来呢？！文身师当时就给她问蒙了……自己想了好一会儿，忽然特别委屈地说，我订不上啊！

婷婷是想到什么就会毫无顾忌地说出来问出来的姑娘，未经世故的率真可爱。每到一个月的下旬她就跑来问我，姐姐咱们下个月有拼桌吗？如果有的话你发完公众号后可以飞快地来告诉我么？

那次拼桌开饭前五分钟，唯独有一个人一直没来，我就给他打电话，我说："您好，我这边是'山川与湖海'，您预订了今天晚上的拼桌……"话没说完，他在那边开口就是："我去！我给忘了！"我猝不及防愣了一下，我说，呃，那您还来吗？他说我现在打车过来，我就说好。虽然拼桌我们说好是过时不候准时开饭，但其实每次都还是会打电话给迟到的客人，尽量等十到二十分钟。因为当天只差他一个人，又刚刚出发，我就想先开饭，然后稍微慢一点上菜等他。他进来的时候很精神，风风火火的，我和他打了个招呼，他点点头就进去了，我看见他找到位置坐下，然后回厨房里继续准备，我打开烤箱看了一下烤鸡的上色程度，站起身一回头忽然发现他站在我身后拿手机在拍我，悄无声息的，我惊了一下，然后笑了笑说吓我一跳，他没有接话，面无表情，直接走进厨房，弯下腰来拍烤箱里的菜，拍完转身就出去了。我虽然觉得他有点怪，也没多想。

他回到房间里，坐下后忽然对正在吃饭的其他客人说，那么大家来做个自我介绍吧！我在厨房里听到这句话就蒙了，难道这孩子是小月假扮的？这明明是小月的台词啊，而且都是在开饭前或者吃完后说的，他忽然这么来一句，我要是正在吃饭的客人我也会觉得莫名其妙吧。后来我出去上菜，推门的时候他本来在侃侃而谈，见到我进去忽然不作声了，我就开玩笑问了一句，怎么了？他看着桌子面无表情说，等上菜啊。我说好吧，然后放下菜回了厨房，因为我压后了一些步骤，想要等人到齐再做，所以有些流程被耽误了，有一道菜拖得时间比较久，那道菜端上去后我说，好了！还有一道菜就上完了！他忽然来了一句："不会又要等半小时吧。"我感觉其他的客人都在看着我，我笑了，我说，不会，很快。

我是生气的，说起来也是因为想等你来才拖延了进度啊，可是我不能因为我一个人难堪让所有客人一起尴尬，以前在咖啡馆也不是没见过各种奇奇怪怪的人，莫名被气得有点好笑。回到厨房KK看见我在笑，问我怎么了？我说，这个人，有点意思。不知道他有没有意识到自己的无礼，还是这就是他真实的自我，我怕他让客人不舒服，就在厨房暗中观察，结果看见他拿着自拍杆和客人们各种合照，我想也许他只是对我有敌意，和其他客人可能相处得挺高兴的吧。那就好。

我看他们吃得差不多，就进去说一会儿还有一个甜点，你们觉得可以上了就叫我。然后回到厨房打扫的时候，他忽然来厨房问，能把我的甜点先给我吗？我知道我最好乖乖照做，多说无益，就把梅子慕斯拿出来脱模，切了一块给他，他拍了张照，也没有吃，背上包就走了。我想来想去，觉得有些不妥。我进去问客人，我说，刚才那个人，有让你们觉得不舒服吗？小伙伴们望着我，有些迟疑。虽然我觉得可能大家实际是其乐融融，我这么说会有点像私人恩怨背后挑衅，但我真的很介意他们的感受，所以想确认清楚，我说，是这样，因为我自己感觉有点怪怪的，所以我是想，如果他让你们这顿饭吃得有点不舒服的话，我觉得我有必要来给你们道个歉，因为我没想到会出现这样的情况。然后大家都笑了，开始各种吐槽，一个客人说你知道他有多奇怪吗？他也不怎么吃东西，就一直拍照，一直讲自己的事情，说他在哪个国家留学，现在回国来创业，然后说他也有一个公众号什么的，整个就是一大写的嚣张！文身师就笑得不行，说对对对，你知道吗他想买你们！我说什么？！文身师说，他要买下厨房。我哭笑不得，我说他知道我们是一个公司吗，还是以为我们就是这一个院子？婷婷说，姐姐你知道么？他刚才一直拿自拍杆跟我们拍照，然后把我们全部加到了群里发照片，这个姐姐（文身师）就把我们所有人的脸都打了马赛克，在他头上给配了一行字：我很开心！忽然有个妹子说，刚才他那样说话，我们都吓坏了，好怕暴躁厨娘翻脸！其他人也纷纷表示，对啊对啊好怕厨娘生气。我说不会不会，这样的人我见得多了。后来客人走的时候，有几个人过来跟我说，没想到我会跟他们道歉，觉得很感动，因为其实不关我的事。我说嗯，因为我真的希望你们今天来这里可以过得开心。

其实我也想过我进去问他们有没有觉得那个人奇怪，可能会让别人觉得厨娘小气，当面不发作，背后说闲话什么的。但最后我很庆幸自己问了，并且认真地跟他们道了歉，如果我不去，他们也并不会怪我，他们还是会礼貌地说谢谢我的晚餐，我庆幸是因为当你在意一个人感受的时候，你并不总有机会和勇气让他知道。

后来我获知了事件的真相，他或许是一个美食公众号的创办者吧，那天他来这里吃饭拍的图片，被他用作了公众号配图，推文的标题是"某某某 × 下厨房：小院子里的晚餐聚会"之类，里面有厨房的照片，烤箱里在烤鸡的照片，以他为中心的和整桌菜、整桌客人的合照。于是这次拼桌就变成了他的公众号和下厨房的一种合作。他以前的推文里，也有许多相似的内容，令人实在，"拍案叫绝"……我实在不太明白这些人的商业头脑和手段，我可以理解他想要做好

自己的事业和品牌的心情，他其实很聪明，我只是觉得有点惋惜，他明明可以
用更好的方式，交到更多真心的朋友。但也可能在他心里有着某一种成大事者
不拘小节的豁达吧。

Part 4

订了拼桌但是忘记了，这种事情经常在我的幻想里出现，每次到 7 点还差五分
钟的时候一个人都没出现，我就会怀疑是不是客人忘记了，或者是我记错了日
子。但迟到在拼桌里其实很常见，另外因为拼桌一般是提前两周开始预订，也
会有客人在用餐前一两天临时有事而取消。

小月在的时候，每次拼桌都想尽量多满足一些人，常常就会接到十一二位，到
我自己一个人做，经历了几次一个人面对下水道堵塞、疏通、清理现场之后，
心力交瘁，后来都会尽量把人数控制在八人以下，十人是极限。

刚开始我对微店的操作不太熟悉，一次上架拼桌的时候，有人拍下后找我取消，

我关闭订单后在库存上加了一个，结果有人拍了新的库存，后台又释放出关闭订单后的库存，而且很快被人拍走，我想这是我的失误，那就按十一个人做吧，我给大家陆续发完短信，刚好就是第十一个拍下我追加的新订单的客人回复问，我可不可以再给你两百元多带一个朋友来？

我想那就十二个人了，桌子都坐不下，之前虽说也做过十三四个人的，但都是相熟的朋友，有人站着有人坐着倒也没什么，可是拼桌都是不认识的人，实在不合适。而且本来十一个人就是一个意外，我就顺势说，不能噢，没有空位了，要不我给你退款吧。

可能有的人会觉得我高冷、脾气大、摆架子或者是饥渴营销手段，但我真的单纯只是对客人的要求有些不自信，会担心达不到他们的预期让他们失望，感觉要求提得越多的人，期望值也会越高，期望值越高，就会越挑剔吧。我是一个心理负担很重的人，我会觉得我收了他们的钱，我就应该给他们完美的体验，但如果我感到我能做到的最好，满足不了他们想要的最好，那我就觉得还是不要浪费他们的一个夜晚吧。

然后第十一个客人回复我，休想让我退！

前一秒还在各种卖萌说多给我一个名额，你马上就可以拯救一个单身狗，后一秒他就开始耍赖了，他说我看 21 日那个只是售出十七份啊。我就跟他详细地解释了一下微店后台发生的事故，甩完锅后我说，现在已经是十一个人了，如果你还要带一个人来，就是十二个！虽然我也觉得拒绝你很残忍，我也不忍心棒打鸳鸯，要不，你俩缓缓！等下个月的！他表示理解地说，客人们奇奇怪怪的要求，也是让厨娘为难了……然后又陡一变脸，就好像在推销员洗脑时幡然醒悟一样斩钉截铁地说，你不要再花言巧语了，我这个漏网之鱼说什么也不会退的，不退坚决不退！后来经我几番劝说，语重心长地表示真的不适合再多带一个人来，因为恐怕会给其他客人带来不便，问他最后的决定，他说算了，我先自己来吃一顿，比起吃东西单身不单身可以先缓缓，反正就是不退。但最后故事的发展其实很暖，他自己没来，让那个女生来了，女生并不知道男生喜欢她，他只是跟她说，知道她一直在关注"山川与湖海"，正好拼桌那天他抢到一个名额，可是临时有事，就让她来了。

有一天我在后台看到一次拼桌的预订，三个订单都是两位，只有一个是一位，名字看起来是个男生，正好相邻的一次拼桌有人取消，我就给他发消息，问他愿不愿意延后，他起初以为是我不小心人接多了所以让他换，有些不满。我跟他解释说，其实他那一天并没有什么问题，加他一共也只是七个人，但我后台看见其他人应该是三对小伙伴，我怕他会觉得尴尬，所以才来问一问。然后他立刻说，换！拒绝被虐！过了一会儿，又给我发了一句，你好细心。那一次真的特别巧合，虽然说结伴而来的，常见的组合是两个妹子，但那天碰巧真的就是三对情侣，更巧合的是，其中一对情侣，分别认识另外两对情侣中的一个人，于是他们六个人其实算是认识的朋友。后来看他们坐在一桌其乐融融地吃饭的时候，我在心里喊了一千遍万幸。

更有意思的是被调换到下一周的那个，确实是个男生，而他的那一桌，余下的也恰好是六个人，并且是六个女生。我在那一时间简直被自己偶然为之的善举感动，这必须是积了大德啊。

来参加拼桌的很多都是情侣。起初我觉得，带着自己的男女朋友，和陌生人一起吃饭，感觉会有些尴尬，来吃饭的单身狗，饭桌上如果有情侣秀恩爱，也会觉得很心疼。来小食堂拼桌聚餐的恩爱情侣有好多，其中一对，男生和我都是湖北人，女生是江浙人，基本上每次拼桌，他们只要没出差去外地，就一定会来。

有一年冬天我用湖北同事家里自制的腊排骨做了一锅炖菜，端上桌后，女孩有点吃不惯，男生跟她说，这是我们老家那边的腊味，我们小时候过年就会吃这个。女生说噢，然后点点头，又尝了一块。这样的情节，莫名的就很温暖，就好像是因为深爱对方，所以想要去感受相遇以前彼此的人生所经历的美好回忆。

今年10月的时候，一个女生来找我订了一桌家宴，男生给我发微信，说想拜托我一件事儿，我说你要求婚是么？他果然说，你怎么知道？！少年，我可是帮无数人求过婚的金牌求婚小助手好？我听了他的计划，然后经验老到地指出了几个问题，又给他讲述了一下我经历的诸多求婚中策划得比较精妙的几次，后来我们拟定了方案。结果求婚当天，他跟我说他有新的想法，所以不按照原计划来了，我想他可能是太紧张怕出错，就说好吧。结果晚上果然出了一点点小意外，他事前让我准备红酒杯，但是他忘了带酒，他们进来后我问他，酒要先打开帮你们醒一下吗？女生立刻说什么酒？然后问男生，你们要喝酒？我脑袋里瞬间轰了一下，理智告诉我，这个时候越解释越心虚，就让她以为是一个小误会吧。然后我就出去了。

除了他们两个人，那天来的还有他们的两个女生朋友，她们两个是先到的，我招呼她们坐下，正要回厨房，一个女生忽然跑过来一脸兴奋地问我，哎！你知道吗？我一脸茫然，说啊？什么？然后另一个妹子说，哎呀，你不要说出来！我一头雾水地回了厨房才明白过来，她是想问我知不知道求婚的事。后来男生求完婚，我把预先帮他藏好的捧花抱过来的时候，两个妹子连连夸赞我演技好，真的跟什么都不知道一样……

男生求婚的时候很紧张，我想起他跟我在电话里说，女朋友和他一起见证过几次求婚，都觉得男生大多在细节上不够用心，所以他想要尽可能做到最好，我们商量了几遍，他很不好意思，一直说不想太麻烦我。我说没有关系，一辈子一次的事情，我也希望她开心，你不要怕麻烦我，你想到什么就告诉我，尽可能地麻烦我吧！因为总觉得用了心意做的料理能遇到真正爱吃的人，对我来说也是很珍贵的运气。他们吃得高兴，订到位置的时候格外兴奋，回消息的时候充满期待，菜吃得干干净净，有时还打包得干干净净，对我来说这绝不仅仅是尊重，而是珍惜。感受到被珍惜的话，任谁也会更加义无反顾地投入吧。

---Part 5---

搬到院子里之后特别忙，到第二年才恢复拼桌，而且因为找的特邀主厨时间总是很难确定，所以都是我一个人做，小月负责联络和接待客人。后来小月离开了院子，想和特邀主厨一起做拼桌就更难，拼桌通常人数比较多，彼此间又都是陌生人，外场需要关注客人的相处情况，厨房里又要和特邀主厨配合出餐，我应该整个就会系统崩溃了。然后我想，那不如我就不做了，全部让特邀主厨来做。

那么问题来了，到哪里找可以操办一整桌十人聚餐的主厨呢？我就盯上了我们下厨房大本营的各位新同事，随着下厨房的扩张，我们换了越来越大的办公室，有越来越多的新同事加入，公司里做得一手好菜同时拍得一手好图的妹子也越来越多，多么可怕呀，感觉自己真的很幸运，如果当初的下厨房是现在这样的规模，恐怕站在这里的厨娘也就不是我了。第一个来院子里做特邀主厨的是Yimi，Yimi 是上海人，这个女孩子是自由式潜水员，她看过了许多海洋，却还是喜欢待在厨房，还是想为自己喜欢的人洗手做羹汤。拼桌那天原本是周日，但因为大阅兵调休，变成了工作日。早上我和 Yimi 一起坐地铁去三源里买菜，和 10 号线的上班族们挤在一起，那是我第一次体验坐早高峰的地铁去买菜。而且同时北京实行交通管制，很多快递都不得不延迟发货，不能及时订到进口的冰鲜三文鱼，Yimi 和我只好去进口超市买三文鱼刺身。从超市买了老抽出来，我居然手抖整个袋子掉在地上，摔得粉粉碎。一系列的乌龙事件之后，怀着综合了前半段的经历感觉今天余下的部分也会很倒霉的忐忑心情，我们紧张地迎来了晚餐时间。

那天来的客人，很多都是熟客，婷婷、文身师猫猫，还有一对前面没提到的情侣，两个人都不怎么说话，男生很高，女生很娇小，实实在在的最萌身高差，在回龙观的时候他们就来吃过饭，说他们就住在回龙观，后来我们搬到东单，他们也还是来，果真不离不弃。那天的菜都是 Yimi 一个人做，我在旁边帮些小忙，我在厨房的时候，最让我痛苦的事情就是垃圾桶堆满了没时间倒，然后扔东西的时候会反弹或是掉出来，最讨厌的就是鸡蛋壳掉出来。所以给特邀主厨们帮忙的时候，将心比心，每次我最关注的就是垃圾桶，只要满了我就立刻换新的。还有水槽，只要放了东西就立刻洗，这样工具和水槽他们就能随时用。

Yimi 写菜单给我的时候，我说我觉得有点少。Yimi 说少吗？不少了吧？我说我这里来拼桌的客人，其实都挺能吃的。但上海姑娘有自己的执着和精致，不像我平时大鱼大肉行走江湖的霸气。那天的菜几乎上桌就光盘，但因为有客人当天忽然说有事赶不过来，缺席了今天的晚餐，所以菜量算是险够。最后一道炸猪排，猪排是一次一块炸好了上的，等待的过程有些漫长，但好在熟客和生客互动很愉快，聊着天也不觉得尴尬。吃完饭 Yimi 去煮甜汤，我担心大家实在找不到话题了，就给每个人发了一个我的零食库存大西柚。果然他们剥了很久……然后我回想起刚才炸猪排的时候，应该给他们一人发一个石榴的。

后来我又把魔爪伸向了下厨房的用户，我邀请大福来做特邀主厨，大福说她想再邀请一个朋友一起做。结果正好她的那个朋友，就是之前小食堂还没有对外开放的时候，来参加过封测试吃的希南。希南是云南人，大福是台湾人，这个组合，听起来就很好吃。因为大福喜欢做健康饮食，希南又是自己在家开田种菜的无敌贤惠主妇，那次拼桌公众号的第一句就是，今日晚餐以蔬食为主，无肉不欢小伙伴慎拍！一向以横菜闻名的小食堂，忽然要吃素！本以为食客们会犹豫再三，结果那天的预订几秒内就被抢空。

拼桌当天大福来的时候，大包小包还拖了个小车，感觉她是带着自己一整个中央厨房来的。希南带着从家里菜园采摘来的新鲜蔬菜，自己老家寄来的新奇食材，和大福自带的瓶瓶罐罐、各种台湾当地的调味料和自制泡菜、手工酱料一起摆满了厨房。瞬间厨房里就变成了一个小型的地区美食文化博览馆。大福细心地设计了餐桌的摆设，认真地给每位客人写了一些话，卷成纸筒系好放在餐盘边。早上花店没开门我没买到花，趁杂鱼不在，我们偷偷去摘了他家的牵牛花插在水杯里做装饰。因为吸取了 Yimi 那一桌的教训，并始终担心蔬菜为主的晚餐可能吃不饱，我反复跟大福她们讲述 Yimi 那晚发生的恐怖故事，以至于被我念叨得心烦意乱的大福和希南都怒加了好几道菜。最终因为全桌都是妹子，她们也确实尽了全力，但实在是吃不下那么多菜，好在有打包小能手大福。说到大福的打包技能，简直可叹！大福之前来院子吃过饭，院子里的晚餐总是因为菜特别多，米饭基本没有人吃，我一般都会按人数一半来准备。结果大福那天来，从上第一道菜开始她就一直大呼，饭！饭！大福说，我们家就是这样啊，一口饭一口菜。每上一道菜她都要大呼饭！饭！我真是对这样的姑娘喜欢得不得了。后来我发现大福不但超能吃米饭，而且只要是出来吃饭，她一定会带打包盒，绝对不浪费。今年大福又来小院和我一起做了一次拼桌，她来的时候带着一大包东西，走的时候，发现包没有轻，反而更重了——都是打包的剩菜！一个人能怀着感恩的心对待食物，珍惜食物，那么当她拿出自己珍惜的食物来招待朋友的时候，你就一定能感觉到她的认真和用心。

让花生来做特邀主厨，纯粹是为了满足我的一己私欲。我盯上花生已经很久了，下厨房搬到大办公室第一年的年会，八十几个人一起做饭，我们分成了许多个小组，火锅组、面点组、甜点组、凉菜组、主食组等。十二点钟甜点组的同学已经摆好了清新可爱的 high-tea 展台，火锅组的同学们出去买菜，面点组的同学们开始包饺子，另外还有各种准备煎炸炒炖肉的孩子，都在厨房热火朝天地抢锅和炉子。懂得爱和美食不可辜负的我们，当然是出来什么吃什么，出来一锅吃一锅，从日正当空吃到红霞落日，噢，那个时候，火锅组的同学买菜还没有回来……聪明如我，带了一大包编辑大人空运赠送的加热即食羊肉汤，找了一个锅直接扔进去煮，然后一扭头就拿着小碗吃百家饭去了。那天我最爱的就是花生做的芝士饭，一直以来自控有加，坚决不吃米饭的我，竟然一口气吃了三大碗！过完年回北京，我仍然对年会吃到的芝士饭念念不忘，有天我忽然在公司的女生群里说，好想吃花生做的芝士饭啊！花生说，那还不简单！我做给你吃啊！我说真的吗？花生说真的！我说，那你给我画张饭票！花生就用备忘录随手画了一张截图发在群里，于是每个人都保存了。后来我发现，公司只在周末和节假日休息，而我周末和节假日总是在做饭，我和花生永远有着时差，我怎么也无法兑现这张饭票。一怒之下，我决定忽悠这个妹子来我家亲自做给我吃，于是一场以主食为卖点的拼桌开始了抢购。

拼桌聚餐不光满足了只能一两个人来吃，或者是想要吃到更多不同的菜的小伙伴，到后来完全交给特邀主厨来做，也给了我机会近距离去观察其他人在做饭的时候，是怎样的一种状态。从做饭的人的角度抽离出来，以另一个角度去看厨房、美食、夜晚、客人等等这一切，去想当我在厨房做饭，别人看到的我是什么样子。

原来并不是我以为的蓬头垢面、油头黄脸——其实这也是我拒绝从厨房里出来和大家聊天的一个原因，因为觉得自己做饭的样子不好看。看到特邀主厨们在厨房里忙碌，会觉得特别美好，才懂得感激，原来自己一直身在这美好之中。

来订家宴的客人，有些是自己很爱吃、想带自己的朋友家人来吃好吃的。拼桌的客人基本上每一个都十分热爱美食，乐于为了美食独自前来，他们在餐桌上相遇，聊到美食一起眉飞色舞，大家交换更多有好吃的地方，甚至立刻组队，约定好下次结伴去吃。拼桌的客人，也会更多地来跟我反馈，因为对他们来说，他们今天来，就是为了吃我做的菜，所以关于美食的感受，最希望做菜的人能了解，也觉得我最能了解。这种人与人之间因美食而带来的奇妙联结真的很让我感动。有一次有个客人特地到厨房来告诉我，她从来不吃胡萝卜，因为觉得有土腥味儿，但吃我做的就没有，而且觉得很好吃。我很开心，我想到我三妹曾经说，如果规定做人一定要吃胡萝卜，我就去死。我感觉，也许在未来的某一天，我可能会救她一命。

感不感动？

# Chap_ter5

## 第五章

## 山川与湖海

# 二十

## 下水道的故事

文 / Jackie

► ► ◄

院子装修完交收的时候，工头强子告诉我们，我们卫生间马桶背靠的墙壁后面、走廊进院子的交接口那里有一个小小的藏在厚重地砖下的小方井，应该是房东或者之前的住户为了方便，自己做的一个小化粪池。但平房的下水管道非常细且脆弱，我们的院子又是在四合院的后院，强子知道稍后院子会作为一个私厨开放给客人使用。强子说，这个小井你们两个日常生活用是勉强可以的，尽可能不要让太多人用它排泄固形物，并且绝对不能往马桶里扔卫生纸，不然会很容易堵住下水道。第一次的挖坑补漏让我们见识到了老平房里水管的脆弱，可是光顾着手忙脚乱了。事后我们去回想，发现完全不知道这根水管到底是上水还是下水，为什么会破？因为埋得很深，而且在它漏水的同时，我们的上水和下水都几乎没有任何影响，我们其实也不确定这根水管是不是我们家的。虽然没有根据和逻辑来解释这次的水管破裂和什么有关，小月还是立刻加强了对地下水管系统的重视，隔天她就买了小相框回来，写了一个严肃的标语：平房管道脆弱，卫生纸请入垃圾桶，大号移步公厕。

9月的家宴排得密集，基本上是连着做四五天休息一两天，休息的那一两天我也在安排下周的菜单和去三源里采购，客人一拨接着一拨，大吃大喝的，当然需要有排泄这一步才能完成整个健康的体内循环，因为卫生间里有了标语，小月也不会在口头上多说什么，毕竟是屎尿屁的事情，她又是一个羞涩的女孩子。大部分客人进了卫生间，马上又出来，乖乖地去找小月询问公厕的位置，有的客人本身住过胡同里的平房，知道我们有厕所，自己就会问是不是全功能可用，但也有客人会在里面待很久。

其实不论是天真善良的小月，还是老谋深算的我，我们的出发点，都建立在默认了客人"只要看到这条标语就一定会遵守"的前提之下，但事实不是这样的。我能理解当一个人肚子里翻江倒海的时候好不容易找到一个马桶，我相信即便标语写上"违者没收作案工具"，他也还是会义无反顾地去完成他必须完成的事。那么如何去掩饰这件事呢？当然就是把用过的卫生纸扔进马桶里毁尸灭迹。所以要么是不做，一做就是双重伤害。这种事情不论男女都很难控制自己，且一直以来屡禁不止，小方井那里倒是并没有被屎撑起来，所以我们也大不了只是叨叨两句，听之任之。

10月里有一晚小月送走客人，回来的时候看见小方井往外的院子里，一块方

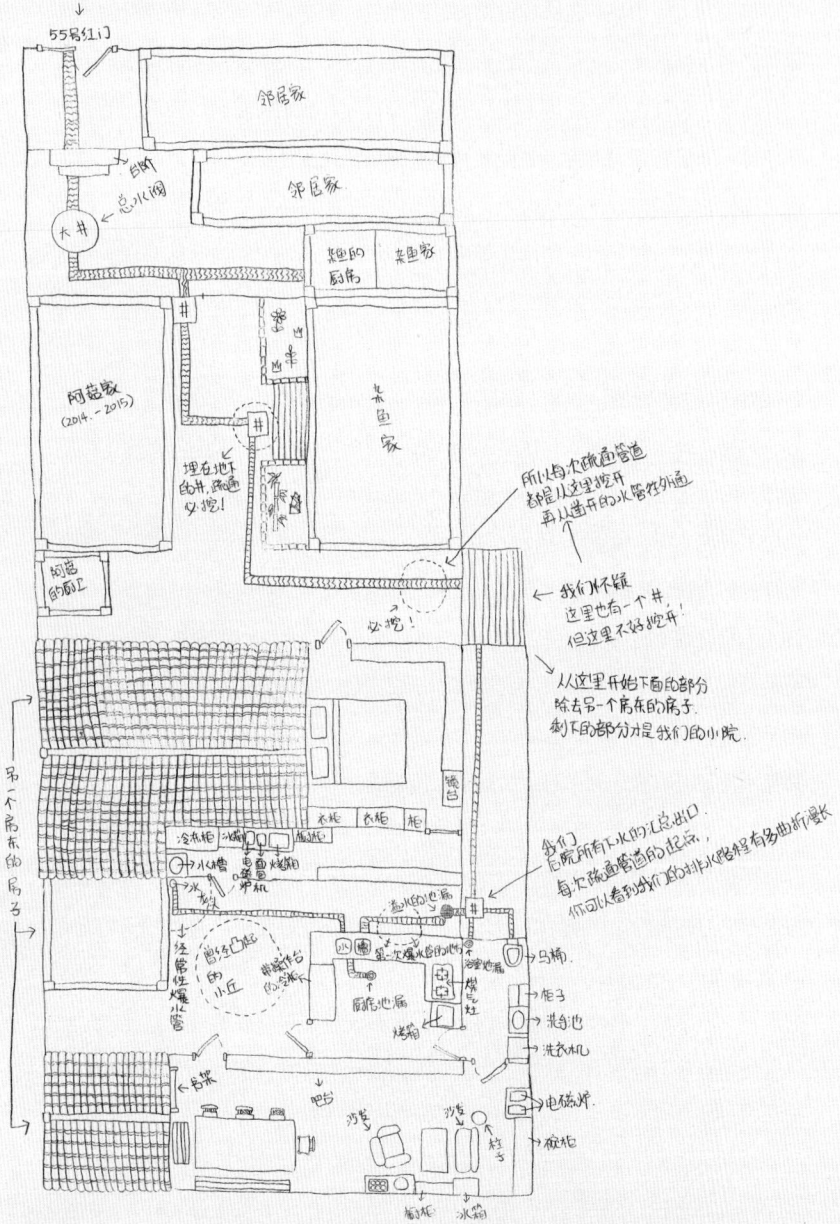

55号红门

邻居家

邻居家

自附
总水阀
大井

关哥的厨房　关哥家

阿兹家
(2014.-2015)

阿兹的厨工

埋在地下的井，隔着墙必挖！

关哥家

所以烙次疏通管道都是从这里挖开再从避开的水路往外通

我们怀疑这里也有一个井但这里不好挖开

必挖！

从这里开始下面的部分除去另一个房东的房子剩下的部分才是我们的小院

我们后院所有下水的汇总出口：每次疏通管道的起点，你可以看到我们的排水路径有多曲折漫长

另一个房东的房子

经常坏的热水管

堆杂物的小丘

冷水柜　小火管　壁炉　火焰机

水表

花柜　衣柜　柜

镜台

热水的地板

第一次爆水的地方

消毒柜座

马桶

柜子

洗衣池

洗衣机

厨房地漏

烤箱

电磁炉

碗柜

书架

吧台

沙发　沙发　柜

橱柜　冰箱

形的雕花地漏上有一小摊水。她站在那里盯着地漏正奇怪，我在厨房刷完一拨碗，拔起水槽的塞子放水，结果带着泡沫的水从外面地漏里咕噜咕噜地冒了出来。小月一声惊呼，我立刻塞上了水槽，小月惊恐地看着我，我觉得好笑，我停下放水之后，水又从地漏里缓缓地下去了，我说应该是这一个多月用水量太大，下水太猛——吃多了所以吐了。当时已经是十点多钟，装修队也早已奔着新的工程去了，我们看反正水还是能下去，只不过就慢一点，这一晚先洗一洗停一停，让管道慢慢消化，再接着洗，停一停的时间里，我还能顺便写一写第二天的时间安排——我们都不想在前一天深夜的时候通知小伙伴延迟或取消他们预订了很久的家宴，也许他们这一晚为了隔天来小院子吃东西都没有吃晚饭啊！或者正在兴奋地流着口水睡不着觉，无论如何，我们都不能做这么残忍的事情！

第一晚的分段式洗碗结束，次日一切如常，一直到傍晚客人来之前，我正常地使用水槽，外面地漏都还算平静，到了客人来齐，我们上完所有的菜，在厨房开始第一拨大洗的时候，外面的地漏终于又开始吐了。于是我和小月两个人在厨房轮流一个刷碗一个观察地漏，看见水漫上来就喊停，但那个时间客人还在屋子里吃饭，有时中途去卫生间方便完，一拉抽水马桶，我这边才停在了水位线，可小方井的地势比地漏高，所以水还是从地漏里冒了出来，我们两个就都哭笑不得。但了解了这个模式，我们大概能猜测下水管道在每一天的什么时刻会招架不住，也重新分散地安排了洗碗时间，接连着几天都还有客人，我们想等到休息的时候，再联络管道工人来修缮疏通。

起初小月找的是给我们的院子装了两个门的门锁的师傅，师傅长得黑胖黑胖的，总是一脸笑眯眯的，这个师傅号称只要是胡同里平房的问题，他啥都能解决，据说上能补屋顶、下能通管道，什么修锁、走电、装空调，他都会。我对这个黑胖师傅的感觉不太好，总觉得他像个标标准准的老油条，不管是安锁还是通管道，上来第一件事就是谈价钱，价钱谈不拢，坚决不行动。可是杂鱼觉得他挺靠谱的，我就想可能男生比较有威慑力，我和小月两个女孩子，她绑着个大辫子梳着齐刘海穿着棉布裙子，我也不能指望她凶狠一点，那我想我得看起来厉害一些，才不能让老油条把我们给欺负了。

黑胖师傅来修下水道的时候带了一个帮手，帮手师傅挺沉默寡言的，不像黑胖师傅一开口就天花乱坠。两个人把小方井的盖子打开，然后帮手师傅找我们要了个塑料袋，直接上手掏，掏完之后，黑胖师傅拿出了一个电动工具，像电钻一样，钻头那里是一根两米左右的弹簧钢条，师傅把弹簧条伸进往外的管道里鼓捣了一会儿，完事说好了让我们放水。其实每天下水管道也只是在一整天的厨房运作后、晚上集中洗碗时才会冒水回渗。修水管这天我们几乎没有用厨房，很难判断下水管道是修好了还是没到那个临界点，我在厨房试着大量地放水，小方井里的水仍然会缓慢地积上来，但黑胖师傅坚称自己修好了，他说下水管道细，本来下水就很慢。我很生气，又不能留他在那里洗碗到溢水给他看，便作罢。结果晚上我俩也以为修好了，痛痛快快地洗了两个澡，用洗衣机洗了一桶衣服，地漏那里又是一摊水。后来，小月通过一个神奇的网站找到了一家专业的管道疏通公司，就这样，照顾了院子下水管道三年，不知多少次救我于水火的超级玛丽师傅隆重登场了。一开始我们并不称呼他超级玛丽师傅，因为头几次都是两个师傅一起来，我就总是在小月面前亲切地称呼他们"海尔兄弟"。你看，一般我比较欣赏的师傅我都会给他们安排一个人物角色，我不那么欣赏的师傅，我就只点出他的特征。

海尔兄弟第一次来的时候，两个人都穿着特别精神的蓝色制服，带着特别酷炫的工具，感觉是黑胖师傅那个电动弹簧的祖师版，一个像消防栓一样的坐式电动机器，上面缠了好几圈弹簧条，一个师傅还单拎了一捆用来加长的弹簧条，这阵仗，看着就觉得振奋人心。负责指挥的师傅打开小方井的盖子，然后把弹

↑

超级玛丽师傅人真的很好，每次他来给我们院子修水管，不到最后关头都尽量不去关总水阀，尽可能缩短整个院子的停水时间。一般爆水管，关掉总水阀之后水管才完全露出来，有一次在水管上找着一道绣花针大小的口子，师傅跑去把水阀打开确认，眼看着绣花针口子那里瞬间水就喷溅上了对面屋顶，蹲在旁边看的我吓得倒退了三步。师傅来之前自带了一些五金配件，他翻包包的样子让我想起了真正的叮当猫，我在旁边给师傅帮忙举着手电，师傅找我要了个大纸皮箱垫在挖出来的泥上，整个人趴在那里奋力地挥舞着小短手进去给固定水管的两块金属片儿拧螺丝，我个人其实并不抗拒掏泥巴这样的事情，看见师傅使不上劲儿我在旁边好着急，好想说师傅我手长我来，又觉得人家这么卖力我还嫌人家手短太不厚道，再一想，叮当猫本来手短，可是碰见啥事儿都有办法啊！心中于是又增加了一百点钦佩。

师傅好不容易鼓捣好，可能因为这并不是他的专业项目，自己心里估计也觉得不够稳妥，于是在水管上盖了一层厚塑料袋，又用木板给水管架了个屋顶，再填土，确保不会有尖锐的石子再割伤水管，重量也不会超出负荷压迫到水管。

那一次修好之后没多久，有天忽然又发现院子里砖块的缝隙里湿了，我好紧张，疑心"是不是哪里又破了"，结果第二天缝隙那里就干了，然后我心里就会忽然出现神探夏洛克的英伦腔对我说："Idiot！用用脑子，这是地里原有的积水结冰后，温度上升然后融化，所以看起来像湿了一片，之后温度再上升就晒干了！"这样反复了几次，我都觉得自己有人格分裂的趋势……

簧条伸进去，启动电源，这马力感觉就相当不同，负责指挥的师傅让另一个师傅继续打，然后自己跑到走廊的另一头趴在地上听动静。师傅说，我能听到弹簧头的动静了，你们放水试试。我们放着水，但小方井里水位还是持续涨高，师傅说你们的管道往外的地方应该还是堵着的，但是我带的弹簧头最长也就到这儿了。然后他问，你们有锹吗？我们也不知道师傅心里是怎么盘算的，小月找了把锹给师傅，师傅二话不说就把我们走廊门口台阶下的地砖给起开了，然后挖呀挖呀挖到了一根金属的水管，师傅又找我们要了一个锤子，再次二话不说在金属水管上敲了一个洞，然后水噗噗地就往外冒，一瞬间就变成了一个大泥坑……我问师傅，这个凿开了要怎么补上啊？师傅说，不用补啊！水管通好了水直接就下去了，根本就不会冒出来啊。刹那间我感到自己的智商被碾压了。师傅又把那个消防栓一样的机器搬了过来，从凿开的水管口那里伸进去继续往外通，然后又去找弹簧头敲打水管的声音，这一次，是邻居杂鱼的家门口。师傅刚要下锹挖，我慌忙拦住了，我去找杂鱼跟他说明了一下，杂鱼说没事你们挖吧，大家好才是真的好。师傅于是又麻利地起开了杂鱼门口的地砖，原来这里也是一个小的方井，师傅又挪了机位，从这个方井继续往外，在杂鱼对面的阿菇家靠院子木门的角落那里，找到了探出来的弹簧头，我们又去找阿菇解释了事情的始末，再从阿菇家的下水那里将往红门和木门间的大井打通，大井就是通往外面的最后一个分解井了，师傅移开井盖看了一眼，说这个井其实也堵得比较厉害，要先往外掏一掏，再用机器通。正好那天杂鱼约了黑胖师傅来装室外的照明灯，差不多快弄完了，看到我们满院子挖洞，大概是觉得之前给我们修下水道没修好心中不安，于是自发地参与了我们的下水道总动员中，因为大井是我们院子里所有住户共用的井，所以牵涉到我们所有人，杂鱼和阿菇也都加入了这场战役。

总指挥师傅和他的帮手，还有黑胖师傅一起，合力清理了大井里的淤泥废物，然后告诉我们三家都回各自屋里蓄水，等他一声令下，一起往下水道里冲水，让管道里堆积的东西都被冲刷出来，阿菇和杂鱼家比较近，我们院子隔得远，小月就留在外面和师傅一起在井边观望，我在卫生间里，和小月开着视频通话，接收前线指令，就这么储水冲水十几次后，大井里才终于哗啦一下有水柱冲出来，我这边视频里看见那边霎时间欢天喜地，大叔们都在说好了好了这下好了，小月和杂鱼在兴奋地欢呼"耶耶耶"，画面剧烈地抖动……我感觉好像是中央台春晚的时候转播的世界各地人民共同跨年的欢庆场面，后来小月跟我说，妈呀，这真的是我第一次看见屎这么兴奋……师傅到我们院子里洗手收拾工具，这一次我们记得要问为什么了，师傅说平房的下水道本来就老旧曲折，加上师傅掏下水道的时候发现大量的油脂凝固在管道的出水口，师傅说，很多胡同里的餐厅都会有这样的情况，剩菜剩汤残渣太多、油太大，直接倒进水管里很容易就会堵住，师傅让我们买一个疏通管道的清洗剂还是什么，一大桶的，直接从我们里面的小方井里倒进去，然后冲水，说是可以"烧一烧"管道，就是把水冲不掉的残渣废物"烧"掉。我问，那"烧"了管道之后，以后都不会再堵了吗？师傅说，不能保证，但会好很多。我看了看小月，小月说，那就"烧"吧。这一"烧"单花了八百块。我跟小月说，我觉得我们院子这个饭席流量，肯定还是会再堵的。小月黑着脸说，嗯，其实我也有点后悔。

经历了一次高成本大规模的下水道疏通工作之后，我和小月都决定更加积极地对待下水道问题，每次晚餐结束如果剩的汤汤水水太多，我们就会用一个大汤锅把汤汤水水集中到一起，等晚上夜黑风高、四下无人的时候，两个人用一个大环保袋把汤锅包起来，鬼鬼祟祟地提到最近的公厕倒掉……后来我们开始囤积各种大油壶矿泉水瓶，用漏斗和网筛把过滤后的汤汁装进瓶子里，可以就近扔到门口的垃圾桶，不用深更半夜走太远。

卫生间里，小月又加摆了一个小标语在洗手液旁边，和前一条内容相同，每次接了客人进门，小月就会告诉大家我们院子里面有卫生间，可以先洗个手再吃饭——少女的心机上线了。可是并没有什么实际效果，结果是，看得见的客人总是看得见，满不在乎的客人总是恣意放飞自己的自由，每次有客人进了卫生间，半天不出来，我和小月就在厨房里紧张地你看着我，我看着你，像两个变态一样，屏息凝神地去听里面是淅沥沥哗啦啦还是噗通噗通……但即便证据确凿，我们也并不能等他出来当面指责他，所以只是两个人的内心备受煎熬罢了。我们小心地伺候着下水道，但师傅说的"好很多"也只持续了一个月多一点。我们搬到院子里，就是为了有更独立的空间和更充裕的时间来做小食堂，但只要我们保持这样的家宴量，下水道被堵就会像大姨妈一样一个月一次，区别只在堵得有多严重，有时候只是在我们院子里面把井打开通到走廊那里就好了，有时候通到杂鱼门口就好了，但几乎每隔三个月，还是必须得照着第一次的规模全线疏通一次。

下水道的问题令人疲惫，因为我们完全不能掌握其规律，每每突如其来，我们也不知道自己究竟是哪一个环节做错了，没有办法预防，我们把水槽里滤汤渣用的筛子换了更细眼儿的，在卫生间里贴了更多标语，我甚至都想要不要直接写在菜单上，又觉得超出了我狂放不羁的底线。客人进卫生间很久不出来我们会焦虑，客人进卫生间很快就出来，所有的客人都很快进去出来，但晚上我们打扫的时候，发现新换的垃圾袋里一张卫生纸都没有，也会焦虑。接连着好几天人多的家宴，地漏在第一天已经开始冒水，紧接着每一天又都是暴击的下水量，越往后水就下去得越慢，洗洗停停，经常能折腾到凌晨两点，唯一的欣慰是最后能不管不顾地洗个澡，水溢出来就溢出来吧，反正就这最后一击，给它一晚上时间第二天早上起来水也能下去。我们的预订说明里写的家宴人数是4~8位，因为有很多单人前往和双人组队的小伙伴想来，所以开放了拼桌，拼桌的人数起初也是八人上限，但小月禁不起软磨硬泡，我们的桌子又确实可以刚刚好坐十个人，后来拼桌基本就都是十个人，开了先例那么家宴的人数上限也被迫提高到了十人，说了上限十人，但人类撒娇要赖的天赋是不可估量的，特别是年底，会有很多十二三个人的小创业公司满地打滚着求着来年会聚餐。

一直以来，小月是这么给我洗脑的，"其实连着做两天跟连着做三天我感觉是差不多的""其实八个人和十个人我感觉是差不多的"……不得不说，是小月激发了我的潜能，不然我也不会从以前在别墅里一周最多做两天，飞速进步到搬进院子后就直接五天齐发。但八个人和十个人是肯定有分别的，连续几天的家宴里如果有几桌是八个人的聚餐，下水道勉勉强强还能支撑过去，但如果连续的家宴里有一桌是十个人和以上的，这一拨结束后下水道就会开始在下水时发出呼噜呼噜的声音了。在频繁的堵下水道后，我们练就了灵敏的听觉，虽然并不知道这呼噜声的精确产生原理，简单直观的了解就是反常，这种反常往往指向在呼噜声之后一周时间内，下水道就会堵到溢水出来，百试百灵。

那个时候我们还是收200元一位，客人都理所当然地认为我们应该十分欢迎十一二个人的大订单，可是每一个2000块的大订单，都可能导致我们要付给海尔兄弟一个1000块的大订单，可你又不能这么跟客人说，因为根本也不是他们那一桌的问题，任何一桌都可能是压垮驴子的最后一根稻草，但十人以上的大订单，一次能顶五根稻草。所以从2015年开始，除了拼桌，我们都尽可能少接八人以上的家宴，而每次十人的拼桌，一定会安排在前后两天都没有客人的日子，以便下水道舒缓。

即便用了种种方法，最终我们还是不得不接受修下水道渐渐成为一个铲猫砂一样无奈又无法回避的、寻常的事情，是平房小院生活必须要面对的一部分。我们不可能把整个地面打开，重新铺排下水管道，也不可能停止小食堂的运作，像我在星座运势里摘录的几句令我感慨颇多的话——顺应发生的一切，相信一切在神性中的完美，越充分地接受事实，就可以越快速地往前冲。我不想为堵下水道和修下水道这必然的轮回再投入过多的情感和思考，我决定把为下水道苦恼的时间拿来更多地投入到新鲜的事物上，这样才能最大化我活着的价值。于是紧接着，崭新的下水道事件解锁了。第二年5月，小月无情地抛弃了我，回到了下厨房大本营。这离别发生得十分仓促，小月跟我说，Tony昨天找我了，说希望我回公司，我可能下周就不来院子了。然后她就没有再来院子了。整个5月和大半个6月的订单小月已经几乎帮我排满，拼桌也照旧，堵下水道自然也照旧。我才刚刚感觉到我们两个人的状态渐入佳境，默契又愉悦，再坚持个一年半载，没准我就踏踏实实地弯了。结果她忽然这么一走，我的性取向提案就被迫搁置了，我忽然多了好多事情要做，从前我大不了是一个人买菜做饭，现在我还要一个人刷碗，要给植物浇水，要给宅急送和粗面换猫砂兔砂，要打扫房间，还要定期发公众号。这些也还好，对面部表情和思想态度并没有要求，比较令我恐慌的是回复客人的预订和咨询、联系客人确认忌口和人数以及亲自面对客人、亲自端菜上桌、亲自送他们走——是不是听着就瘆得慌？

我还记得5月有一桌客人，吃完饭临走时一个男生跟我说"厨娘真的太感谢你了！我们约了好久一直约不上，太想来了满地打滚求才插上队！"但5月的客人都是小月联系的，我对"满地打滚求"和"插队"都毫不知情，我竟然恍惚着，眼光越过他的身后开始放空，脸上露出木讷的微笑，喃喃地说了一句，对不起……也是好在Tony的召唤毫无预兆，小月已经满满地接了一个多月的家宴，逼着我不得不去面对，在此之前一年多的时间里，我几乎从来没有和客人有连贯的接触，至多是他们来厨房打个招呼，问几个问题，发现我完全是一具行尸走肉只好黯然离去。如果给我一个缓冲期，让我真的"准备好了"再去重新开始接手这一切，我可能会沉浸在对突然变故的悲痛中，对孤军奋战的将来的惶恐不安中，一蹶不振，然后闭门谢客，看三五七年心理医生先。小月走后，大概花了两三个月的时间，对所有我必须要面对和接触的新事物，都逐一经历了"焦躁抵触、平静接受、重建自己的行为模式并去习惯熟练"这样一个过程后，我基本已经适应了一个人打理院子的一切。

然后下水道又堵了。我给小月打电话，问她海尔兄弟的电话号码——后半年里，几乎每次下水道堵，我都要打电话给小月，问她海尔兄弟的电话号码。有一天小月忍无可忍了，她说，我真是搞不懂你，你为什么就是不存他们的电话呢？！这是救命的电话啊！！说真的，我也不知道为什么。虽然那个时候堵下水道引起的种种不便和修完下水道后大量的清扫工作也很让我心烦，但好像因为有小月在，看见她着急，我就不急了，因为知道她一定会尽快联系师傅过来修好下水道，会跟前跟后地守着师傅和下水道帮忙，会和我一起打扫，不得不说，无论多么累，两个人一起当废宝宝，比自己一个人瘫成个废宝宝要好太多了，因为有人陪你一起经历，和你一起记得，懂你的感受。

可是当我一个人面对堵下水道时，忽然就开始焦虑了。海尔兄弟其实在第三、四次来的时候，就都是之前负责指挥的那个师傅单枪匹马地来了，小月说既然师傅是管道工，应该叫"超级玛丽"才对。超玛师傅因为极熟悉下水道的地形和运作，来的时候基本上已经不需要和我做过多的交流互动，每次只需要我帮他找接线板和接电源，再后来这一步也省了，有时我在客厅里写公众号等他来，他进来了也不找我，直接就把井先打开看一眼，自己就把厨房窗户拉开接上电源开始突突了。师傅干活泼辣，行为举止也泼辣，二话不说就去操锹挖坑，二话不说就去掀大井的盖儿，二话不说就修好了，然后尽责地把厨房、卫生间挨个检查，来来回回踩一地大泥巴脚印，在厨房洗手，手搓得泥浆飞起，四溅在厨房台、洗碗槽、沥水篮里……这一切发生在电光石火之间，师傅又是治水功臣，我不能因为这样的小小个性而出言指责，我也来不及。师傅走后，我必须要把厨房台上所有的东西都洗一遍，把整个厨房全擦一遍，把整个院子和走廊都用水冲一遍。然后我也像小月一样瘫在院子里的躺椅上，跟自己说，这样也好，隔三差五地大扫除一下，厨房也更通透。

在这次一个人完整地、巨细无遗地享受了从开堵到善后的被虐之后，我对厨房管道的呵护，就好像忽然找回了失散多年的亲生儿子一般。我从没有想过，我对下水道还会有更进一步的关注。我在卫生间的镜子上也加贴了标语，怕客人看不见，我还在标语的旁边摆了一只熊本熊公仔，在时间表的每一个时间段里，提前完成即时任务后，多的时间一定是把水槽里的东西洗掉，尽量分散、零零碎碎地洗，甚至随用随洗，这样既可以保证所有的工具都立刻可用，也等于是分解了 ·拨大洗——一般在给客人上完菜才集中开始清洗的、堆积了满满一水槽的准备工具，那么每天最大的一拨就只是客人走后收洗的那一拨餐具，也是最后的一拨。我的应对措施在升级，下水道的问题也在花样百出。有一次明明很肯定下水道堵住了，放水的时候眼睛死死地盯住外面的地漏，可是水槽里的水全都下去了，地漏却没有冒出来，我正不知是否应满腹狐疑但惊喜一下，或者提心吊胆但感动一下的时候，猛然发现厨房里的地漏居然冒出水来了，真的不是开玩笑吗？！厨房里这个地漏我一直以为是个装饰好吗？！有一次我洗碗，在大水槽里放满了水，洗好一拨要放水的时候，刚拔掉大水槽的塞子，小水槽的出水口忽然冒水上来了，一直到两个水槽的水变成持平的高度，再一起缓缓往下……

这两次事件发生的时候我找超玛师傅来修，提前一天我把沥水篮里洗干净的碗全都放到碗柜里了，然后把厨房电源附近的调料全都收起来了，我以为这样我就可以少做一点事了，结果师傅来了说厨房里水槽下面的水管堵了，水槽通向地漏的水管堵了，厨房里的地漏通向外面的地漏的水管堵了，然后师傅直接把机器拎到了厨房里突。然后我又把整个厨房洗了一遍。渐渐地，我再次被下水道磨得没脾气了，下水道再堵，我也不着急了，一个人在院子的时候，如果要洗的东西快洗完了，我就由着水溢出来，先洗完了，再等水自己慢慢下去，和师傅约一天来修，提前一天我就把整个厨房台那一侧所有的东西全都搬到客厅，只留下裸露的厨房台，另一侧搬不走的碗架、储物筐，全拿一次性桌布罩起来。2015年阅兵的时候，我把厨房清空了，给师傅打电话约时间，师傅说现在管制啦，我车进不来，等阅兵完了我去吧！然后我就体验了一把在空旷的厨房里，连续三天盘着腿坐在洒满阳光的厨房台上吃早餐的惬意……

很快，第二年的冬天来临了。那是一个号称会出现百年不遇的极低温天气的冬天，为了庆祝这百年不遇的极端天气，下水道也为我们呈现了全新的花式堵。长久没见着地漏里冒水出来了，可院子里的水流量并没有减少，那么，从前下不去的那些水到底都去了哪里呢？这其实就跟我对于宅急送的误解是一样一样的，起初我以为只要它不在我视线范围里，我就能获得些许安宁，但实际上，如果它不在我视线范围里，就会有更高的几率出现令我捶胸顿足拍大腿的事情。在同样的出水量下，如果地漏没有冒水出来，那只能说明，在我不知道的地方，出了更严重的问题。

果然有一天，我发现地漏平行的另一头，我们室外浇花用的水龙头下面的地砖缝隙里，踩下去的时候，似有些湿软。我一开始以为是下过雨的关系，直到过了好几个晴天，我才猛然醒悟，一种似曾相识的可怕预感爬上我的心头，可时间久了我发现，这和刚搬进来的那次地下水管破裂，情况有点像又不太像，那会儿是不管我们用不用水它都会积水，这一次积水并不严重，但在厨房放水的时候会更多，停止放水，稍后它又会下去，只是土壤始终是湿湿的。但我当时想，从经验上看这个地方可能也是水管破了，但因为这个地方宽敞，地下又是土，它总能吸收进去，而且总是冒水出来的地漏，最近又出奇地顺畅无事，如果地漏能永远不溢水出来，这个角落大不了总是湿湿的，某种意义上，也是灌溉了土壤，有什么不好呢？直到冬天越来越深，天气越来越冷，忽然有一天，我迷迷瞪瞪地从房间走过院子准备去卫生间洗漱——唉，为什么感觉自己上了个坡……

妈呀！我忽然之间就醒了，然后又晕了，院子中间的地面整个鼓了起来，就好像刚戴上新配好的近视眼镜一样，这球形的地面让我直犯晕，我来来回回走了好几遍，才确定不是自己睡觉睡坏了视网膜成像系统。我才忽然明白地下究竟发生了什么——积水并不是被吸收到了地底而是扩散开了，随着降温结冰，体积变大，就把地面给撑起来了。院子里铺了地砖所以膨胀感格外强烈，我上网搜索了一下接下来可能发生的事情，结果搜到很多"某餐厅门口地面忽然隆起，随后爆裂，水柱喷溅起两米高"这样恐怖的新闻……我好怕怕，立刻给超玛师傅打电话，师傅听了我的描述，是带着一个帮手来的——可见我的描述有多恐怖！我的内心有多恐惧！那天据说就是北京百年难得一遇的极冷天气，天气预报报的是零下十七度，两个师傅合力挖开了户外水龙头下的那个角落，找到一根大金属管道，结果发现这根水管好像是乱入的，于是又继续往下挖，后来找到一根埋得很深的胶管，比第一次厨房外墙下的胶水管稍微粗一点点，上面破了一道小口子，师傅用胶布给我缠好，然后在两头拧上了铁丝，盖上土之前，找我要了一些废弃的厚布铺上去，说天气冷了怕冻上，然后来都来了，就又顺手给我通了一次下水道，师傅说因为破水管这头地势高，有水积上来是因为下水道堵了，所以往上堵出来了，通完下水道这里的积水就能散了。师傅说的这番话我其实当时没想通，后来也没再想，那天实在太冷了，师傅从大坑里舀出来的一桶水，放在室外，晚上我打扫的时候，发现它居然整个在桶里冻成了一个实心大冰块。

虽然院子里还是有个小丘，但师傅说等天暖和了冰化了它自己就能下去了。被我忽视的大事情终于从根本处解决了，我还没来得及感谢天、感谢地、感谢阳光照耀着大地，紧接着第二天整个院子停水了。我听说过北方天气太冷，水管可能会冻住，但是真的发生的时候，还是不敢相信自己的眼睛，是不是水柱隐形了？这一停水，倒是不用担心下水道再堵。简直是从根源处解决了下水道堵的问题！

冬天家里停水，我真的整个人都不好了。我不得不取消了之后所有的预订，要不是知道这一年年会奖品有折叠自行车，我就提前回家过年了。好在当时我还是健身房的会员……没有想到，终于有一天，我成为了我最嫌弃的那种人——把健身房当澡堂子用的人。始终是不能接受去健身房只洗个澡，所以我隔天就去健身房跑步，然后洗澡洗头回家，隔的那一天白天我都尽量在外面玩，晚上回家，就拿高汤锅烧热矿泉水洗个比较简单的澡。然后我竟然也习惯了这样的

↑

在院子的第二年冬天，北京下了一场为期三天的"暴雪"，当时我不在北京，就兴冲冲地给邻居杂鱼发信息，拜托他去我们那边拍几张照片给我看。杂鱼哥哥大概那会儿还是单身，拍照总是能拍出一种肃杀凛冽的感觉，特别是从庭院里凉椅上覆满积雪的抱枕就能看出一种久无人烟的寂寥……我说大哥，能折回去给我把抱枕拾进屋里吗！

生活……我真的好随便。大约三四周后天气回暖，有天晚上我从房间出来要去客厅，忽然听见了水滴声，我循声去找，发现院子里浇花用的室外水龙头在细细地流水，我怀着欣喜并感恩的心情，想着今后一定要好好珍惜每一滴水，水龙头滴水一定要拧紧，结果我一碰它，它就炸裂了……哗哗地放水，怎么拧也关不上了，我拧上了周边所有的水阀也没用，当时已经是夜里十一点多，水柱撞击地面的声音特别大，我拿了一块厚长布盖住水龙头缓冲水流，然后进屋四处发短信、打电话求助。这是唯一的一次，超级玛丽师傅拒绝了我，他说他已经睡了，我当然也知道你这个点不会在网吧，可是我能怎么办，我也很绝望啊。

我给小月发了信息，小月再次在一个神奇的网站上找了个师傅，我和师傅联系上，谈好了价钱，师傅就动身前来了。小月说，一会儿师傅来了，你一定不要说你是一个人住。我说嗯，我就说我爱人在加班。小月说，那你爱人也是挺不靠谱的，出了这种事加班也得赶回来啊！你说出差吧！我说好。师傅连夜前来，看了一眼疯狂的水龙头，我说，要去关总水阀么？在外面的大井里。师傅说，不用，这样也能换。然后他从炸裂的水柱上取下水龙头装上新的，一秒修好收钱走人。送他出门回来，我给小月汇报，我说，修好了。小月说，这么快？我说，嗯，我还来不及告诉他我爱人出差了……我跟小月说，为什么我觉得自己这么招事儿呢？小月说，物极必反否极泰来，祝你年会得偿所愿。然后我年会抽中了一个机械键盘。小月就语重心长地安慰我说，要啥自行车啊？

崭新的一年又开始了，我很想有骨气地再也不找任由我一人在深夜里和水龙头一起凌乱的超玛师傅了，然而并不能，生活仍要继续，下水道仍然会堵，且新番持续上线。这一年的夏天开始整日整夜地下暴雨，院子里水位越来越高，雕花地漏在年初几次修下水道的时候被狂暴的玛丽师傅砸了个大口子，碎石树叶都往里跑，我找了两块方砖并排码在那里，像个台阶一样，其实是蛮好的，如果我再往院子里面码几个，地漏冒水的时候客人就会以为这是个人工景观，就好像池塘里的石墩子一样。但整个院子因为暴雨积水，雕花地漏是院子唯一的下水口，被方砖压住水就会下得很慢，可拿开的话，被雨水带起来的树叶树枝石子就都会往里流，开始我以为，水下得慢就慢好了，只要两边屋子里不进水，不用拿堵住下水道来冒险。后来傍晚我从客厅去卧室想拿充电器，走进卧室门口的那个杂物间发现，整个杂物间地下都是水，靠近我卧室那头地势低，水已经积了四五厘米高，好在我卧室有一个滑动门的滑道，不然我今晚可能要睡在漂浮着的床上了，说不定会做一个《大鱼海棠》的梦呢。我拿扫把撮箕扫了四桶水倒出去，才勉强清空了杂物间的水，我以为水是从木头门槛的缝隙里进来的，杂鱼带着佩如一起过来，用院子里的营养土和砖块，帮我在门口摞了沙袋，又和我一起把走廊里的小方井打开，拿我和小月刚搬来时，她在网上买的一个简易的通下水管道的电动弹簧枪，学着师傅的样子疏通下水道，把地漏那里的方砖移开，拿一根长树枝一直戳地漏的豁口，帮助排水。最后我发现，水并不是从门槛的缝隙里进去的，而是在杂物间的角落里有一个我们没用的浴室水盆，水盆的下水管是从墙上直接打了个洞接出去的。所以院子里的积水根本不是溢进来或者渗透进来的，而是从那个大洞洞里潺潺地流进来的……好在后来我在它开始进水的时候发现了，然后找东西堵上了洞。

我曾经是非常喜欢雨天的，每逢下雨的夜晚我都兴奋得睡不着，跟满月的狼一样。但那个夏天我只要看到下雨的天气预报，看到每小时 99% 的降水量，我整个人都心里发毛。

又到了冬天，我发现去年积水的那个室外龙头的角落又开始积水。而且可能是因为去年地面被撑起来过一次，地砖和土壤之间的缝隙变大，明显可以看到地砖的缝隙间是湿的，一开始是靠近杂物间那边的地砖缝隙里渗了水，后来，连对面客厅门口的地面，缝隙里也是湿湿的了。范围越来越大，我怕天气一旦冷起来，又要上演去年胶原蛋白嘭嘭嘭起来的悲剧，又临近过年，我也不敢撂下出现这种苗头的院子回家过上十天半个月，鬼知道会发生什么——每次过完年从家里回院子，一路上都会极忐忑恐惧，会忍不住想象回到院子时，院子的房顶塌了，地面被水撑开，到处都是碎掉的、漂浮的地砖……但每次回来，都其实还好，蛮平静的。所以，大概人才是最有破坏性的，还好我不是个人才，我只是一个美女。

趁着还没过年，师傅还在北京，我又召唤了玛丽师傅，这里是师傅去年带着帮手来挖过的地方。这次他是一个人来的，整块地挖开以后，发现也不是去年破的那个地方，是在去年补的那里的附近，有个特别大的口子，管子基本断开了一半。我蹲在旁边，想着师傅可能需要我帮什么忙，但师傅完全不搭理我，修到一半撂下我什么话都没说就去买工具了，最后给我焊接得跟高科技一样，实在是语言无法描述。这一次是距今最近一次见到超级玛丽师傅，院子的租约今年5月就要到期了，我们不打算再继续租这里，房东为了新一轮的租约，终于决定找师傅来彻彻底底大修一次，可惜我们赶不上了。感觉之后，应该不会再见到玛丽师傅了，在院子这三年，真的很感谢玛丽师傅，每次当我们遇到困难找他，他都会想尽方法来帮助我们。就像一个沉默寡言但行事泼辣又有用的叔叔，每当他沉默，我就会隐隐感到他在与自己较劲，好像在心里想要完成某种挑战。当你把所有的希望放在这样的一个人身上，当这个人把你的问题当作自己的问题，细致地从各方各面思考解决办法和后续可能出现的隐患，并尽全力做出预防时，玛丽师傅从来不会言笑晏晏、舌灿莲花，却令人十分心安。

写下水道的故事时反复跑去问小月一些三年前的细节，小月说你这架势是要给下水道单独写本书啊。我说何止，我简直想把下水道的故事单拎出来拍个电影！小月说，灾难片么？我说，乍一看《下水道的故事》这个片名，你可能会以为是恐怖片；影片一开始，你又可能以为，这是一个院子、猫、好天气和料理的故事，看到一半下水道屡修不好，你可能以为这是个悬疑片，看到女主角的情绪波动和暗涌，在某一秒钟，你可能会暗戳戳地兴奋地以为，这搞不好是个拉拉片。但在影片的最后，原来 time goes by, people move on，这是一个开放性结局。下水道的问题没有解决，女主角也没有死也没有搞蕾丝，我猜我想表达的主题是，和下水道一样，只要它存在，它就会有各种各样的问题，就好像只有死掉才是一个人的故事的 ending，也仅仅只是某一个层面上我们所以为的 ending，这也是我喜欢活着的原因。当这个高层次的主题被升华突出，你会恍然大呼，这他妈原来是个文艺片！然后小月说，你一口气糟践了四个片种你真的不怕被人打死么？

# 二十一

## 命里有猫，躲都躲不掉

▶▼◀

文 /Jackie

搬进院子大概一星期不到，我们发现厨房外面的下水管道破了，一直有水往外渗透出来，装修师傅说要买一根能接两头的短管，叫什么我不大记得了。为了这根短管，我和小月几乎把东四到建国门所有的五金店都找遍了，然后我们找到了宅急送。当时怎么没想到给它取个名字叫短管呢？

从朝阳门南小街往回走的时候，小月低着头絮絮叨叨地说明天要不要去更远的地方看看？路过胡同里一间小小的宅急送发货点，我看见屋里的地板上好像歪

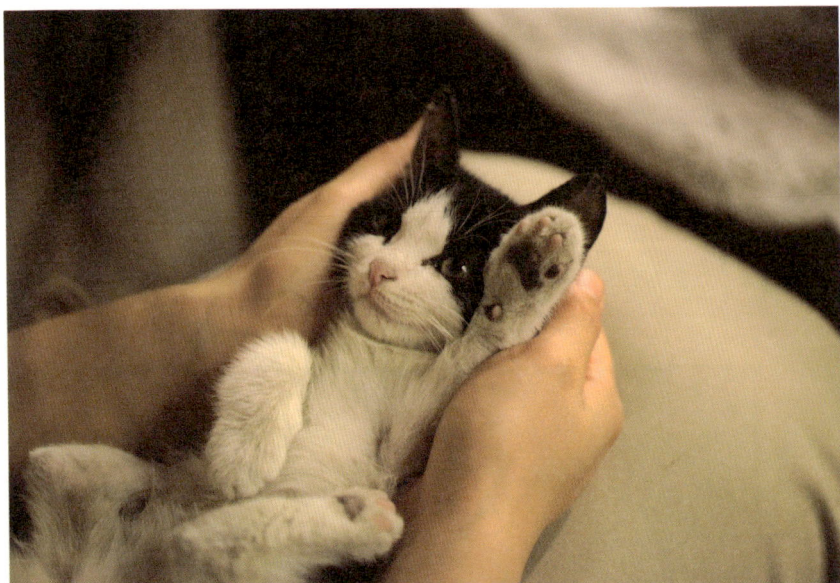

躺着一只极小的猫，出于对奶牛配色天生的钟爱，我目不转睛地盯着看，小月看我没有说话，循着我的目光看过去，发现小猫，然后饿狼一般扑了过去……我的本意，也只是想看一看别人家的猫。要知道看看别人家孩子和自己生个孩子那是天差地别的事情。结果隔天小月神神秘秘地对我露出欢喜的笑容，跟我说，告诉你噢，今天我又去看小猫了。我看着她。她说，发货点的小哥说，你要是喜欢可以抱回去啊！

……

暂且不说，家里的女人不由分说就从外面抱了只来历不明的猫回来，就要跟我一起生活，既然要一起生活了，你怎么也要给它取个好听的、可爱的、呆萌的名字，我才能对它有好的第一印象，继而有好的感情发展啊。小月说，我取了几个名字，你来选吧！我看着她。她说：叫快递小哥怎么样！Jackie 你看！快递小哥在你床上！

……

我说，你给它取名叫宅急送，我是不会爱它的。这名字多无趣啊，牛奶糖、棉花糖、波板糖、跳跳糖，哪一个不比宅急送好听啊？怀着这样的怨怼之情，每当我和小月坐在客厅的大桌子上对着电脑办公的时候，宅急送过来各种磨、拱、蹭、咬、求爱抚，我都会冷冷地对它说，去找你亲妈，不要骚扰你年轻貌美的小妈！亲妈小月对宅急送的爱可谓山高海深。刚把宅急送接回来的头两个月，亲妈带着宅小宅不辞辛苦地跑了十几遍宠物医院。小月说，医生给宅急送打疫苗的时候，对它说，小家伙，你的好日子来啦！妈的，我竟然有一丝感动。所以后来小月买了各种笼子、食盆、猫砂盆回来，又坐在那里特别担忧地说，哎呀，它那么小又是野猫，不知道能不能学会用猫砂盆？我也特别热心地想要帮忙。我说，要不你示范给它看看？

宅急送聪明，不用示范也懂得用猫砂盆，知道按响电磁炉骗我们打开厨房门，会把猫粮里掺杂的妙鲜包单独挑出来吃掉。但它最大的天赋，是足智多谋，骁勇善战。知道如何卖乖讨好，再忽然一口咬过来，或者是匿藏在院子的花盆后，等亲妈的大白腿经过的时候忽然扑出来整只猫挂上去。那个夏天在院子里走动的时候，忽然就有了一种在原始森林的刺激风情。我想大概是和传闻里喝人血驻颜的伯爵夫人一样，而且是自小就开始服用，容貌果然要格外娇美一些。宅急送越长越好看，有时候我和小月追着它揍的间隙，都忍不住要停下来拍一两张照片。

我日日盼着它长成个胖子，我说宅急送啊你快点长大吧。小月说等它以后长大了，你会想念它小时候的。果然现如今宅急送大到攻击力成倍增长，我开始万分想念当初能一巴掌按住它肚皮和四肢得意扬扬地对着它凶狠地喵喵叫的好时光。大概是幸福来得太突然，宅急送幼小的心中每每总有患得患失的恐惧感，害怕这一切醒来都是一场美梦。我想也是因为这样，它才总会时不时在我和小月身上拉两条口子来证明自己不是在做梦。我不准它进厨房，我们在厨房做饭刷碗的时候，它会想尽办法爬上厨房台阶，在玻璃门外一边使劲蹭玻璃门一边喵喵叫，后来长大了一些能跳上高的地方，它要么就在厨房外的窗台上痴汉般徘徊，要么就在客厅和厨房中间隔断的玻璃窗台上的微波炉上，巴巴地望着我们，直到昏昏睡去……

有一天小月忽然说，我发现，它其实只是想要看见我们而已。妈的，我忽然觉得此刻我应该手一抖，一只瓷碗应声落地，发出清脆的碎裂声响，然后一滴泪从我眼角滑落，无声地掉在碎瓷片上……院子第一年刚刚入冬的时候，宅急送就长成了一只大猫。妥妥的一只大号暖宝宝，妈妈的贴心小棉袄。虽然是很老很老的四合院，却意外地发现暖气管在整个城市集中供暖的时候，竟也十分争气地热起来了，而且宅急送笼子旁边的暖气管是最热乎的，但即便如此，只要能窝在我们身边，它就绝不会独自苟暖。

有什么能比母亲的怀抱更暖呢！

四合院虽说不在湖边，大门敞开人来人往，但院子里也没有天花板，时不时也会有胡同里着实美貌的流浪猫踩在房檐的瓦片上对着宅急送曼妙呼唤。我们想宅急送原本也是野性难驯，不过我没有说，小月倒是先开了口，她说宅急送早晚有一天还是会走掉，跟着那群流浪猫去闯天涯的，我们做好心理准备吧。然后有一天有视频团队来拍摄，我出了门，完事了大件小件往外撤东西，小月发现宅急送找不到了，可把亲妈急坏了，里里外外找了三五七遍，就快要梨花带雨精神崩溃了，最后发现宅急送藏匿在香草架子上伸着头，特别笃定地睁着圆而清澈的眸子看着她，无辜的眼神仿佛在说，哎嘛呀，大闺女儿找啥儿呐！跟哥说说呗儿！让我想到佩内洛普主演的《回归》里，她妈妈说到她爸爸：他只会折磨爱他的女人。

说起来，我和宅急送早期的相处，因为痴汉宅太过黏人，我又盛情难却，小月不在的时候，我经常被热情如火的宅急送撩拨得神经衰弱。所以当时我以为，只要不让宅急送发现我，便可以偷得浮生半日闲，逍遥快活似神仙。但后来我意识到，当宅急送不想玩我的时候，它一定在玩更好玩的东西，而它与这个更好玩的东西之间的互动，一定会伤透我的心，比如我的六人份 CHEMEX 咖啡壶，比如我刚换了床单被套的床，比如我洗干净好不容易晒到半干的大衣……

这样经年累月地警醒着生活，现在我都落下病根了。必须每两个小时检查一下宅急送的坐标，确保它时刻在我的视线范围之内。院子里四个门，进进出出都要及时关好。即便痴汉宅是亲妈心中的小公举，小妈心中的大魔王，我二人对它爱恨交缠，每每又在它的颜值下妥协屈从。但宅急送多少也算一只懂礼貌识

↑

宅急送特别喜欢待在厨房面对着杂物间的那边墙壁前，我们在那里放了一个废旧抽屉。搞不懂这只猫，在外面的时候，总是要找一个能一醒来就可以监控我们一举一动的地方睡觉，和它同处一室的时候，它又总是蹲在窗边巴巴地望着外面。跑到外面野上一两天又还是乖乖回来，真是个不成气候的浪子。

大体的猫，只要有客人来吃饭，我们就会在摆碗筷之前把它抓进笼子。虽然有时候它玩得兴致正高，抓住它几乎要冒着生命危险，好不容易给捞进去，它就在里面撕心裂肺地叫。但只要客人一来，它就立刻安静了，摇摇头摆摆尾，转个圈优雅地躺下，一觉睡到客人走。期间不论是四个双鱼座女生看见扎着红丝带的樱桃夏洛特嗷嗷尖叫，还是软磨硬泡组大局的十二三人觥筹交错间杯盘碗崩于前，对宅急送来说，我心安宁，世间皆是净土。到了九点半家宴结束，客人陆续离开，我和小月开始收拾碗筷，把剩菜残渣倒进垃圾桶的时候，宅急送就陡然清醒了，它会再转一个圈，弓起身子伸个懒腰，再撅起屁股拉伸拉伸前腿，最后甩甩头，然后对着我们一直叫。在我和小月为数不多的严肃的对话中，我们认真地讨论过宅急送离开我们的几种可能性，以及它可能离家出走的路线。小月始终坚信，宅急送有一天一定可以从地面直接一跃而上屋顶，然后远走高飞。我不以为然。且不说宅小宅每天饱食终日、大腹便便，再灵活的胖子也不可能会飞。加上当初 Pan 小月也是言之凿凿、信誓旦旦地跟我说宅急送做完绝育之后就会失去咬人的兴趣，从此日出而吃，日落而睡。我再也不会相信她了。

宅小宅的第一次出逃，是因为扒开了快递小哥离开时没有掩好的走廊门。它从前院的窗台跳上矮墙，再跳上屋顶。我在厨房刷着碗，看它迟迟未归就出去找，隐隐听见猫在头顶上叫唤。我一抬头它正在月光下的房檐上闲庭信步，我怕夜色太美令初入霓虹的小猫迷醉其中再无归期，站在下面用人话和猫话两种语言对它威逼利诱均无果。最后还是翻抽屉找了袋妙鲜包，从矮墙到窗台到地面给它指了条明路。我是觉得若为自由故万事皆可抛的，我要是它我肯定就浪迹天涯去了，但这想法肯定不能让它知道。当时真的觉得可能要失去它了，因为我上不了房。心里有一丢丢难过，后来食诱成功，一把将其逮入怀中趁它还没反应过来深情拥抱了三五分钟才扔进笼子里。有了第一次的经验教训，我们进出的时候就更加留心，在不能确定院子大门是否关好的情况下，是绝对不会让宅急送出大北房的门的。真真是大家闺秀，大门不出，二门不迈。但宅急送食髓知味，对自由和探险的渴望岂是一道窄门可以阻挡的？

宅小宅擅长爬树，跟它从小爱抱大白腿估计也有关联，院子里有一棵光秃秃的玉兰树，它也能嗖嗖地蹿到顶端的树杈。我偶尔看见这小胖子卡在树杈上进退两难，或者在树杈上使劲挣着小短腿往屋顶上跳，我仔细研究了一下玉兰树和屋顶的距离，觉得它应该找不到合理的施力点，要跳上房顶可能性不大，又觉得猫也需要有希望、有憧憬、有个奔头，所以也没有阻止它。万万没想到励志的一幕终于出现了，当它终于挣脱了玉兰树、挣脱了四合院、挣脱了我和小月的束缚，站在广袤的天地之间时，它几乎毫不犹豫地一扭身就不见了。虽然当时我再度觉得，我可能要失去它了。但心里又想着，它应该会回来的吧。果不其然，那天隔壁酒店在举行婚礼，音乐司仪动静挺大，我估摸着它大概是去观了个礼，到了饭点就回来了。然而树杈这个驿站，易走难返，宅急送伸着爪子试探了几遍，大概还是不敢冒着变成串烧小猫干的危险纵情一跃，就在房顶上嗷嗷叫唤。

我反正是看热闹不嫌事大，站在树下使劲怂恿然而并没有什么卵用，最后还是找了个高凳踩上去给抱下来。后来我打电话跟小月说，我就看扁这只生活不能自理的猫了，它是不可能离开我们的！再后来，登高眺远、四处巡游就成了宅小宅每天的固定项目，我觉得男孩子长大了志在四方，多出去见见世面也好。我还特地教会了它如何从玉兰树旁边的屋顶穿过走廊的玻璃天花板，再越过前院的瓦檐跳到矮墙上，最后顺着窗台跳回地面，再从走廊的大门回家。但亲妈觉得这样下去痴汉宅迟早会变成流浪汉宅，最后一去不回头。我说不如把宅急送的腿打断吧。亲妈思考了一下，把玉兰树给锯了。当时我想，要是宅急送会爬墙了，亲妈搞不好会把墙给炸了。只是我万万没想到，炸墙这一天来得这么快。

我也没有确确实实看见宅急送是如何爬墙上房的，早上起床经过院子，听见宅急送在房顶嗷嗷叫唤，惊得我骤然清醒。我仔细考察了一下院子各处的地形趋势，根本没有任何地方可以借力，即使是最高的台面，和屋顶也隔了很远的距离，就是说，它要么是平地起跳直达屋顶，要么是学会了壁虎漫步可以自由行走在90度垂直的墙壁上。不光如此，我发现它还熟知了如何向里打开房门，摒弃了只会用头往外撞的蛮力。

胡同里一向有流浪猫，常常在房顶流连并对宅急送百般勾引的总是一只黄白色的大猫，偶尔会有一只白色的长毛猫跟着它。有时候从北大街进胡同，会遇到一只跟宅急送一样花色的猫，我和小月曾经大胆猜测会不会是宅急送的生父或者生母，它总在小区里溜达，钻车底很频繁，但从没见它上过房。在玉兰树被砍掉后宅急送再次越狱的第二天，我出门买菜的时候，忽然看见疑似宅急送生父或者生母的那只猫，竟然出现在了院子的房顶上，我忽然之间明白了宅急送为什么仿佛一夜之间学会了上天入地。

因为亲情，是最伟大的啊！！！所以有一天早晨，我发现宅急送没有像往常那样站在屋顶玩命吆喝叫我起床给它开门，我有一些忐忑，不知道它是进入了第二个阶段，就像叛逆期的小孩离家出走去同学家过夜，还是直接进入第三个阶段，和心爱的猫义无反顾地私奔红尘作伴浪迹天涯。我怀抱着"它大概晚一点就会回来了吧"的心情，如常买菜做饭过了一日。到晚上它也没有回来。我开始想，它是不是在哪个不认识的墙根跳上跳下迷了路，不知道怎么回来了？虽然我心里觉得这只寄生猫不可能抛弃我这个长期饭票，可是我着实很担心它的智商。

又一日过去。我也不知道自己是什么感觉，虽然觉得这一次它可能不会回来了，好像应该哭可是哭不出来。进进出出还是会随手关好每一扇门，晚上回房间睡觉，该锁好的门还是会锁好，就好像它随时会回来，潜入我的房间撕烂我的围

巾一样。从厨房进客厅经过它的笼子，会停下来看一会儿，但又不觉得伤心，只是会看一会儿。

前院的杂鱼也有一只猫，叫咪咕。咪咕总在窗户边望着外面，我进出院子每每都在它的注视之下，俨然如门房大爷一般亲切。宅急送失踪的第二天，我出门去健身房的时候看了一眼窗边的咪咕，心想回来的时候去好好抱一抱它。结果在跑步机上跑步的时候收到杂鱼的信息，说咪咕也越狱了，破窗而逃。我回家的时候杂鱼刚从外面回来，在胡同里前前后后找了三个小时，他说院子背面酒店那边的大爷说，看见一对情侣好像抱着一只黄色的毛茸茸的动物走了，但不确定是不是咪咕。杂鱼说胡同里性格温顺可以任人摸、让人抱的猫只有咪咕了。杂鱼又说认识的猫友告诉他最近附近好像有猫贩子在抓猫，我听到他这样说，才忽然感觉害怕。我意识到虽然我觉得宅急送可能不会回来了，但我只以为它是玩得兴致高昂、乐不思蜀，我从来没想过它会被人抓住更没想过是被猫贩子抓住。我忽然很难过。

我开始害怕，我不断地想宅急送被猫贩子抓住，然后虐打，宅急送那么凶，一定会抓伤猫贩子，激怒了他们，只会下更重的手。我想到宅急送惊恐的眼睛和哀哀的呜咽，我想到前几天看见朋友的微博说自己的猫不见了，希望不要被黑了良心的人拿去成为口中食，当时我心想应该不会有这样的事吧，我想到小月的朋友丁子有一只和宅急送长得很像、叫作奥利奥的猫。奥利奥前不久因为生病离开了，丁子对奥利奥说：只要你过得好，在哪里都不重要，记不记得我们也不重要。我们的承诺永远有效，你是每一朵云，每一道光，只要天气好就会看到你。永远爱你。

我想到很多很多事情，那一些原本好像不相关的、我根本没想过或是没想到的事情，忽然之间全都盘踞在我脑袋里。但我还是哭不出来，我只是骑着自行车穿过胡同的时候会反复地看两边的屋顶，每天起床后和睡觉前会再三检查屋顶，听见一点点动静会以为是猫叫或脚步声然后慌忙跑到外面看，试着做各种各样的事情转移自己的注意力不让自己陷入臆想的恐惧里。我又很担心小月。我不希望她因为失去宅急送伤心，我不希望她哭。我看见她哭我可能也会哭。我并不怕失去宅急送，如果它日子过得开心，没有牵挂也无忧温饱，我甚至觉得为它高兴，天大地大，能这样自由来去很好。可我不能接受它有一个万一。

宅急送失踪的第三天，我在卫生间里梳头发，听见房顶有轻快的脚步声，失望过很多次，我已经知道不会是宅急送了。我回房间拿了床单被套预备要放进洗衣机里，出房间的时候习惯性地抬头看，竟然真的看见宅急送在它总在的地方低头看着我。我想要放下手中的东西去给它开门，可它一转身跑掉了，我只好抱着床单被罩就往门口跑。我跑到外面的矮墙，看见宅急送横穿过屋顶，跳下矮墙、窗台，再到地面，就像往常一样，我才忽然哭了。杂鱼听见声音出来问我，回来了？我背对着他嗯了一声，然后匆匆跟着宅急送进了院子，我看见宅急送瘦了很多，全身都脏兮兮的，我又难过又高兴，又怕一不留神再让它跑掉，进了院子堵好门，我才蹲在地上放心地大哭起来。真稀了个奇的，它明明也不是从门走的。

一次哭够了三天的量，顿时神清气爽。我就拿着沾满泪水的床单继续放进洗衣机，去厨房想给宅急送煮颗白水鸡蛋让它知道家里千般好，一转身看见宅急送又像往常一样团成团睡在微波炉上，想到前几天每次回头空空如也，觉得这画面太感人，控制不住情绪又哭了一轮。就好像可以"像往常一样"，是件多么天大的好事情。不知道宅急送在外面经历了什么，想必也是筋疲力尽，我拿湿纸巾给它擦毛，它竟然完全没有反抗。我于是忽然也有了上天入地、得寸进尺的勇气，戴上手套穿上围裙，预备干脆豁出老命给宅急送洗它猫生中的第一次澡，正式开始前我原本还打算先发一条朋友圈，问问如果我毁容了有没有人愿意娶我，但想一想我现在没有毁容也并没有人要娶我啊，天了噜，还是不要连尊严和美貌都一起失去吧。我胆战心惊地把水浇在宅急送身上的时候，它只是紧紧地贴着我，头深深地埋进我的臂弯里，爪子牢牢地抓在我的衣服上抱着我，就好像小时候被妈妈带去医务所打针不敢看针头的我。

唉，这可怎么办哟！

————————文/Pan小月————————

我觉得我是那种命里有猫的人。好朋友丁姨说，你们怎么随随便便就能捡到猫呢，我怎么就捡不到？她抱怨过很多次，过了好久，她终于有自己的猫了，还是同事捡到被她"抢"来的。丁姨乐坏了，满脸都是"老来得子"的喜悦。丁姨的猫是黑白奶牛猫，我另一个朋友肉星的猫也是黑白奶牛猫，加上宅急送，我的朋友圈快要被奶牛猫占领了。Jackie说"奶牛猫简直是神经病猫里的战斗机"，我表示同意。我们这几只猫都不好对付，凶猛执拗爱发脾气，要不是颜值高，我大概也不会心甘情愿被虐。

我在"山川与湖海"装修完毕后的8月，捡回了宅急送。胡同里有个"宅急送"快递发货点，连着两三天路过的时候都看见屋里趴着一只小猫，手掌那么一丢丢大。我忍不住走进去逗它玩儿，快递小哥看我满脸宠溺，就说你要喜欢就带走吧，我们都不知道它是从哪儿来的，忽然有一天就出现在了发货点里。就这样，宅急送成为"山川与湖海"的宅急送了。我给它起了个大名就叫"宅

急送"，平时叫它"宅宅"，等它长大变成一只异常凶猛执拗爱发脾气的神经病猫之后，就只能跪着喊它"宅总"了。刚捡回来时宅总瘦瘦小小，满脸脏兮兮，还有皮肤病。Jackie 总是嫌它丑，我以多年养猫、阅猫无数的经验向她保证，这家伙长大了绝对漂亮。事实证明我是对的，它漂亮到即便我被咬出血痕，还是一边龇牙咧嘴一边忍不住赞叹：宅宅酱你真好看！哎呀，看来我是个十足的抖M……

那之后我带宅总频繁地跑医院，一方面是因为宅总有很多治疗需要完成，比如耳廓和腿部的皮肤病，比如严重的耳螨，比如肠胃炎；另一方面是因为那家宠物医院里的陈大夫斯文清秀有爱心，深得我心。宅总简直是那家宠物医院的一霸，曾经龇牙咧嘴怒吼着一巴掌呼掉了陈大夫的眼镜。给它剪趾甲需要两到三名年轻男性齐上阵，而它的号叫会响彻整条胡同，大夫们纷纷表示从没见过剪趾甲如此要命的猫。

宅总从小就喜欢咬人。我自己家里也有一只从小养到大，已经养了十年的虎斑猫，性格绝佳，温驯安静，我长久以来一直自恋地认为，这是随主人的……直到我又开始从小养宅总，终于承认性格大约还是天生的。无论我如何努力，宅总就是改不了咬人的习惯，小时候还不具备什么杀伤力，但随着宅总体形越来越大，已俨然成了一只猛兽，只要你企图向它伸出手去，电光石火之间，它的牙就咬上来了。和宅总是有相处之道的，那就是最好远观，不要亵玩。当它安安静静趴在你身边时，实在是个小天使。当"天使面庞、恶魔爪牙"的宅总青春期时，我正好被老大调回了下厨房总部，不在它身边，只有 Jackie 和它朝夕相对。我只能默默听着 Jackie 一把眼泪一把鼻涕地控诉，告诉我宅总是如何与她斗智斗勇非要逃离四合院，又是如何打碎了这个弄翻了那个。我对她表示深深的同情，然后在每一次见到宅总时，依旧一脸宠溺花枝招展地朝它扑去，一边躲避它的攻击，一边喊：宅宅酱你真好看！

# 二十二

## 猫，你家缺兔子吗

文 /Pan 小月

▶▶▶

2013 年 10 月的一天，我和 Jackie 正走在办公室附近，打算到那栋常年无人居住的别墅门口摘两个疯长的瓠瓜。忽然，Jackie 瞥见草丛里有个小东西在窸窸窣窣地动。她指给我看，竟然是只棕色的小兔子！好小，两只手就能盖住，拢在手心里。我捧着它原地站着东张西望了一会儿，毫无它是从哪家偷跑出来的迹象，几乎不假思索，就原路折返带回了办公室。瓠瓜也不去摘了，毕竟有兔子，谁还要吃瓠瓜？等下，不是你想的那样——这就是粗面的来历。每次告诉别人粗面是我捡来的，大家都很惊讶。唉，要是哪天能捡到个男朋友就好了。

我迅速置办好一套饲养兔子的装备，粗面就在下厨房办公室安下家了。一开始粗面没有名字，我用下厨房的官微发了一条微博，拜托大家替它起个名字。这条微博被转发了两百多次，评论了三百多条，大家热情高涨地给起了好多不错的名字，比如：老妈兔头、麻辣兔丁、干锅兔……最后我和同事们一拍脑袋，决定叫它粗面，自然是因为麦兜电影里著名的台词"木有鱼丸，木有粗面"，并且约好，假如以后还有小动物加入下厨房的大家庭，就叫它"鱼丸"。后来真的有了鱼丸，那是另一个故事了。

粗面在下厨房过上了无忧无虑的生活，很快就从捧在掌心的小萌物，变成了和猫一样大的肥兔子，每天除了吃喝就是拉撒。同事费超有一天走到粗面跟前，认真地对它说："你慢点儿长，长得越快，死得越早，知道吗？"我们常常这样开玩笑说要吃了粗面，还煞有介事地讨论过究竟是红烧还是干锅。唉，毕竟我们是一个打算把实习生都杀了吃肉的没正经吃货团队嘛。

下厨房在别墅办公时，粗面有一间属于自己的小阳台！每天吃饱喝足摆一个销魂的姿势晒太阳。到了2015年的春天，团队壮大，搬去了办公楼，无法给粗面提供从前那样舒适的生活条件了，于是，大胖兔子就被"山川与湖海"小院儿接收了过来，与宅总做伴。宅总看到粗面的第一眼，内心一定是崩溃的。它和往常一样，刚睡醒，伸了个懒腰就要从饭厅往院子走。刚迈出门槛，一眼看到粗面这只棕色的庞然大物——这是什么？老鼠？这么大的老鼠？我可怎么咬！——吓得原地跳起，落荒而逃，浑身的毛都竖了起来，蓬得巨大。我和

↑

把粗面接到院子以后，宅急送就没回过自己笼子。每天每时每刻
不是盯着粗面的一举一动，就是被粗面追得满院子跑。有天粗面
在院子里，宅急送在客厅，我进门的时候顺手把客厅门带上了，
宅急送看见我关了门，居然自己回了笼子，然后倒头就睡了。稍
晚我拿衣服去晾，回来一推门它立刻惊醒，抬头看了一眼，确定
不是粗面进来，才又放心睡了。我就去找小月告状，我说好心疼
宅急送啊，我们还是把粗面吃了吧！

Jackie 没心没肺地笑得前仰后合，笑完了开始给宅总做心理建设，一遍遍安抚它。

粗面倒是满不在乎，从前它在下厨房大本营里，和湖海、山川一起生活时，就以淡定著称，无论湖海和山川绕着它做什么，它都冷眼以对，吃自己的草，别人爱干吗干吗去，湖海和山川对它也很自然，并没有大惊小怪。见了宅总，粗面依然波澜不惊，几次三番朝宅总蹦过去，宅总都像见了鬼似的东躲西藏。拍了微信小视频，同事们、客人们纷纷怒赞——宅急送你也有今天！

度过了惊吓期后，宅总开始对粗面进行全方位 24 小时监控，无时无刻不守在粗面旁边，目不转睛地盯着它的一举一动，粗面在笼子里，宅总就趴在笼子外面；粗面在院子里，宅总就保持一定距离跟着，简直是跟踪狂！粗面的心理素质一定极强，被这样紧盯着还照样淡然处之。宅总过了好几天茶饭不思的日子，似乎因为有个不明生物会随时蹿出来而一直神经紧绷，都不再回自己最爱的窝里睡觉了，困极了睡一会儿，也是选一个离门口最近的位置，大概是为了方便逃生。

Jackie 说有一天她把饭厅的门关上了，粗面在外，宅总在里。宅总确认了几次门关着，粗面不会忽然进来，终于回到自己的窝里睡下了，精疲力竭。这只看起来很好吃的大胖兔子，简直让我们横行霸道惯了的宅总神经衰弱。也有好处，宅总的全部精力都投入在粗面身上，已经好几天不咬我们了。看不到粗面的时候，宅总就变得极其黏人，几乎不能让人离开它的视线范围，Jackie 回房间去了，它就巴巴地守在门口，这可是特立独行的宅总以前从未有过的。

就在我开始担心宅总到底还要这样多久的时候，就发现情况已经好多了。宅总已经能故作镇定地面对粗面了，两坨肥硕的身体甚至都能零距离接触，只不过偶尔粗面忽然跳起来，宅总还是会吓一跳往后退一步。希望它们以后能好好相处，更希望宅总不要在习惯了粗面之后，开始把它当成猎物……

# 二十三

## 在院子里包饺子、做蛋糕、过冬至

文 /Jackie

▶▶◀

今年是第三年了，冬至那天我和杂鱼还有他女朋友佩如一起，约好去 Nic 家一起包饺子，前一晚手机上收到雾霾预警，说冬至当天北京空气污染指数将达到峰值。我转发给佩如，笑说明天要一起出门的我们真是生死之交。

Nic 说他只会包素馅儿饺子，杂鱼从来只包白菜猪肉馅儿的饺子，我小时候也跟家里人一起包饺子，如果自己可以选择饺子馅儿的口味，那么我一定不会选猪肉馅儿。饺子作为一种料理形式，其实就是面皮包馅儿，在面皮和馅儿上如果做出改变，可以衍生出千百种美味料理。但那样就不是中国传统的饺子，不是我们中国人冬至吃的饺子、除夕吃的饺子……但，作为一个已经成年很多年，却仍然满含着青少年的反叛精神的我，既然有着自由自在的灵魂，就要释放自己自由自在的天性，过自由自在的生活，包自由自在的饺子。所以冬至的前一天，我决定尝试用面包机揉个饺子面团，然后自己擀皮，包一拨纯粹只为取悦自己的饺子。

下午出去买饺子馅儿材料的时候在门口碰上杂鱼，他看着捂得严严实实的我问，去哪儿？我说菜市场。他说，想死么？我点点头，我说你知道现在的"空指"是多少吗？他说多少？我说，444。

那一天我包了两种馅儿的饺子，加了一根朝天椒的辣味牛肉番茄胡萝卜大葱水饺，和中西合璧的香草彩椒洋葱番茄牛肉水饺。因为错判了饺子皮和饺子馅儿的比例，不得不和了两次面，擀了两倍的饺子皮，并且在擀皮这件事上，充分体现了我自由自在的精神，虽然没一张饺子皮是圆的，但每一张饺子皮都形状各异，充满个性。因为这一拨饺子实在做得辛苦，所以冬至那天我一颗都没带，全都私自藏在了冰箱里。我以为他们不会知道，后来 Nic 在我的微博下留言，祝我每一口都吃到朝天椒。

冬至那天我们在 Nic 家包饺子的时候，说到要离开北京，Nic 说他无时无刻不在想离开北京。杂鱼说他计划三五年后，回自己或是佩如的家乡发展，我说我一度觉得我离开北京无法生活，但前几天雾霾特别厉害可坦白讲又没有去年五百多那么厉害的时候，我不知道为什么忽然想，以后还是不要在北京生活吧。Nic 说都是现在这样想，过几天天晴了又不觉得了。我说对呀对呀，天气好的时候我就觉得这世界上我最爱日坛公园了，我这辈子都不想离开它。Nic 就给我一个大白眼。

即使是在我觉得离开北京无法生活的时候，我也不肯承认我喜欢北京。我想我是觉得自己没底气说自己喜欢北京，北京有很多很多的外地人，很多很多北漂，北京是一个很包容的城市，但并不宽容，事实上，她非常严苛。你可以出身贫寒，你可以有各种性取向和无害的怪癖，你可以有自己的性格和脾气，但你不可以不努力。没有人会来责备你，因为别人没时间看你努不努力，如果你不努力，你面临的才不是被责备这么简单痛快的事情，你会被边缘化，被遗忘，被这个城市所遗忘，你以为她抛弃了你，但因为你不努力，所以她其实根本没有记住你。

我不是一个很努力的人，尤其是在某些成熟的人实在应该努力的方面。我又是一个要面子的人，所以如果我喜欢的北京最后却没有记住我，我会觉得是件很

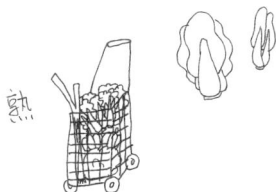

丢脸的事情，大概就像吃不到葡萄说葡萄酸，我觉得我可能一辈子也不会做一些正确的努力，所以，不如我就先说我不喜欢北京吧。相比起来，我的邻居杂鱼就非常努力。白羊座的迷茫在我身上体现得淋漓尽致，他也是白羊座，但在他那里我却好像只看到白羊座的干劲。他总是很有自信，并且看似毫不犹疑地做自己认为对的事情。大概就像是，他脆弱迷茫的日子，已经在我们认识之前过完了。和他聊天很容易被洗脑，但我是一个多思的少女，这样间断性地强势洗脑会令我在乍一茅塞顿开后更加迷茫，所以我后来很少主动去和他谈话，通常是简短寒暄。他给我的感觉就好像一个有代沟且强势的哥哥，我毫不怀疑地相信他说的话做的事都是为我好，但我就是觉得，他根本不懂我的感受。

不过杂鱼哥哥虽然说话有时候总让人觉得他欠砖拍，但招牌菜是手撕姜酱鸡的他心地真的很善良。有一次我和他还有 Nic 三个人晚上去吃夜宵，吃不完的菜他打包起来，拿去给饭馆门口的流浪汉，回来的时候跟我们讲，他说流浪汉笑得很开心，跟他说谢谢。他又说了一遍，他真的笑得很开心，然后杂鱼就眼泛泪光了。搞得习惯找砖的我一时都不知所措了。

搬来院子的第一年，杂鱼对面的女孩儿阿菇还没有搬走，后院里就是我们三户。冬至前杂鱼在我们三个人的聊天群里说，第一年一起过节（冬至），来我家一起包饺子吃个饭吧。冬天里我和杂鱼两边接的家宴都多，日子一对下来，就赶巧夹在了冬至和平安夜中间，12 月 23 日。冰箱里储备的奶油都给客人做蛋糕了，也没时间去买，只剩区区 100 克奶油，我就在想怎么能做一个不需要用太多奶油也能在衬托圣诞节欢乐气氛的同时，还能霸气地传达出我们"山川与湖海"从来不缺奶油这一重要信息的蛋糕？于是一款"有关淡奶油的心机cake"诞生了，它的基底是一只小小的六寸香橙戚风，小月喜欢一切柑橘类的东西，逢年过节的时候，我就会给她的米饭里撒点橘子皮……

戚风蛋糕里我磨了一些香橙皮屑，蛋糕体里有跳跃的橘色显得很活泼，顶上我淋了巧克力，做成了一个半包的流淌式淋面，趁巧克力未凝固撒了一些彩糖粒，最后用仅有的 100 克淡奶油打发，挤在蛋糕的最上层，像圣诞节的积雪。一般蛋糕上会用巧克力在淡奶油上写字，这次反过来，我装了一些奶油在裱花袋里，在侧边的巧克力淋面上画雪花，还写了"Merry Xmas"。顶部的奶油上，我装饰了新鲜的草莓和一些圣诞松枝。淡奶油在这个蛋糕上体现了它的不可或缺，却又不必再多、不需要也不应有夹层或包住整体，那样只会掩盖了蛋糕体侧面极具抽象艺术气息的淋面和充满手绘朴实感的涂鸦。

做完这个创造性的圣诞蛋糕，我自己都要被自己感动哭了。那种感动就好像100 克奶油里的每一克都可以瞑目了，它们的价值已然获得了最大化。

朕把倾注了朕毕生心机的圣诞蛋糕放进冰箱冷藏定型之后，带着踌躇满志的动人容光去了杂鱼家，不管你的晚餐做得多么好吃，饺子煮得多么圆满，最后压轴的惊叹都是属于朕的！朕心里高兴，笃定欢喜。

阿菇虽然住得离杂鱼家更近，但比我晚一些过来，她来的时候带了两把ukulele，正好杂鱼还在和馅儿，我也没什么事做，阿菇就教我弹琴。阿菇平日里看起来是一个严谨认真的艺术家，弹着 ukulele 的阿菇显得很不一样。她弹着琴、唱着歌，自在地摇摆着身体。我忽然发现阿菇原来是一个很有意思、很有生活热情的人，或许我早该发现了，没有生活热情的人，应该也不会搞艺术吧。

杂鱼哥哥亲切地传授了我包饺子技能并被阿菇嫌弃包得丑之后，愤然离去回厨房准备其他菜去了，稍晚小月也从家里过来了，我们三个姑娘很快就包完了三大盘美得各有千秋的饺子。除了饺子和杂鱼哥哥的拿手菜，我们还吃了苹果和我做的圣诞蛋糕，所以我们算是"由于时间的关系，就把冬至、平安夜、圣诞节一起过了"。

在饭桌上聊天，当时我们四个都是单身，现在杂鱼有了佩如，虽然杂鱼还是欠砖拍的杂鱼，但今年在 Nic 家的时候，看到他在饭桌上极自然地把炒蟹里的蟹籽团儿放在身边佩如的碗里，什么话都没说也没对视，感觉朴实美好，很温柔。小月也有了自己很热爱——不过好像只要是工作她都挺有热情——那么应该说是更能发挥所长的新事业，看见她的时候总觉得能看见她脸上闪烁着走在梦想成真道路上的兴奋光芒。但不知道阿菇现在怎么样，她搬走之后，我们渐渐就没有联系了。只是记得当时我们四个人聊到理想伴侣时，阿菇说她想要的伴侣，一定要很帅，并且一定要经济独立。我们都很惊讶，我们本以为艺术家的择偶标准，会更虚无缥缈一些，实在没想到能这么清晰明确。

我其实也不知道她说的这两点，代表了什么意义，只是当时觉得很羡慕，不论是生活、事业或爱情，我总是很容易去羡慕那些能立刻说出自己想要的是什么的人。他们明确地知道自己要什么，就能很认真并且心无旁骛地去执着追求、去得到自己想要的。这样想，我相信她现在应该也过得很好吧。

我最擅长的就是头脑发热，先一头栽进去，再想其他。即使遇到困局，不到迫在眉睫的时候，根本就不想去面对问题。这一点，看我拖稿拖过了两个冬至就能看得出来。

# 二十四

## 小月重回大本营并开始创业

文 /Pan 小月

▶▶▶

2015 年春末，我被 Tony "一纸调令"召回了下厨房大本营。当时下厨房的电商业务正迎来一个快速上升期，发展得如火如荼，大量新商家入驻，电商部人手不足。曾在"山川与湖海"当过兼职女招待的嬛嬛作为电商部 leader 忙到连轴转，Tony 对我说"你回来帮帮她吧"。那阵子嬛嬛真是太忙了，我们都很久没吃到过她熬的宁夏风味辣椒油了。

对于我要离开小院儿回大本营，Jackie 在很长一段时间里并没有表现出什么情绪。我猜她会有一点心里没底，接待预订和招呼客人都需要她亲自出马了。但其他的呢？当时的我并没有想太多，或者说故意没让自己去想，只是一如往常地冷静客观，一件件事地交代和交接，包括电费怎么充、花花草草怎么浇水、大兔子粗面怎么喂食……然后我就走了，走的时候我的睡衣和枕头都还在 Jackie 的床上。

回到大本营后时间一下子变得快起来，我呼啦啦招了几个人，帮忙梳理了电商部的分工和日常运营活动的流程，几个月就转瞬即逝了。我似乎总能适应快速的角色转换，从四合院里穿麻布裙子的文艺厨娘，又变成了写字楼里雷厉风行的白领。一开始我还能在周末去小院儿给 Jackie 帮忙，但慢慢地去的次数越来越少。大本营的电商部后来又外聘了厉害的 leader，我招进来的小朋友们也和其他同事一样兢兢业业又靠谱，一切都正常运转着，不再像当初 Tony 找我回去时那样忙乱了。而我，又到了再一次面临选择的时刻。

2015 年年底，Tony 和我聊起了半成品食材包这桩生意。在国外，这类半成品已流行多年，国内也陆陆续续有不少人做过，但至今没有特别成功的。下厨房一直致力于连通家庭烹饪的上下游，参与家庭烹饪的各个环节，生鲜半成品食材包的周期性宅配，或许是其中难度最高的环节之一了，Tony 想要试试看。他的提议与我的童年梦想不谋而合——我在十几岁时就梦想开一家餐厅，人们可以在店里吃到美味的食物，喜欢哪道菜还可以直接将这道菜的材料买回家自己做，材料都是按用量切配好的，葱姜蒜一应俱全。

让更多人回归厨房试着亲自做饭，并体会到做饭的乐趣，这就是我在美食道路上一直以来的目标啊，现在我有了一个机会，通过好吃又方便的半成品食材包来向这个目标迈进一大步。于是等过年回来做完调研，2016 年的 3 月，我和另一位下厨房大本营的元老级员工伟平，挑起大梁正式决定来做这件事，成立了"三刻321cooking"。那就是另外一个故事了，跌宕起伏，沿途满是荆棘。我们做调研、找大厨、研发、建中央厨房、跑供应链、办各种证照、设计包装、测试物流……每一天都被项目推着跑，终于在9月上线了产品。

在开始做半成品食材包之前，我们就心知肚明，小院儿到期后不会续租了，四合院里的"山川与湖海"也不会继续下去了。它的开始是一个充满好奇的尝试，以我们对菜品质量的要求，这样的私房菜馆怎么计算都无法赚够房租和养活自己的钱，下厨房成长得太快，而这个小院儿几乎是静止不动的。我曾经想让Jackie一起来做半成品食材包，并且我预感着做着做着，这桩新事业能以某种形式和"山川与湖海"继续绑在一起。Jackie很认真地尝试了一阵子，但终究还是做不下去。控制成本、化繁为简，将"山川与湖海"的招牌菜变成一包一包的半成品，她的心里应该是委屈的。她实在是习惯了不计成本地使用最好的食材，用一整天精心准备一桌饭的工作节奏。

在环环相扣、越转越快的人生齿轮中，两个人一起生活在"山川与湖海"小院儿的那一年格外岁月静好。以至于回想起来，诸如寒冬半夜水管爆裂或是偶遇客人不甚友好之类的难处都变得不值一提。脑海中的记忆，尽是那个院子里的四季。春天有大到惊人的马蜂出没，Jackie给它取名叫马化腾——一大团一大团的杨絮在厨房门口打着旋儿；夏天植物们枝繁叶茂，小猫宅总跳上石榴树，压弯了刚结出小小果实的枝条；秋天的暖阳最宜人，坐在饭桌前记账不知不觉就昏昏欲睡；冬天Jackie会腌腊肉，在屋檐下挂成一排，晚上我们点起小串灯，整个院子上空金光点点像个游乐场，客人们搓着手鱼贯进屋，不一会儿饭厅窗户上就结满了热烘烘的雾气……

啊，真好。

# 二十五

## 附录：
## 厨房用品集合

文 /Jackie

▼▼▼

# 烤箱:
# Oven

烤箱

小院有三台烤箱，最常用的是一台 35L（不确定）的海氏，摆在厨房，不算是高级货，但砖红色莫名地很有复古气质，而且用起来不心疼，毕竟做饭的时候精神紧绷的我如果还要小心翼翼地使用东西也是很耗费精力的，分分钟神经衰弱。

另外两台放在杂物间，美一点的平时不用，有拍摄活动时才会拿出来，遇上特讲究的团队，还会里里外外擦得金光闪闪，一粒灰尘、一根毛都看不见，好想把所有的烤箱、冰箱、微波炉都拿出来给他们帮忙保养一下。姿色稍逊的烤箱，待遇就完全不同了，因为它不在厨房、不在我的视线范围之内，我经常把烤物扔进去就不管了，而且总是忘记在烤网下面垫烤盘，于是一盘又一盘苹果肉桂烤鸡的汁液溢出来滴落在烤箱底部，不出一个月，这台烤箱里就有了一个颇为宏伟的核反应堆景观。

所以教训啊，血一般的教训啊，在不确定会不会发生侧漏事件的时候，一定要在烤网下面垫上烤盘接渣或是接汁，有的烤箱自带一个接渣盘，但它靠烤箱里面的那一边是没有檐的，所以还是会流到烤箱底部的边缘里，实在是非常不合理。

清洗烤箱的小技巧我是在一本烤箱的说明书上看到的，在烤盘里接上一些热水放进烤箱，然后最高温 230 摄氏度加热二十分钟，静置大约十五分钟，等加热管冷却不烫手的时候，用湿毛巾擦干净烤箱内部。如果你的烤箱比较耐操，也可以像我一样用钢丝球擦。

在别墅的时候厨房里有一台 52L 的嵌入式烤箱，很多朋友询问我烤箱应该买什么样的，我觉得牌子倒没有那么讲究，我用过好几个牌子的烤箱，并没有觉得在烘烤食物上有特别明显的优劣，但大的烤箱真很实用，烤箱内部空间大，加热比较均匀，烤饼干的时候不会边缘的已经焦了中间的还没熟，而且其实准备一份面糊或是面团还是挺麻烦的，如果烤箱够大的话，两盘饼干可以并作一盘烤，不用分次烤浪费时间，也不怕只剩了一丢丢鸡肋的面糊烤了浪费电、扔了浪费原料，而且如果你想要做一个双层的奶油蛋糕，可以一次准备两份海绵蛋糕面糊，分别倒进大小两个模具里，这样一次就做好了两个蛋糕坯。

我有一年生日的时候给自己做了一个彩虹蛋糕，为了使每一片蛋糕平整得宛如新生，我是用蛋糕卷的模具一片一片烤的，加上烤失败的两片，还有一片颜色我不太满意，我整整烤了十次！当时我就想，如果当时我有一台可以同时烤十片蛋糕坯的烤箱——欸？那我干吗不干脆做一只烤全羊呢？

烤箱上面放着两层冷却蛋糕用的网架，每次把烤好的面包或者是小蛋糕放在上面都觉得萌感爆棚，戴着隔热手套从烤箱里取烤盘的时候也是。

除了冷却面包蛋糕，网架的中层和下层也可以置物，我经常把大的、扁的烤盘或是六连的马芬模具放在网架下层，常规烤箱会配有一个烤盘和一个烤网，如果只用一个的话，另一个就可以放在网架的中层。还有用来盖住膨起的面包防止烤焦的铝箔纸，因为没有粘上什么，能够反复使用，只要对折好接触面包的那一面，放在网架中层的烤盘里就可以。

## 烤箱架:
## *Oven rack*

摆放烤箱的是在宜家买的手推式搁架,侧边有轮子方便移动位置。架子的中层用来收纳一些比较常用的工具。白色的切碎器,购自宜家,切细小蒜粒专用,做青酱的时候也可以用来切碎松子,有效防止被切物四处横飞。在泰式冷虾的酱汁中加入蒜粒而非蒜泥,蒜粒可以使酱汁清澈明亮,整体更加清爽。青酱的做法一般是蒜、松子、帕玛森乳酪和罗勒一起打成泥,但我喜欢单独把松子切成小小的颗粒加入酱汁,通过咀嚼丰富口感。

## 取汁器:
## *Juice extracting device*

取汁器

圆形的柑橘类水果取汁器大家应该都不陌生,虽然市面上有瓶装的柠檬原汁卖,但如果不是经常需要柠檬汁的话,还是随用随取,新鲜现榨风味比较好。我这个亮闪闪的,乍一看很酷炫,其实不太好用,一定要买锥形,取汁头尖一点的,不然戳柠檬的时候会两边歪跑,好心塞的。

286

头越圆越难用!

## 刨丝器:
## *Grater*

蓝色的刨丝器,自带收纳底盘,刨出来的丝都可以被集中在碗里,还是很方便的,同样购自宜家。我经常用来刨帕玛森奶酪丝,做意面或是沙拉的时候最后撒一点帕玛森奶酪丝会很好吃,烤面包饼干或是做芝士蛋糕的时候加一小撮,就好像做甜点的时候加一点点盐,咸甜口味最令人欲罢不能,而帕玛森乳酪除了丰富味道,还有迷人的奶酪香气,所以一直是我的冰箱常备。

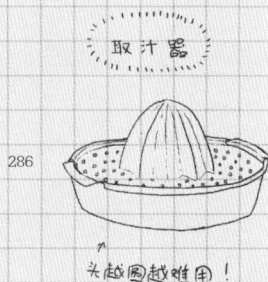

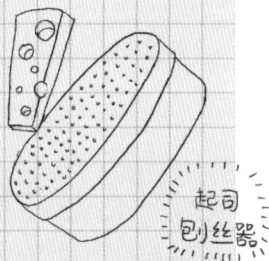

起司
刨丝器

## 擀面杖:
### *Rolling pin*

擀面杖我喜欢中间大滚筒两边有把手的，太细的擀面杖我这样的手残星人实在不擅长控制力道，一不小心就轧出一条坑，而且擀饼干面团的时候擀到特别薄就会碾轧到我的纤纤玉手……

## 收纳盒和土豆泥压制器:
### *Cassette box and mash crusher*

敞口的收纳盒和土豆泥压碎器都是购自宜家，土豆泥压碎器其实几乎没有用过，但觉得操作起来会很好玩。如果减肥的话可以把土豆、山药、芋头什么的蒸熟，压成泥拌上盐和胡椒一起吃代替主食，但小食堂一般不做这种坑爹的一吃就饱的菜。但是以后我自己的厨房肯定会需要的，毕竟我是一个一年四季里三季都在减肥的胖子。

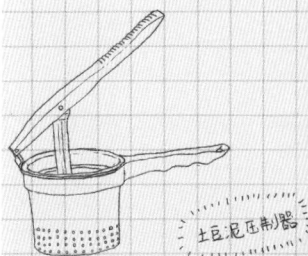

土豆泥压制器

## 水煮蛋切片器:
### *Boiled egg slicer*

水煮蛋切片器也是减肥星人我的爱物，制作健康三明治必备！虽然我还有一只圆形的煎蛋圈，但我用它煎蛋的时候从来没不侧漏过，不知道是我的锅太坎坷还是蛋太活泼。

水煮蛋切片器

## 取盘手柄、隔热手套:
### *Take the handle*
### *and heat insulation glove*

收纳盒里也有一只烤箱用的取盘手柄，不知道是不是这样叫，

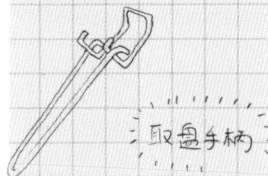

取盘手柄

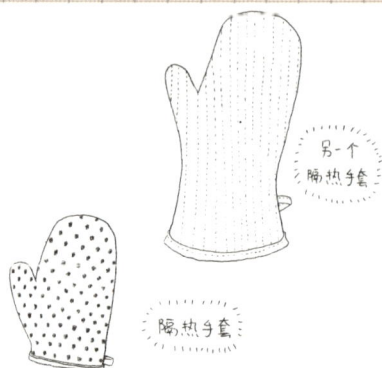

另一个
隔热手套

隔热手套

不过我一般用隔热手套。我买了那么多可爱的隔热手套，我才不要用丑丑的手柄。但作为烤箱的官配，感觉应该要放在一起比较好。

## 隔水架:
## *Water shelf*

能把炒锅一秒变蒸锅的隔水架，如果家里的蒸锅太小，忽然有天想要蒸一条美美的大鱼，就可以用上它啦。用大炒锅接上水，放上隔水架，烧开之后再放上鱼盘，如果你的炒锅锅盖是透明的，还可以监控鱼的熟成实况。

## 夹碗神器、网筛:
## *Bowl handle and sieve*

还有蒸锅标配夹碗神器。蒸蛋羹要用到的过滤蛋液的网筛，也放在收纳盒里，我有好几个网筛，最大的一个边缘有钩子可以钩住锅沿，煮了高汤过滤的时候最常用到，高汤锅总是很沉，双手端起的时候不用担心网筛从储存用的汤锅上滑落。小一点的过滤蛋液专用，还有一个比较结实的小号网筛，两边都有把手可以搁在碗沿上，用来过筛需要打"持久战"的梅子酱，还有一把烘焙时筛面粉的筛子也放在这里。

# 面粉:
## *Flour*

搁架的下层放着烘焙用的高筋面粉、低筋面粉、糖粉和砂糖。另外有一个扁盒子装着中筋面粉，做面包的时候会用 200g 高筋面粉混合 50g 中筋面粉，如果加全麦粉的话就相应减少高粉的量，但中筋面粉的量是不变的，加了中筋面粉的面包会更柔软。糖粉我用得很少，只是用网筛筛在草莓蛋糕的表面装饰。砂糖我会混合黄砂糖和白砂糖，里面再埋一根香草棒，能让甜点有更迷人的香气和色泽。

# 调料:
## *Seasoning*

灶台的左边是常用的调料，方形罐子装盐，圆形罐子装糖。人有人手、猪有猪蹄，形状明确区分比较稳妥。

最大号的黑色油壶是天妇罗专用的炸油收纳壶，炸完蔬菜后的油如果还比较清亮干净，过滤后保存起来，试做新菜的时候就可以不用浪费贵贵的客用油。在客用油界里，我最喜欢芥花籽油，颜色浅、味道清淡，葡萄籽油和葵花籽油味道都有点明显，大豆油比较便宜，常用来炸食物。如果是炸虾，炸过的虾油装成小罐冷藏，做员工餐的时候拿来炒个青菜、煎个鸡蛋，超级香。

橄榄油偶尔会用，所以也放在靠近的地方。料理用酒除了西式会用到的红白葡萄酒，常用的有红标米酒和花雕酒。花雕酒酒香浓，浓油赤酱的菜比如红烧肉，用花雕酒会更具风味。红标米酒酒味淡且偏甜，煲汤的时候我会更喜欢红标米酒。

雪莉酒醋和巴萨米克醋是雪莉酒醋烹羊排和黑醋蝴蝶虾沙拉两道菜的专用调料。

玉米糖浆是为了做酱汁买的，虽然我有白糖、黄糖、红糖、蜂蜜还有枫糖浆，但透明的胶状糖浆真的好美，想一想世间万物存在即合理，尽管我用得很少，可是每次用的时候都能让做饭的心情 up up 啊！

至于酱油和醋，开封后我都会放在冰箱里。酱油我常用的是禾然，金兰酱油质地比禾然稍重一点点，而且配方里另外加了糖和甘草，我有时候会混合一起用。另外如果做一些酱油水煮的食物，比如豆腐冬笋白萝卜，我就会用金兰酱油，味道更好。白醋也是用禾然，没有特别的讲究，调沙拉酱汁的话，白醋可以用柠檬汁替代，但如果有白醋，可以用白醋混合柠檬汁，酸味更丰富。黑醋主要做中式的凉拌菜，或是糖醋排骨，我觉得普通香醋就行。不过有一次南食召送了一瓶醮醋，是透明的淡焦糖色，但酸味强劲无比，蘸饺子、蘸螃蟹最佳，做菜就有点糟蹋了。南食召的冰酱油，也是心头爱物，我几乎不用老抽，冰酱油有点像浓黑色稍稀释版的川贝枇杷膏，酱肘子或是红烧肉，只要加一点点，上色迅猛，香气也极浓郁诱人。

此外，冰箱里还常备有瓶装的柠檬原汁、日本味淋和东南亚菜必备的鱼露。料理用的柠檬汁，我习惯用市售的瓶装柠檬原汁，小食堂的柠檬汁用量颇大，如果每次都拿六七个柠檬来鲜榨，劳民伤财不要紧，但不能确保出品味道稳定，好没安全感。市售的柠檬汁有两种，一种是我用的柠檬原汁，成分就是纯柠檬汁，一种是浓缩还原汁，用来加水稀释成柠檬汁饮品，不过如果做柠檬汁

草果　八角　香叶　桂皮　干辣椒　花椒　丁香

饮品的话,还是建议用新鲜柠檬切片或是取汁,滋味佳、颜值高。

日本味淋类似于中式的料理米酒,不过味道比米酒要更甜一些,能有效去除食物的腥味,是日式烹调中不可缺少的一味。但简单地用料理米酒加糖并不能替代日本味淋的风味,味淋的甜味与普通砂糖的甜味不同,据说它由九种以上甜度不同的糖类混合制成,能充分引出食材的原味,呈现其自然的鲜甜,而且味淋比米酒要稍浓郁,料理时加入味淋,能为食物增添美好的色泽,好吃得会发光。所以味淋是值得买贵一点的,日本进口最佳。

鱼露常见于东南亚料理,但实际原产于福建和广东潮汕等地,由早期华侨传到越南以及其他东南亚国家。我很喜欢东南亚菜,喜欢鱼露、柠檬汁、糖浆混合香菜的气味,充满了异域风情却又清爽清新。鱼露用于料理中主要是增咸提鲜,红咖喱青咖喱中主要的咸味来源就是鱼露。

说回灶台边的调料架,除了常用的芥花籽油和橄榄油,还有蒸蛋羹会用到的香油,做姜母鸭的时候炸姜也是用香油。青品尚的松子油和核桃油,味道十分清爽,夏天的时候常用来做沙拉,沙拉里的坚果如果用的是松子,沙拉汁就用松子油,如果是烤过的核桃,就用核桃油,其实都可以用橄榄油或者芥花籽油,不过就好像日本人会专门为了烤红薯设计一个锅,那种专属的微妙契合,会令人颇有幸福感。

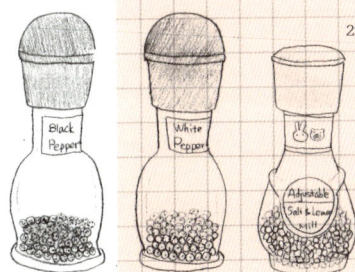

花椒油和芥末油不常用,做凉拌菜的酱汁,会加一丢丢进去,我超爱花椒油,闻到都会流口水。

辣椒油我不怎么用超市售卖的那种整瓶红油,我喜欢买一些罐装的红油辣椒或是辣椒酱,用勺子舀里面的红油的时候还会顺带捞一点点油辣椒或是辣椒酱。

## 收纳调料的调料盒：
## *Condiment box for*
## *containing condiment*

收纳液态调料的盒子旁边我摆了一个两层的搁架，最上层放可
以现磨的海盐、白胡椒和黑胡椒；二层放了一只小小的煮酱汁
专用锅，有时候需要煮一两颗鸡蛋也会用，很方便。酱汁锅旁
边放着两个小喷瓶，一瓶是高浓度的白酒，有时候腌虾腌鱼喷
一点去腥；另一瓶是清水，烤蛋糕面包的时候进烤箱前喷一点
水，能让蛋糕表面平整，面包表皮硬脆。

收纳盒的另一边原本是刀架，不过我经常在一头插一把不用的
剪刀，这样剪刀的手持部分和刀架的斜面形成的角度，刚好可
以放手机。因为我的工作流程和一些复杂的料理操作步骤都写
在手机便签里，方便随时参看，也靠近电源，插上充电器就可
以保持屏幕长亮。后来旧手机被我用得油尽灯枯，换了新手机
后我就摒除了这个恶习。刀架移到了砧板架和锅盖架的旁边，
乖乖用来放刀，在收纳盒的旁边放了两个圆孔镂空的收纳筒，
来收纳常用的锅铲汤勺等。

## 锅铲：
## *Truner*

如果当天准备的菜比较多，一边做一边洗会手忙脚乱，所以我
一般备有四个炒菜用锅铲，我喜欢塑料锅铲，不像木锅铲笨笨
的，也不会像金属锅铲发出令人浑身打颤的摩擦声。四个锅铲
都是方形中间镂空的，减小阻力，翻炒的时候就不会挥洒间油
花四溅，盛盘时也可以滤掉余油。

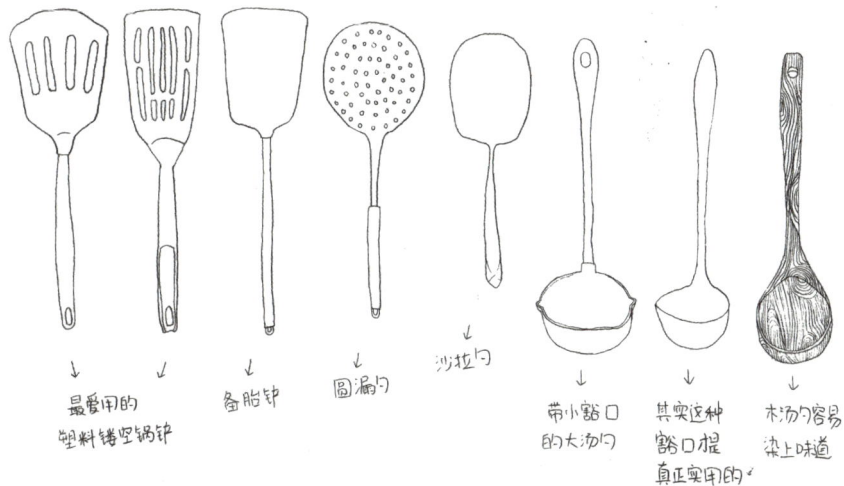

↓ ↓
最爱用的
塑料锅铲空锅铲

↓ 备胎铲

↓ 圆漏勺

↓ 沙拉勺

↓ 带小豁口的大汤勺

↓ 其实这种豁口挺真正实用的

↓ 木汤勺容易染上味道

## 汤勺:
## *Tablespoon*

汤勺我有两个常用的,一个大的搪瓷带豁口的,是配汤专用的,盛汤的时候不会侧漏烫到手。另一个塑料的稍微小一点,需要尝味道的时候用来舀一点汤汁在小碗里,虽然其貌不扬但轻便好用,是幕后工作者。木汤勺是颜值担当,主要拿来拍照,搭配琅琅汤锅或铸铁锅都很好。

我个人不是很喜欢木质的叉子和勺子,感觉比较容易留下食物的味道,不过大的木汤勺用来盛热气腾腾的白粥,就是感觉要温暖幸福很多啊。

## 漏勺:
## *Colander*

漏勺也是使用频率颇高的工具,炸物和煮物都会用到,一把大的边缘收拢的漏勺捞食物的时候不容易滑落,还有一把边缘比较平的漏勺，不会刮烂食物表面，做蜜制肘子盛盘的时候，可以保护肉皮完整。还有一只窄形的搪瓷漏勺，如果做了豆花鱼或是其他带汤的菜，会随餐附上，以方便取食鱼肉或豆腐这样要求高超筷子技巧的食物。

## 沙拉勺:
## *Salad spoon*

大的扁平状金属沙拉勺我有两个，带镂空圆孔的金属食品夹我也有两个，以前沙拉上桌都是附沙拉勺，但我总觉得这样扁平状的设计并不合理，好难把沙拉盛入碗里，所以后来我都改用食品夹配沙拉。拌沙拉我喜欢戴上一次性手套用手拌和，混合起来更加温柔均匀，不像硬邦邦的沙拉勺会一不小心把生菜或番茄截烂。失去本职工作的沙拉勺被我拿来摆在蒸蛋羹旁做公勺，金属的边缘插入Q弹的蛋羹中，还未入口仿佛已经感受到了蛋羹的柔滑软嫩，我喜欢大块大块地盛蛋羹，整片覆盖在米饭上，再用小勺深入碗底，连着米饭一起放进口中，鲜美妙不可言。

## 食品夹:
## *Food folder*

金属的食品夹也可以用在煎鸡翅或牛排的时候，镂空的圆孔可以滤掉多余的油脂。我还买了一个长柄的窄形塑料食品夹，若是煎炸的时候害怕油花飞溅，使用长柄夹可以帮助保持安全距离。

## 细网筛:
## *Fine mesh sieve*

炖肉的时候一般会需要一个细网筛来撇去浮沫浮油，我有三个，有时候炖煮过程中要反复多撇几次油沫，两个网筛方便交替使用，还有一个是小月做果酱的时候专用的网筛，她勒令我不可以用来撇肉油，不过说真的，果酱用的网筛看起来好像撇肉油很好用的样子呐。

# 压蒜器和糖粉筛、温度计
## *Garlic press*
## *and sugar sieve, thermometer*

汤勺锅铲组合的前面有两个罐子，放一些零碎的小工具，压蒜器、刨皮刀、做甜点用的糖粉筛和温度计。

压蒜器用得最多，蒜泥和蒜粒虽然都是蒜，但用途不同、各有风味。刨皮刀我有三把，一把陶瓷刀片，一把普通刀片，一把锯齿刀片。寻常家用的话，一把普通刀片的就可以了，陶瓷刀片质地比较硬，一不小心割到手杀伤力还是蛮大的，锯齿刀片用来刮硬质乳酪会很好看，沙拉上桌前，会撒一些片状乳酪。

糖粉筛除了在蛋糕表面筛上糖粉装饰，在提拉米苏表面筛上可可粉装饰之外，我偶尔也会用它捞煮鸡蛋。

炸东西的时候在油锅里放一只温度计很有必要，特别是像天妇罗这种对油温控制要求较高的料理。温度计洗过之后一定要及时擦干，也切记不要大头朝下忘在水槽里，刻度表盘会进水，再用的时候遇热就会充满水蒸气，看不见刻度了噢。

# 勺子和酱汁搅拌头：
## *Spoon and mixing stick*

另一只罐子主要放勺子，除了有明确刻度的量勺，还有很多大大小小的无明确指定用途的勺子，挖果酱酸奶、豆瓣酱、沙茶酱、辣椒酱都可以，调腌肉汁的时候，舀完辣酱的勺子直接扔进水池，再拿一只新的去舀蜂蜜，勺子够多，不用一边做一边洗，轻松又愉悦。

要推荐的是超级迷你的酱汁搅拌头，小小一支，用来混合不同质地的酱料，很快就能打成一片融为一体。

## 玉米淀粉和研磨器：
## *Corn starch and grinders*

玉米淀粉我用得不多，因为很少做需要勾芡的菜，炸豆腐或是虾的时候会裹一点，玉米淀粉太轻，每次拿袋子的时候开口和封口都会弄得一片白茫茫的，所以分装进罐子里，也放在灶台的常用材料区。

大理石的研磨器，底座沉不会跑位，石杵比较重，研磨起来比较省力，大理石不容易附着味道，研磨花椒盐也不怕，洗干净气味就能散尽。

## 塑料量杯：
## *Plastic cups*

普通的 250ml 塑料量杯我有三个，好像都是买烘焙用品的时候附赠的，常用来量取高汤、雪莉酒醋和巴萨米克醋。高瘦的量杯是松下面包机专用的，只用来量取做面包用的液体。最大的爱心形硅胶量杯，卖点是柔软的杯口能方便地将蛋糕面糊分倒进小小的马芬蛋糕模里，但我不喜欢，面糊挂在杯壁要用勺子刮好麻烦，所以我都是用裱花袋挤面糊，一滴不剩。这个硅胶的量杯，现在最常用来控制干贝蒸蛋的蛋液和温水比例，十分好用，就仿佛找到了它杯生的真正意义。

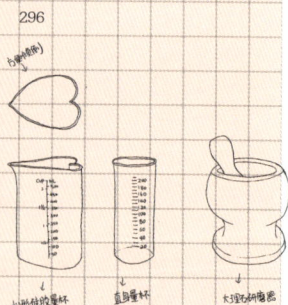

296

心形硅胶量杯

直筒量杯

大理石研磨器

# 牙签:
## *Toothpick*

牙签可以用于在覆盖烤物的锡纸上戳出透气孔，也可以用来戳蛋糕检查熟成实况，做烤鸡的前一天需要用牙签在鸡身上疯狂戳洞，每次都要戳断十几二十根牙签，戳到手抖，方能保证鸡腌制入味。

# 刀具:
## *Knife*

再往旁边就是刀架，砍刀基本不用，因为买到过坑爹的整只冷冻装猪蹄，举目无可用之刀才买的，但买了发现自己手无砍骨之力，最终闲置，摆在刀架上镇厨房。常用的刀都放在水池边砧板的沥水架上，双立人的三件套，大中小三把，大的切肉，中号的切水果蔬菜，小的用来给芋芳或是切片的白萝卜削皮。后来朋友买水果来的时候顺便买了一把比中号的双立人稍窄的十八子作水果刀，刀刃很锋利，但太窄的刀切起来就是很不顺手，于是沦为备胎。厨房工具里我最喜欢的就是刀，好希望以后的厨房有一整面墙，挂满各种刀。

搬来院子的时候朋友送的陶瓷刀，后来莫名成为了拍蒜专用刀……因为陶瓷刀比较硬，又比普通刀要厚一点，拍蒜用好合适，而且蒜的味道重，我不想每把刀都惹上一身蒜味，于是把这个唯一且重要的职能交托给了陶瓷刀。两把面包刀都是贝印的，大波浪齿用来切硬式面包，小波浪齿用来切吐司——商品描述里是这样说的。但其实我每天吃贝果当早餐，都是随手拿一把来锯开贝果、抹奶酪。为什么要买两把？因为无法选择到底是大波浪齿比较可爱，还是小波浪齿比较可爱啊。

反正我就是很喜欢刀。

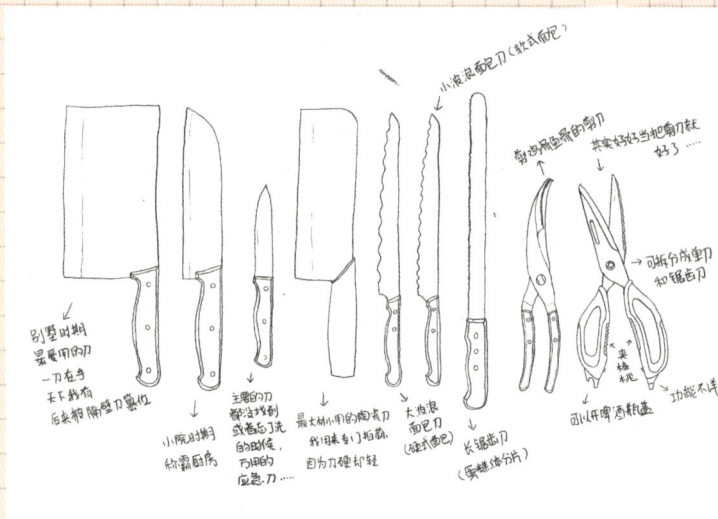

休假回家的时候长久不进厨房，回到院子会有一些晃神，只要把菜刀从架子上抽出来握在手里，就会倍感亲切安宁，有种笃定的归属感。

说真的，写到这里的时候我跑到厨房拔了八遍刀。

厨房剪刀的用途也很广泛，剪骨刀可以轻松剪断鱼骨鸡骨，讲究的人会买两把，一把剪生食比如鱼头，一把剪熟食比如烤鸡。普通的刀组配备的厨房剪刀也可以剪断鱼骨，不过会有些费力。菜肴上桌前撒的葱花，我会把洗好的葱段包在厨房纸里冷藏，用的时候拿出来用剪刀直接剪在上面，更加活泼有精神。我试过冷冻葱花，但使用的时候总没有新鲜的漂亮。

整条煎过的培根要加入咖喱牛肉里炖煮的时候，也会用到厨房剪刀来把培根剪碎。和剪骨刀一样，也可以备生食熟食各一把。

## 菜板：
## *Chopping board*

菜板因为是木质，要放在沥水的架子上侧边才不会霉烂。边缘有凹槽的菜板据说在切会有汁水渗出的食物的时候可以起到导流作用，避免液体流到厨房台上，实际上并没有什么卵用，相反洗的时候会总担心凹槽部分洗不干净。

但小小的菜板取用非常方便，不论是切水果、切面包、切黄瓜番茄都很顺手，洗起来也不会弄得满地水。和小圆菜板一套的有一块正方形菜板和一块长方形菜板，也是购自宜家，便宜也很实用。正方形的适合切肉，长方形的可以切大把的蔬菜或是容易切得到处散落的东西，比如洋葱末。

处理鱼需要一块单独的菜板，长方形方便操作，分开使用避免肉菜染上鱼腥味。

宜家套装里的菜板，方形的两个时间久了会容易弯，圆形的还好，我后来买了一套新的，原来的那套只留了小圆菜板，新的小圆菜板就切水果，旧的小圆菜板专切葱姜蒜辣椒。小食堂大鱼大肉做得多，所以没有特地分菜板和刀具来做素食专用，希南和大福来院子做饭的时候，希南问我哪个菜板切菜，我说随便。希南说真的吗？我还没有说话，大福立刻抢答道，当然不是啊！一定有分的！然后期待地看着我，我顿时进退维谷，无地自容。

## 锅盖:
*Lid*

在沥水架和砍刀架的中间放着收纳锅盖用的金属架，放着常用的两个 24cm 汤锅和深煎锅的盖子，还有一个 28cm 平底锅的盖子，稍小一点的汤锅和奶锅盖子，和小圆菜板一起放在水槽靠窗那一面的沥水架上，用得比较少又不可或缺，大小刚合适卡在那里不占用操作台。

28cm 的平底锅盖子除了盖它的原配平底锅，也是每个少女必备的厨房盾牌……

# 水槽标配：
## *Dishwashing accessories*

水槽的标配是洗洁精、百洁擦、钢丝球和洗碗手套。

此外还有长柄的尼龙刷用来刷布丁或是果酱瓶底部难以冲洗掉的附着物，长柄的海绵刷用来清洁窄口的咖啡壶或凉水壶，一只裱花嘴专用的小刷子，我总把它拧成 U 形用来清洁面包机的面包桶底部的叶片和转轴缝隙内的残留，超级好用。因为下水道脆弱如少女的玻璃心，所以我们的水槽旁边还备有两个漏斗，用来把油大的汤水灌进废弃的瓶瓶罐罐里拿出去丢进垃圾桶，一个细网筛用来筛掉剩菜汤里的固形物，确保没有零碎残渣流入管道造成堵塞。

磨刀石就放在水槽边，洗刀的时候会顺手拿起来磨两下，常保吹毛立断。

厨房洗手我都用肥皂，洗手液感觉很难洗掉，浪费时间浪费水，而且讨厌接触食物的时候食物会沾染上洗手液的味道。

橡胶手套我很少用，总觉得隔着手套感觉不到碗盘到底洗干净没有，然后就会洗很久，浪费时间浪费水。但这种行为绝对不可取！女生一定要保护好自己的手，我以前在咖啡店洗杯子习惯不戴手套，虽然也是直接接触洗涤剂和冷水，但那个时候只是洗洗咖啡渍，在厨房洗碗的时候，餐具上有大量的油和酱汁，对手的伤害会大很多。加上因为频繁地需要洗碗，中间即使手干干的我也不会涂护手霜，因为不想食物沾上护手霜的味道，然后这样连续做了几天饭后，一双手看着像老巫婆一样，触目惊心。

水槽下面的柜子里除了备用的百洁擦和洗洁精，还有一瓶重油污清洁剂，小月在的时候会用它清洁灶台。我嫌它气味重，都是拿着钢丝球靠蛮力擦。每次备餐和家宴结束后，都会有大量的碗盘和工具要清洗，所以水槽旁边沥水的区域空前广袤！

好吧，其实也只是两个筐而已。

不过真到刷碗的时候，分分钟堆出一座"大山"！后来小月走了之后，我花了一点时间调整工作流程，加上下水道不能负荷长时间大流量的清洗，我基本是一边做一边洗，然后一边把筐里的东西放回原位。我以前特别不喜欢把东西放回原位，每次我都会跟小月说，我来洗，你帮我把东西放回原位好吗？

后来什么事都要自己做了，我发现，把沥水架清空是件很能振奋心灵的事情。只要沥水架和水槽都是空空的，干净的，就说明我所有的工具都是可用的，所有的工作都可以立刻开始，因为没有未完的善后。所以现在即使有时刷完碗已经凌晨一点，我也会把水槽和沥水筐清空，把所有东西还原。这样虽然晚上睡觉的时候会很疲惫，但第二天早上起来进到厨房，整个人心情都会很好，会立刻元气满满。

沥水筐旁边的圆形的金属托盘，从来不会拿来上菜，因为不够美，但收拾没有办法叠放的水杯和红酒杯的时候能少跑几趟。

# 料理盆、沥水盆、脱水篮：
# *Cooking basin, drain basin, dehydrated basket*

大大小小的料理盆、沥水盆，数下来有十几个。不锈钢料理盆，可以用来解冻肉类，把切好的肉类浸泡进水里去血腥，可以拌沙拉，加盐泡蔬菜水果，大大小小多准备几个，用起来很方便。沥水盆可以给蔬菜沥水，也可以把焯水的虾子、冬笋倒进去然后冲冷水过凉，浸泡过的需要腌制的肉类，也可以放在沥水盆里稍稍沥干，再用厨房纸吸干表面残留水分。比较特别的是蔬菜脱水篮，宜家也有卖。把洗干净的沙拉菜叶子放进去盖上盖子，转动旋转头就可以像洗衣机一样给蔬菜脱水，做沙拉的时候就不需要一片片叶子擦干了。

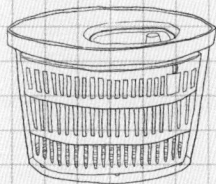

蔬菜脱水篮

## 小冰箱和冷藏柜：
## *Small refrigerator and freezer*

厨房的冷藏柜和操作台是一体的，我嫌金属台面拍照不美，所以定制了两块大木板垫在上面，以前在咖啡店也是用这种带操作台的冷柜，所以习以为常，后来好多小伙伴来，发现它竟然是一台冰箱简直都惊呆了！顿时让我感觉在餐饮厨房这个领域，我已经走了很远……然后后来有几个专业后厨的小伙伴来，拿起刀就在木板上切肉，轮到我惊呆了，我说你干什么？！他说，这不是个面案吗？我犹如从云端跌落谷底，心想面案是个什么鬼？然后感叹于自己的浅薄无知，久久不能平静。

烘焙用的材料是有自己单独的小冰箱的，就是我刚住进大别墅的时候，大总管给我置办的第一台大件！其实也不是买给我的，但毕竟是我专用的，感情非同一般，所以搬来院子的时候，我把小冰箱一起带了过来。

哈哈哈，其实只要是看得上、拿得动、带得走的，我和小月都搬来了院子。

淡奶油、香草精、奶油奶酪这些，平时都存放在小冰箱里，只有在当天需要做蛋糕的时候，会拿需要的材料暂时放在厨房的冷藏柜里。

厨房里的冷藏柜分高低不同四层，较高的底部空间用来放前面提到的液体调料，如果客人带酒来也可以放在一起。稍低一些的底部空间存放各种酱料，常用的有沙茶酱、白味噌、颗粒芥末酱、自制的梅子酱、大罐的日本紫苏梅以及不常用但因某个菜买回来用了一两次就闲置了的猪油、韩式辣酱、旧庄蚝油和番茄酱。

我有时候还喜欢买一些水煮的鹰嘴豆罐头，早上吃面包的时候舀一勺鹰嘴豆压成泥，加少许油醋盐拌匀抹在面包上，磨一些胡椒粉一起吃，比自己煮豆子要省事。

刨丝的帕玛森乳酪我也放在冰箱里，还有常备的鸡蛋和培根。

烘焙用的果酱，因为都是密封瓶装，摞起来放也不占地方，所以也放在厨房的冰箱里，常用的是树莓果酱和无花果果酱，会有小颗粒，能丰富蛋糕体咀嚼时的口感。

此外空余的地方，都用来放置当天采购的蔬菜，或是需要冷藏腌制的肉类，片好的石斑鱼，泡茶用的新鲜柠檬，需要冷藏保存的沙拉酱汁，混合后只等最后淋上酱汁上桌的沙拉蔬菜。

虽然每次结束家宴之后冰箱都变得有些空荡荡，但下次准备家宴的时候又会塞得满满当当，然后就忍不住抱住冰箱趴在门上说，大冰箱大冰箱你真的好棒！

# 厨房操作台：
# *Kitchen console*

操作台是一个很有意思的地方，一般我切菜或是调酱汁，都习惯在刀架前面的厨房台上操作。但浸泡着的蔬菜、静置解冻的肉类、调好的酱汁我都会整齐地码在操作台上，如果准备的菜比较多，整个操作台上就会摆得满满的，大大小小，五彩缤纷。随着一道菜一道菜烹调开始，操作台上的盆盆碗碗就会一个个减少，然后上菜的时候，所有的菜肴都是在操作台上完成最后工序——摆盘，撒上葱花或是芝麻香菜。直到饭局结束，洗干净后，沥水筐摆不下的铸铁锅和红酒杯就会整齐地码放在垫了厨房纸的操作台上沥水。

白天的时候阳光会整片洒在操作台上，然后随着太阳移动阴影会缓慢地全面覆盖，晚上的清洗结束之后厨房的吊灯关闭，会留下操作台顶上的一盏小灯。然后厨房外漆黑一片，台面上的玻璃杯静默地滴水。

对我来说操作台就像是一块幕布，在它之上的画面转变是最鲜活生动的厨房的一天，是最真实的美好和圆满。

操作台旁边就是厨房的门，门边我摆了一个小纸箱，用来放用过的塑料袋，清理猫砂的时候可以随手拿一个然后愉快地去铲屎，这是小月留下来的优良传统。厨房因为是我们自主搭建的，靠近北房的一侧自带一条窄小的窗台，也可以用来置物。拆快递的刀、写快递的笔、绑快递的胶带都放在那里……厨房里有一个发快递专区，主要是因为大部分收发快递的时候，我都在厨房里……

# 置物架、置物筐:
# *Shelf and Basket*

最靠近门口的四层置物架用来放大个头的锅碗和烤盘，各种拍照专用的颜好的酱汁碟和小木碗，意乱情迷的时候败回来的各种风格质地镀金的、彩绘的、雕花的美刀、美叉、美勺。

巧妙利用挂钩和吸铁石，就可以在两侧贴挂上常穿的围裙、常用的买菜包、常看的汤谱还有顺手写下来的备忘。不常用的红薯淀粉和没分装完剩余的玉米淀粉，都放在架子后面的窗台上。

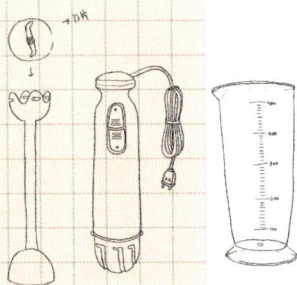

中间的四层大格置物筐，最下层放一些杂物，垃圾袋、厨房用的去油污湿巾之类。最上层一般是放隔热手套、厨房纸巾和相机。有时候当天要用的，从食材柜里取出来的干货食材也会放在最上层，方便记得用完后放回原位。我的厨房里没有抹布，只有抽纸、湿巾和厨房纸。因为不喜欢抹布反复使用后很难完全洗净的味道。第二层放了一个竹筐，姜和蒜都放在里面，大葱摆在一边，像葱头、胡萝卜、土豆这些不用冷藏

→DA

手持料理机

各种酱汁碟

→ 画满胡萝卜的深盘

小脑袋盒子

俄罗斯往娃热盘盘

酱汁碟

最爱双印的点盘

帽形酱汁碟

的蔬菜也会放在第二层。第三层主要是放电动打蛋器的机身，手持料理棒的机身，以及超过八人的家宴在征得客人同意的情况下会使用的一次性餐具。置物筐后面的窗台上放着坐式的料理搅拌机，手持料理棒的粉碎头和粉碎筒，还有装饰蛋糕用的烤过的杏仁片。

## 餐具筐组合架：
### *Combination rack for tableware frame*

厨房里除了冷藏柜，五层的餐具筐组合架应该是最重的物件了。我不知道我是不是第一个这样用它的人，反正宜家的画册上这个小网眼筐的组合架是用来放夏天不用的棉被的。但拿来放餐具筒直犹如神来之笔。

各种餐具以契合的姿态躺在筐里，大大节省了空间，又免去了层叠堆放易歪倒的危险。自带网眼滤水，通风透气不怕潮湿起霉斑。最大的筐用来收纳大号的炒锅和平底锅以及锅盖。

最上层靠外的部分整齐地摆放客用的筷子、勺子和饭铲，分别用玻璃罐收纳裱花嘴和打蛋器的金属打蛋头。靠里面的部分都是烘焙用的工具，硅胶垫、手持打蛋器、刮刀、奶油抹刀和锯齿蛋糕刀，做面包用的刮板，隔水加热黄油巧克力的小锅。量米用的杯子和铸铁锅的硅胶把手套也放在这里。

最棒的是它还有一个顶部的台面。靠近窗台的那边放了两种size的竹制蒸笼，一个不粘涂层的奶锅，被我使用得频率很高，煮什么都很好用。一个 Hello Kitty 的搪瓷奶锅，我纯粹是因为它美才买的，刚开始煮牛奶用的时候总是很担心底会煳，后来我发现我的担心完全是多余的，因为在煳锅之前牛奶就会沸腾扑锅奶漫灶台。台面靠近我的一侧，左边专用来放 iPad，在我做饭的时候循环播放《甄嬛传》《武林外传》以及各种TVB 剧集，右边放两台手机，一台回复客人信息，一台长亮便于查看便签中的当日工作流程。米就放在餐具架另一侧角落的纸盒里，避光保存在阴暗干燥的地方，才不会受潮和酸化。不过米其实不适宜一次买太多囤仓，每次买两周内吃完的量就可以了。

# 锅：
# *Pot*

我的厨房在家用厨房里可能算大的吧，跟邻居杂鱼家比简直超大，哈哈哈。但是我们的厨房台做得很小，除去放煤气罐的地方和水槽下水管道占用的空间，只有三个抽屉，两个开门的双层储物柜。灶台下面，煤气罐另一侧的柜子里都放着烹调用的大锅，意指这些锅都是不会直接上桌的，除了小月拿来的一只铸铁锅，我一开始嫌它笨重，且我习惯慢炖，煤气炉火力又生猛，即使开最小火，铸铁锅炖上两个小时汤就少了一半，所以被我长久闲置了一段时间。后来小月走了，为了怀念她，我做番茄豆腐石斑鱼汤的时候用到了这只锅，滋味和卖相都美极，于是成为心头好。有时候即使吃饭的人多，我用大的高汤锅煲汤，

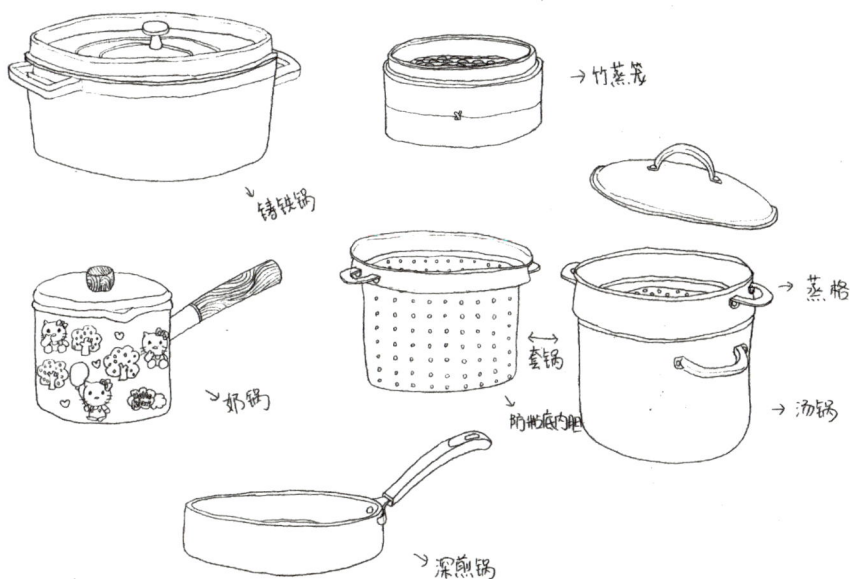

→竹蒸笼

铸铁锅

→蒸格

奶锅

套锅

防粘底内胆

→汤锅

深煎锅

最后也会转入铸铁锅中之后才加盐，煮上半小时再上桌。感觉经其最后一煮，汤味都馥郁很多。

另外还有两只在宜家买到的锅很好用，一只长得像瓦力的深汤锅，煮浓稠的咖喱适用，不知道为什么咖喱汤汁在此锅中翻滚时，汤花尤为温润。

还有一个自带小孔镂空套锅的双层炖煮锅，炖猪蹄或是牛筋这种容易出胶质黏锅底的食物适用，仿佛还可以做关东煮或是涮火锅，而且煮火锅的时候可以把调料放在外锅，食材放在内锅，就不会吃到满嘴辣椒大料。这只锅还有一只同款小号的单层锅，整体都是金属材质，可以全身进入烤箱，做红萝卜炖烤牛肋排的时候，需连汤锅带盖一起送入烤箱烤 3 小时，这个小锅就是它的官配。

# 开门式储物柜：
# *Locker*

相邻的开门式储物柜里，上层里面一点是保存高汤或者需要腌制过夜的肉类可用的密封食品盒，没喝完的汤，没吃完的红烧肉，煮好的咖喱都可以放在密封盒里冷藏保存。靠外面放的是蜂蜜，大瓶的青红咖喱酱和超爱的清油火锅底料。不需要冷藏，个头大塞不进抽屉又要避光保存的东西就会放在这里。

柜子下面是烘焙用的打蛋盆和模具，常用的是两个六寸的活底戚风模具，其中一个是中空的烟囱模具，一个八寸的活底蛋糕模具，做八至十二人份的蛋糕都可以用它。活底的菊花塔盘，长方形的水果条可以做面包也可以做磅蛋糕，还有一个标准的450克容量吐司模具。

三层的抽屉才是真正的百宝箱。第一层放的全部是各种香料，

裱花嘴

电动打蛋器

烟囱模具

strawberry!

花椒、大料、香叶、桂皮、冰糖、小茴香、干辣椒、丁香、陈皮，还有甘草、山楂、豆蔻、草果、山柰、混合的干香草和单独一瓶干牛至，就是比萨草。七味粉、辣椒粉、五香粉、甜椒粉，还有调日式酱汁常用的炒熟的白芝麻，小瓶的各种辣度的西式辣椒酱，做牛油果芥末沙拉专用的青芥。我很喜欢香料，有时候中药也可以入馔制汤，马来西亚肉骨茶中，就用到了川芎和当归，我很喜欢这些药材和香料的特殊气味，令汤煲食物的香气和味道更加丰富有趣。

二层的抽屉，是各种大小的保鲜膜和保鲜袋、油纸、锡纸、一次性手套、棉线、裱花袋、蒸笼布还有卤料包和茶包，总之就是料理食物会用到的各种一次性制品。用得最多的是一次性手套，任何时候能用手我是坚决不使用工具的，能用牙咬开的包装我是绝对不去找刀的。为此多次被吐槽曰：过去说人和动物的区别在于人会使用工具，后来证实大猩猩也会用树枝蘸白蚁来吃，所以你，连动物都不如。不想各种香料散落在汤锅里，卤料包就必不可少，装好香料后要用棉线扎好才能万无一失。棉线除了绑住茶包袋和卤包袋的口，最重要的用途是捆肘子，五花大绑的肘子炖好后拆线的时候，总觉得棉线也吸收了肉汁的精华，看起来很好吃的样子。

最下面的抽屉放着临时起意买回来的各种听过没见过、见过没用过或者听都没听过的调料和食材，像是日本的柚子酱油、越南的春卷皮、朋友从泰国带回来的冬阴功汤料组合包等，放在厨房里面提醒我不要忘记为自己的一时冲动负责，买了就要用掉。另外，补给用的盐和糖、买多了的香料、烘焙和沙拉都会用到的坚果果干也是放在这里。

## 厨房水电和操作空间：
## *Hydropower and operating space*

如果你要装修厨房，记住厨房里，水电很重要，电源要多，要根据使用情况安置在合适的位置，我的厨房有一侧是没有电源的，所以打蛋器和搅拌机都要在灶台旁边使用，很不方便。还有电压要够负荷，我的厨房里只有烤箱和冰箱是长通电状态，但电饭锅和微波炉、电水壶是接在同一个电源上的，每次只能单独打开其中一台才能正常运行。

另外下水道的通畅非常重要，这是一把鼻涕一把辛酸泪的惨痛经验和教训。

厨房的操作空间很珍贵，不常用的东西尽量放在厨房外的储物区，要用的时候去拿就好了，然后用完就放回原位。如果在厨房里忽然需要切东西的时候找不到地方放菜板，是件很崩溃的事情。厨房我隔一段时间就会整理一次，过去清理出来很多空间，我会放上好看的罐子或食材堆满，但现在我更常让它就那样空着。因为在做饭的时候，会有更多空间放置一些意料之外的物件和产出，是我给自己留出来海阔天空的退路，强效避免慌乱焦虑。

我的冷冻柜、微波炉、电磁炉、电饭煲和电热水壶都在厨房外，家庭厨房不一定需要我这么多的厨用电器，如果厨房不大，记住慎选必需品。微波炉对我来说就是可有可无。

## 滤水壶：
## *Brita*

BRITA 的滤水壶传说能减少水中杂质、保留有益矿物质，这一点无从求证，但过滤后的食用水用电水壶煮的时候完全不会有水垢沉淀这一点就足够让我惊喜，用来冲泡咖啡，倍感柔和纯净，能显著提高幸福感的物件，一定是必需品。

## 冷冻柜和烘焙用品柜：
## *Freezer and baking cabinet*

因为厨房四面都没有办法打墙柜，所以我和小月在旧货市场买回来的独立双开门木头柜子就专门用来摆放干货等其他不常用的食材、给客人泡茶用的茶具和茶叶、我和小月一起泡的水果酒、红酒的醒酒器、煲汤用的料包等等。

另外一个相同结构的木柜，全部放的是不常用的烘焙工具和模具，饼干切、司康圈和布丁瓶，不常用的烘焙辅料，比如椰蓉和巧克力豆，饼干、面包和蛋糕的包装袋、包装盒等等。

冷冻柜和烘焙用品柜同处一室。小院的冷冻柜存放着批量冷链配送的有机肉、各种分装的高汤、煲汤蒸蛋可用的瑶柱花蛤干、自制的照烧酱和自己每日服用的贝果。家用冰箱的冷冻柜，空间一般不大。不记得在哪里看到，有人建议在家自制一些鸡高汤冷冻保存，下面的时候用鸡高汤代替清水，听起来整个生活格调都提高了。但想一想，煮一次鸡高汤起码四个小时，煮得少了浪费时间浪费煤气，煮得多了冷冻柜根本放不下。实际上，每次煲鸡汤或是排骨汤的时候盛一小碗出来，冷却后倒进冰格里制成冰块，煮面的时候拿几个汤冰块加一些清水一起大火煮到滋味融合就好了，若是嫌淡，加一小勺金兰酱油就是超美味汤底。

家用的话，冷冻柜里的生肉尽可能少放一点，吃是一个很随性的事情，打开冷冻柜忽然想吃肉，结果要等解冻，欲火瞬间就被扑灭。然后这样的次数多了，冻肉就会越放越久，不只占地方，肉本身也早已失去营养价值和口感。

三文鱼、鳕鱼和虾就可以冷冻一些，解冻迅速，料理起来也比较快。爱喝酒的人会备冰格冻很多冰块，面包星人的我会一次买一大包贝果放进冷冻柜，然后每天取食一个当早餐。

冰箱是最美好的粮仓，最好冷冻室里常备饺子、汤圆、上好牛排、海鲜、面包、冰淇淋，冷藏室里储有新鲜蔬菜、水果、酸奶、牛奶。去到陌生人家里，只要打开他的冰箱看看就知道能不能做朋友！如果冰箱里有超多美好食材，他的生活一定充满希望积极向上！

其实小院作为一个美食工作室，除了卫生间和我的卧室，其他的地方几乎全部都是厨房用品。

但在高密度的厨房工作下，我才明白有些锅铲必不可少，有些碗盘不过是鸡肋，有些锅能相伴终生，有些杯碟只是一时意乱情迷。

即便认知清晰，但在爱物面前感性也还是轻易冲破理智的藩篱。写一张"有这些就够了"的清单很容易，但要说服自己"有这些就够了"，比让宅急送不咬人还要难一百倍啊。

**图书在版编目（CIP）数据**

山川与湖海 / Pan小月, Jackie著. -- 北京 : 北京
联合出版公司, 2017.10
　　ISBN 978-7-5596-0922-9

　　Ⅰ . ① 山 … 　Ⅱ . ① P … 　② J … 　Ⅲ . ① 随笔 – 作品集 –
中 国 – 当代　Ⅳ . ① I 2 6 7 . 1

　　中国版本图书馆 CIP 数据核字 (2017) 第 214906号

山川与湖海

作　　者：Pan小月，Jackie
责任编辑：李伟
封面设计：云中客厅 熊琼
版式设计：云中客厅 熊琼

北京联合出版公司出版
（北京市西城区德外大街 83 号楼 9 层 100088）
北京盛通印刷股份有限公司印刷　新华书店经销
字数：170千字　880mm×1230mm　1/32　印张：12
2017 年 1 2 月第 1 版　2017 年 1 2 月第 1 次印刷
ISBN 978-7-5596-0922-9
定价：65.00 元

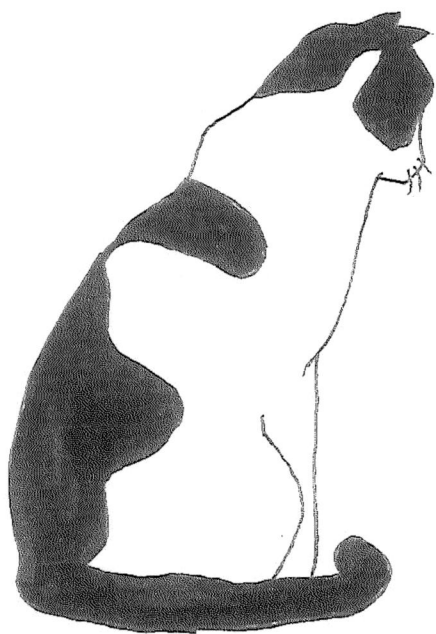